THE THREE COFFIN

三口棺材

JOHN DICKSON CARR

約翰・狄克森・卡爾——著
翁裕庭——譯

密室之王卡爾作品集 6

三口棺材

The Three Coffins

原著作者　約翰・狄克森・卡爾 John Dickson Carr
譯　　者　翁裕庭
書封設計　One.10 Society
行銷企畫　陳彩玉、林詩玟
業　　務　李再星、李振東、林佩瑜

編輯總監　劉麗真
事業群總經理　謝至平
發 行 人　何飛鵬

出　　版　臉譜出版
台北市南港區昆陽街16號4樓
電話：886-2-25007696 傳真：886-2-25001952
發　　行　英屬蓋曼群島商家庭傳媒股份有限公司城邦分公司
台北市南港區昆陽街16號8樓
客服專線：02-25007718；25007719
24小時傳真專線：02-25001990；25001991
服務時間：週一至週五上午09:30-12:00；下午13:30-17:00
劃撥帳號：19863813 戶名：書虫股份有限公司
讀者服務信箱：service@readingclub.com.tw
城邦網址：http://www.cite.com.tw
香港發行　城邦（香港）出版集團有限公司
香港九龍土瓜灣土瓜灣道86號順聯工業大廈6樓A室
電話：852-25086231傳真：852-25789337
新馬發行　城邦（馬新）出版集團
Cite（M）Sdn. Bhd.（458372U）
41, Jalan Radin Anum, Bandar Baru Sri Petaling, 57000 Kuala Lumpur, Malaysia.
電話：603-90563833　傳真：603-90576622
電子信箱： services@cite.my
四版一刷　2025年1月
I S B N　978-626-315-578-7

售價： 420 元
（本書如有缺頁、破損、倒裝，請寄回更換）

CARR

導讀

最華麗的謀殺

——密室殺人之王約翰・狄克森・卡爾

唐諾

在推理小說的眾詭計之中，「密室殺人」這一樣應該就是最神奇、最魔術的一種，呃，最哈利波特的一種。

密閉的房間，而且上鎖，窗戶也是閉鎖著的，煙囪（發生密室殺人案件的房間一開始通常配備了煙囪）不容人進出或看煙灰的模樣沒人進出過，偏偏一具屍體就直挺挺攤在房間之中，現場或雜沓或整潔有序，致命的凶器則通常是消失不見的，但也有就是房裡明晃晃擺設著的某沉重鈍器（工藝品、火鉗、書檔云云），還可能就是留在屍身上非常挑釁的一把精緻尖利的縷花小刀，當然，一定沒留在現場的是行凶的那個人——不僅凶手的本尊不在，就連他侵入的痕跡基本上也是隱匿的。他究竟是如何一陣煙而來、再一陣煙飄然而逝呢？

絕對是最迷人的一種殺人的方法——如果殺人的冷血行為也可以用「迷人」二字來說的話。

正因為迷人至此，我們於是可以公然讚歎欣賞而不用有現實人生的道德負擔。基本上，「密室殺人」並非現實犯罪世界的產物，殺人不過頭點地，現實世界中如果有這麼精緻這麼聰明的凶手，通常他不會需要動用到殺人這終極性的高風險解決手段，在走到這最情非得已的一步之前，他應該就有能力想出一堆因應如此困局的方法來才是。在女子網球界流傳著兩句缺德的話：「女子網球球手得笨到只會專心打網球不想其他，卻至少得還有兩分聰明夠她學會雙手反拍。」密室殺人凶手的現實困難則是，凶手要笨到只會用殺人一途來解決問題，卻同時又得絕頂聰明到嚴絲合縫、分毫不失誤的佈置出完美密室，而且還是在有著巨大時間壓力和心理壓力的不利情況下完成的。很明顯，他這兩大不可或缺的特質比女子網球球手要矛盾要撕裂，也因此，他遂遠遠比頂尖女子網球球手罕見，如三角形的第四個邊，如騎白馬到妳家窗下唱小夜曲的王子，如正直誠實的律師。

也就是說，密室殺人不是現實世界的實踐產物，而是源自於一些本來就無需殺人的窮極無聊聰明頭腦，它不是謀殺的工具，而是炫耀的藝術品，我們真的不用杞憂這會教唆殺人被誰移植到現實世界來對付自己的親朋好友，就跟你不用擔心米開朗基羅的大衛像被用來砸死人一樣，儘管這座白大理石雕像的體重絕對有壓扁人的能耐。

然而，密室殺人並不真的是哈利波特，它只是像而已，這裡頭沒有魔法，也不可以有魔法。被害人、凶手和破案偵探儘管不是現實的血肉之軀，但仍屬理性王國的子民，所有的行為及其結果都得受嚴格的理性所管轄，尤其不可以違犯最素樸的物理學基本原理及其現象。恰恰因為得在如此限制之下遂行欺騙，密室殺人的詭計，反而是推理小說中最物理學的，它高度專注於物理學和我們感官背反之地，在這一點點狹窄的縫隙中騰挪，利用我們感官的有限天然缺憾以及由此衍生的常識死角玩花樣，比方說，密室殺人中常見的「消失的凶器」或「自動扣回去的門」，最普遍的運用道具就是冰塊，有氣質點來說，利用的就是物理學毫不稀罕的常溫之下水的三態變化現象，小學生都知道，沒神秘可言。

所以，推理王國中大名鼎鼎的基甸・菲爾博士在一場著名的演講中如此宣稱：「所謂密室，本質上是一種幻象。」——之於什麼而言是幻象？之於我們視覺為主的感官而言是幻象。「眼見為憑」，To See is To Believe，這不分中西大概是人類流行最久、最戒除不掉的偏見，表面上信而有徵的偏見從來就是欺騙的溫床，是害人詭計的培養皿，密室殺人的詭計佈置者只是其中最優雅、最無害人之心的一種，真正可怕的我們得到現實世界的政治圈裡、商場裡去找。

歸化英式推理的美國人

好，大名鼎鼎的基甸・菲爾博士何許人也？老實說，他也是個「幻象」——這是推理世界的一名神探，無父無母，而由了不起的推理小說大師約翰・狄克森・卡爾所憑空創造出來。菲爾博士在推理世界神探的萬神殿中，絕對擁有著一個不見古人亦不見來者的第一名頭銜，那就是沒有任一名神探比他破過更多的密室謀殺案，這於是為他的書寫者卡爾掙得了「密室之王」的封號。

基本上，密室殺人是英式古典推理的典型詭計，但約翰・狄克森・卡爾原來卻是個美國人，生於一九〇六年，活到一九七七年，簡單把他的生年如此攤開來看，對英美推理歷史有基本概念的人就曉得了，卡爾稍晚於S・S・范達因，大致和艾勒里・昆恩同期，也就是說，卡爾書寫的年代正正好就是達許・漢密特和雷蒙・錢德勒聯手進行「美國革命」、讓美國推理轉向悍厲罪惡大街的風起雲湧時日，但冷硬派的這場本土性革命原本是西岸的，從語言、犯罪形式、角色人物到社會背景，以舊金山和洛杉磯為書寫土壤，暫時和有著濃郁深厚歐洲思維傳統和生活形態的東岸新英格蘭地帶氣息並不相投合，更嚴重的是，對東岸高傲的知識階層而言，冷硬派這種滿口髒話、動不動就拔槍相向的野蠻遊戲，只適合落後地帶的粗魯不文之人，哪裡是有教養的聰明飽學之士所當為。所以說太陽遠還是長安遠？東岸知識階層的答案無需猶豫，那當然是只隔小小大西洋一水的英國式古典推理比較近。

卡爾是東岸賓州人，索性還歸化為英國籍。

其實，與其說卡爾歸化為英國人，倒不如直接講他歸化為英式推理王國的忠誠公民還準確些，他是把一生志業賦予了一次實地的朝聖之旅——國族既不是人分類分割的唯一判準，更不見得是人身分自覺的排行首位選項。渾然多面的整體世界，有各種觀看的位置，有各種理解和逼近的方式，每一種位置和方式都讓世界呈現了不同的分割分類樣態，由此繪製成不同的世界地圖。卡爾擁有的那張地圖，根據的是他熱愛的推理小說書寫傳統。

得其所哉成為英國推理小說家的卡爾，若我們再把他一九〇六—一九七七的生年重新放入較源遠流長的英式古典推理時間表中，那我們知道他趕上了以長篇為主的第二黃金期高峰，並第一線參與了古典推理由極盛轉入衰弱的歲月，在如此起伏跌宕的英倫空氣之中，卡爾聰明且深情款款的給自己找到了兩個看似背反的有趣書寫位置，宛如兩根大樑般的撐起了他獨特無倫的推理大師地位。

就純粹的推理小說書寫而言，卡爾像蜜蜂或貓熊一類的單食性動物——在詭計千奇百怪如繁花盛開的古典推理書寫中，卡爾頑強的幾乎只取一瓢而飲，那就是「密室殺人」。卡爾一生寫成了七、八十部推理小說，幾乎每一部都包藏了一個以上的密室殺人詭計，如此專情，讓他以一個如此後來者的不利身位，成功佔領了密室殺人這業已開發達半世紀的詭計，讓他成為密室殺人的同義辭。

然而，這位寫小說時埋首於密室不抬頭的小說家，卻同時是推理世界中博聞強記、對推理大河傳統如數家珍的史家人物。臉譜出版伴隨《福爾摩斯全集》一併推出的《柯南·道爾的一生》這部傳記，正是卡爾對這位前代推理巨人的致敬之作。此書也為卡爾贏得故土美國的愛倫坡大獎。

專情密室、任性傳統，卡爾這宛如兩道平行線的交會點，我個人以為，大概就是上述基甸·菲爾博士的演講，出自於他的名著《三口棺材》書中。這場旅館午餐桌上的虛擬即席演講，菲爾博士以「封閉密室」為題，從推理史、從歷代名家之作、從書寫技藝、從詭計分類、甚至從蓄意或偶然、他殺或自殺等等每一種可能的角度攻打這座牢牢閉鎖的密室，遂成為絕唱——好消息是這份講辭是推理史上的密室論述經典文獻，壞消息是它也宣告了密室論述的到此結束。

對台灣只讀中文譯作的推理迷而言，讀這份講辭還可以有另一種樂趣，從菲爾博士未言明的諸多詭計原型中，我們還可以湊合著回答：這是〈花斑帶〉、這是〈鵲橋奇案〉、這是《羅傑亞洛伊謀殺案》、這是《美索不達米亞謀殺案》、這是《格林家殺人事件》云云。原來我們陸陸續續的、零零碎碎的也讀了不少代表性的密室殺人推理小說了。

有恃無恐的小說

密室，一開始是真的實體，是如假包換的一間上鎖的房間，但很快的，它就成為一種概念，成為不必真有硬實高牆四面圍擁的封閉性空間概念——一旦密室成為概念，很多有觸類旁通能力的人也就會了，這就像思維被鑿開了個缺口一般，人的想像力涼風般不可遏止的吹了進來，於是密室不必一定再有磚牆石壁、再有火爐煙囪、再有立入禁止的銅鎖鐵柵，它一樣可以舒適的展開在開敞的天光雲影之下。

這裡，我們多心的提醒一下，密室的封閉性，不真的是「不能」侵入，而是「沒有」被侵入，至少在命案發生的前後這段時間看起來沒被侵入——這我們以前談過，理論上，沒有一道鎖可能不被打開，沒有一個房間是絕對的封閉，主人進得去，盜賊於是乎也一定進得來，老子莊子這麼說，一套開鎖工具、滿身神奇技藝的紐約善良之賊羅登拔也這麼講。

推理史上的密室，經此一概念化之後瞬間華麗了開來，想遂行如此神奇謀殺的凶手賊子幸福無比的發現，原來上鎖的房間遍地皆是，俯拾可得，不必三年五載苦苦候著那人獨自一個進到房間鎖好門窗——它可能是一處無人跡、不留下腳印的美麗海灘，可能是山裡頭被忽然好一場大雪包圍的暖暖木屋，它可能是個小孤島，可能是沙漠，可能是一道橋樑，可能是夾岸兩片水泥牆的黝黯巷道，可能是唯一聯外吊橋毀壞（天候或人為）的某一山莊別墅，它更可能就是我們每天都會利用到的某種交通工具，公共汽車、火車、渡輪、捷運、飛機，以及有人一樣概稱為車廂的上下樓層電梯等等。

哪裡有人獨居獨處，哪裡就可能執行密室殺人，難怪中國的聖人要諄諄警告人君子慎獨，西方的上帝耶和華也在《聖經．創世紀》裡慨歎：「那人獨居不好。」

其實，經此概念化所帶來的想像延伸，只是密室殺人之所以華麗的必要開展而已，我個人以為，真正讓密室殺人成為推理世界最華麗的謀殺方式，是它的有恃無恐，因為它根本性的先解決了最終合理性的問題，那就是我們開始就說過的，密室殺人是推理謀殺詭計中最物理學的，這像根釘子般把它牢牢捶進了最信而有徵且可驗證的堅實大地裡頭，讓它在表象的另一端可以放心的飛翔，無懼星空黝黑神祕，不怕迷路回不來。

在人類思維眾多領域的正經人士正常人士中（意思是瘋子和騙子不在考慮範疇內），我以為物理學者是最敢胡思亂想、而且最敢把近乎胡言亂語的各種想像臆測鄭重公諸於世的一種人，尤其是二十世紀初相對論和量子力學問世之後，物理學的主流論述便一大腳跨過了玄學和神學，充斥著一堆無實體、無秩序、無從驗證、矛盾並陳、任誰試圖在心中拼湊點模糊圖像都不可能的重要學說和解釋，物質如此，能量如此，粒子也如此，空間和時間那更無垠無涯如此。如今，物理學的著作幾乎已成了地球表面最難看懂的書，可堪比擬的大概只有台灣教改出來的建構數學和鄉土語言課本。

這就是物理學家的有恃無恐，不像神學家或歐陸的唯心哲學家，他們深知自己本來就是畫鬼神之人，聆聽他們講話的人本來就充滿戒心，所以神學論述特別強調科學的發見和驗證，唯心哲學家則神經質於語言的邏輯，總是把論述弄得像座封閉而且秩序森嚴的語言迷宮，完整到令你直覺的反倒不敢相信，因為我們習慣相處的世界並不長這樣子。

卡爾便是最了解密室殺人「物理驗證／神祕想像」二元背反特質的人，無怪乎他能以一個後來者、外來者的不利身分，成功竊取密室王國的國王寶座——卡爾的推理小說，表象上黏貼了最多神祕古老的符號，借用了各個民族的神話傳說，喜歡用這類的死亡咒詛來嚇唬讀小說的人，這我們光從他為自己的小說命名就可以看出來。他也是如此的有恃無恐。

抵達演化右牆

推理女王阿嘉莎．克莉絲蒂曾透過她書中神探之口一針見血的指出：「之所以要把殺人弄得這麼複雜，可見答案一定非常非常簡單。」這話說密室殺人尤其準確。

簡單的答案，給了密室殺人最華麗的表現，但也構成了密室殺人的發展邊界，事情往往都是這樣子。

密室殺人借用基本物理現象和人的感官錯覺來遂行欺騙，但它不真的是物理學論述，不能亦步亦趨跟著物理學往深奧的解答之路走去。密室殺人和物理學最根本的差別在於，密室殺人的閱讀者是一般性的尋常之人，不像物理論述可以只在少數幾個人之間對話，二十世紀物理學所流傳的一些過甚其辭的神話，像說「真正懂量子力學的，全世界不出十個人。」、「聽懂愛因斯坦相對論的，普世不足半打。」云云，密室殺人小說若把生存基礎放在這麼稀少的奇特族群上頭，那老實說也用不著費勁去殺了，很快的便全部餓死絕種了。

因此，完美密室的構成，其真正的勝負關鍵不在於「說得通」，而在於「聽得懂」。它非回歸到一般性的經驗和常識世界不可，它只能使用一般性的、不礙眼的輔助道具，它得有簡單的答案。

後來密室殺人走向所謂「機關派」的絕路，並理所當然讓「機關派」成為失敗密室的同義辭，便在於機關派從根本處違背了「簡單」、「聽得懂」的密室殺人最高守則——我們也許可以同意，借助一堆細繩、掛鉤、卡榫、滑輪、奇怪打結法、定時自動裝置、新通訊器材甚至罕見的記憶合金等等，的確可以九牛二虎製造成密室，但我們這些挑剔的推理小說閱讀者可沒說我們願意接受這九牛二虎的解答。

國內的推理傳教士詹宏志曾俏皮的說：「沒寫過密室，算什麼本格推理作家呢？」這是實話；但更悲情的實話是，好的密室殺人詭計，大致已被卡爾吃乾抹淨了，不在他老兄死後，而在他尚在世的時日。詹宏志引用名推理史家朱利安·西蒙斯的看法，指出卡爾最好的小說多集中在一九三五到一九四五的黃金十年之中，意思是說，連王者的卡爾都已經捉襟見肘不夠用了。

有志於推理書寫的人會不會很沮喪呢？甚或懊惱吾生也晚的為什麼誕生在如此夕暉晚照的時光呢？就像李維—史陀在《憂鬱的熱帶》書中的感慨，若早個十年，我就能趕上某某部族未滅絕的時候；若再早個五年，就連某某部族我也來得及進行調查；再之前三年，更連某某部族也都還在……

逝者如斯，不舍晝夜。我們生而為人，沒能趕上的事多了，愛情，革命，一幢建物，一隻珍禽異獸，一座已被踐踏的八千公尺高峰，一次巨額的樂透獎金，一個傳說中的先代親人。

不僅僅是華麗的密室殺人而已。這怎麼辦好？不能怎麼辦，但也許我們就心平氣和當個愉快的讀者、當個樂在其中的欣賞者鑑賞者，聽著名古生物學者古爾德的忠告，所有的演化都有「右牆」，皆有最終不可踰越的極限，就像棒球場上你不能講安祖．瓊斯的精采接殺超越了半世紀前的威利．梅斯，就像音樂世界裡你不能講披頭四合唱團超越了巴哈、莫札特。當個好的欣賞者，享受每個在演化右牆邊緣驚心動魄的演出，總比當個失魂落魄、只想視前代巨人為寇讎卻無計可施的野心挑戰者強。

好，協議達成，現在就讓我們來讀徘徊在密室殺人演化右牆的約翰．狄克森．卡爾。

第一口棺材

——學者的難題

若想要描述葛里莫教授謀殺案，以及其後同樣令人匪夷所思的卡格里史卓街事件，有太多玄異的字眼都能合情入理地派上用場。對菲爾博士那群偏好光怪陸離事件的友人而言，他們在博士的個案記錄簿中，再也找不到比它們更不可理解、更驚駭懾人的案例了。因為這兩樁謀殺案的行凶手法，顯示凶手不僅得來無影去無蹤，而且還必須身輕於大氣才有可能。依照現場證據指出，凶手殺掉第一位受害者之後，便憑空消失不見；接著在街道兩端皆有人的情形下，於空曠的道路中央殺害了第二位受害者。這回甭說是沒人看見凶手的人影，連雪地上也沒出現他的足跡。

想當然耳，對於妖精或巫術之說，海德雷督察長壓根兒從未相信過。大致上他是對的，除非你一向將魔術信以為真——在適當的時機，本故事會順勢為你解釋其中玄機。不過，有些人開始懷疑，他們認為存在於整個案子中的神祕怪客，很可能只是個空洞的軀殼。他們懷疑剝下他的頭帽、黑色大衣以及那孩童般的滑稽面具後，剩下的或許是空無一物，就像威爾斯某本著名科幻小說中的男子。總而言之，這個人物是夠可怕的了。

在本故事中，「依照證據指出」這句話會一再出現。然而，當證據的呈現並非第一手消息時，我們必須非常謹慎地審視之。關於本案，為了避免無益的混淆，讀者一開始就必須被告知誰的證詞是可以全然相信的。也就是說，「某某人陳述的是實情」是必須設定的前提——否則，具合理性的推理小說不但不存在，這故事也沒有再說下去的必要了。

所以在此得先聲明，史都・米爾斯先生在葛里莫教授家絕未撒謊，他沒忽略掉任何事，也不曾加油添醋，只是精確地陳述整個案件中自己的所見所聞。同樣也必須強調的是，卡格里史卓街一案中那三位彼此毫無關聯的見證人（修特先生、布雷溫先生，以及威瑟警官），他們所敘述的案發經過亦與事實絲毫不差。

在這種情況下，某個與凶殺案相關的重要事件，就必須在這番回溯中盡可能地完整陳述。它是個重要關鍵，是個衝擊，也是項挑戰。它在菲爾博士的筆記中一再出現，記載得非常翔實，與史都・米爾斯向菲爾博士和海德雷督察長報告的內容一字不差。這件事發生在命案的前三天，也就是二月六日週三夜晚，地點是博物館街的瓦立克酒館後廳。

查爾斯・沃內・葛里莫教授住在英國近三十年了，他操著一口純正的英國口音，除了情緒激動時會有些粗魯的舉動，以及喜歡穿戴老式的方頂禮帽和黑色細領結外，葛里莫教授甚至比他的英國朋友更像英國人。沒有人清楚教授早年的生活背景。他個人的財產足以維生，但卻寧可讓工作纏身，也因此賺了不少財貨。葛里莫教授曾做過老師，也是個知名的演講家和作家，但近年來已不再從事相關工作，而是成天耗在大英博物館做個職權不明的義工，以便自由閱覽一些他稱之為「小魔法」的手稿。所謂的小魔法，一直是教授熱中的嗜好，只要是逼真、超自然的魔法，從吸血鬼傳說至黑彌撒，他全感興趣。在研讀手稿的過程中，他總是像孩子般樂得頻頻點頭、吃吃發笑——並伴隨著像子彈穿過肺臟般的疼痛。

葛里莫心智十分正常，眼神總是閃爍著奇異光采。他說話的速度極快，聲音粗嘎刺耳，彷彿是從喉嚨深處迸裂的聲響；此外還有閉齒輕笑的習慣。他身材中等，但擁有結實精壯的胸膛與充沛的活力。博物館附近的人都很熟悉他的外型特徵：修剪仔細猶如齊頭斷株的黑鬍鬚、帶框的眼鏡、短步疾走時仍筆直的步伐，以及與人招呼時草率地舉帽致敬，或是以雨傘做出手旗信號的姿勢。

葛里莫教授就住在羅素廣場西邊附近的某個堅固舊宅。屋裏還住著他的女兒蘿賽特、管家杜莫太太、祕書史都・米爾斯，以及身體違和的退休教師德瑞曼——葛里莫供他吃住，讓他打理家裏的藏書。

不過，真要找到葛里莫那些為數不多的朋友，就得去博物館街的瓦立克酒館，那兒有個供他們聚會的俱樂部。這一群人每週晚上在酒館碰面個四、五回，那是個非正式的私人聚會，一向在後廳那間特別為他們保留的舒適套房中進行。雖然那房間算不上是個私人的套房，但在酒館內鮮少有外人誤闖；倘若真有人弄錯走了進去，也會受到大家的禮遇招待。聚會的固定出席者有挑剔成性的小禿頭佩提斯，他是鬼故事的權威；還有新聞記者曼根、畫家伯納比。但主導整個聚會的，無疑是葛里莫教授。

教授主控全場。一年中幾乎每個夜晚（保留給工作的週六、日兩天除外），葛里莫都會與史都・米爾斯一同前往瓦立克酒館。他會坐進他最愛的扶手藤椅中，在熾熱的爐火前飲啜一杯甜酒，用他喜愛的、權威的方式發表他的高見。米爾斯表示，這些意見雖然偶爾會引起佩提斯或伯納比的激辯，但內容通常都是字字珠璣、睿智通達。教授的態度總是慇勤和藹，其實骨子裏卻是火爆脾氣。一般而言，對於教授那滿腹經綸的巫術或假巫術知識——特別是欺騙老實人的詐術——眾人都會心悅誠服地聆聽。教授對神祕性與戲劇性的事件，有著童稚似的熱愛，每每在為一個中世紀的巫術故事結尾時，常會不搭軋的用當代推理小說的形式解開謎團。雖然眾人侷聚在布魯姆斯貝利區（譯註：倫敦泰晤士河北岸，為二十世紀初英國重要文化藝術中心）的煤氣路燈後，但現場仍瀰漫著某種鄉村小酒館風情，大家無不樂在其中。就這樣，他們度過了許多歡愉的夜晚時光。然而二月六日的那天晚上，一股突來的夜風吹開房門，預示了某種恐怖的徵兆，此後情況就不復往日了。

米爾斯表示，那天晚上風颳得相當強烈，空氣中浮現著狂雪欲來風滿樓的預兆。除了他自己和葛里莫，在場的還有佩提斯、曼根、伯納比，大夥兒都緊靠在火爐邊。當時葛里莫教授正拿著雪茄比劃，滔滔不絕地說著吸血鬼傳奇。

「坦白說，我所感到困惑的，」佩提斯說道，「是你的心態問題。我個人只是研究小說，那都是些從未發生過的靈異故事。就某種程度上而言，我相信是有鬼魂存在的。你一向致力、專擅於經得起證實的事物（我們都被強迫要稱它們是『事實』，除非能提出反駁），可是你對這些畢生從事的研究，卻壓根兒不相信。這就好比是布萊德蕭（譯註：George Bradshaw，英國十九世紀初的印刷商，於一八三九年發行全英火車時刻表，至一九六一年始停刊）寫了一篇文章論證蒸汽火車是不可行的，或是《大英百科全書》的編輯在導言中聲明全書沒有一項條目可信。」

「那又有何不可？」葛里莫啐出他的招牌短哮，幾乎不用張開嘴巴。「很富道德勇氣啊，你不覺得嗎？」

「他大概是書讀得太多，神智不清了。」伯納比說。

葛里莫盯著火爐不吭聲。米爾斯說那時教授的語氣似乎是生氣多於嘲弄。他僵坐著，雪茄啣在嘴唇中央，像是小孩子在吸吮薄荷棒棒糖一樣。

「我是讀了太多的東西，」停頓一會兒後，他開口說話了。「然而，並不是說一個擔任神殿祭司的人，就一定是個虔誠的信徒。不過這不是重點。我一向感興趣的是迷信背後的肇因。迷信是如何發生的？是什麼樣的誘因，讓受騙的人們如此深信不疑？就以我們正在談論的吸血鬼傳說為例吧！那是個在斯拉夫國家中普遍流傳的迷信，沒錯吧？它是在一七三〇至一七三五年間，由匈牙利傳出，然後像一陣疾風似地蔓延開來，最後在歐洲生根發芽。好了，匈牙利人是用什麼方法證明，死人可以脫離棺材，再變身為稻草或絨毛飄浮於空中，最後俟機化為人形來為非作歹？」

「有這種證據嗎？」伯納比詢問。

葛里莫誇張地聳了聳肩膀。

「他們從教堂墓地掘出屍體，有些屍體居然呈現出扭曲的姿態，臉部、手部和屍衣都沾滿血跡。這就是他們的證據。其實那有什麼好奇怪的？那是個瘟疫盛行的時代啊！想想那些無藥可救而被硬生生活埋的可憐人，想想他們臨死前努力掙扎逃出棺材的情景。你們明白了嗎，各位先生？這就是我所謂迷信背後的肇因，那就是我感興趣的地方。」

「我也對此深感興趣。」一個陌生的聲音響起。

米爾斯表示，當時他雖然隱約感覺到門被打開，一股氣流竄了進來，但並不曾聽到此人踏入房間的腳步聲。很可能是他們一時被這不請自來的陌生人給驚住了，因為這裏很少有外人闖入，更別說是發出聲音了。也或者是因為此人的聲音過於刺耳、沙啞、又略帶外國口音，口氣得意且不懷善意，彷彿是來報噩耗的。總之他的意外出現，使得眾人心情一時七上八下、忐忑不安。

米爾斯又說，此人看來毫不起眼。他離爐火有一段距離遠遠的站著，身穿襤褸的黑外套，衣領向上翻起，頭戴邋遢的軟帽，帽緣無力垂掛著，僅見的些許臉龐又被他摸著下巴的手套遮住，因此眾人都看不到他的容貌。所以除了身材高大、穿著不體面、體格瘦削的描述之外，米爾斯對這人再也說不出個所以然了。不過從聲音、舉止，或是他的一些習慣動作來看，他隱約帶種似曾相識的異國風味。

他再度開口說話，聲音透露著一股頑固且賣弄學問的調調，像是以戲謔的方式模仿葛里莫。

「各位先生，請包涵，」他說道，那志得意滿的口氣再次揚起。「打斷了你們的交談。我只有一個問題，想請教大名鼎鼎的葛里莫教授。」

當時沒人想到要斥責他，米爾斯說道，大家全都聽得專心一意，心無旁騖。那男人有種冰冷得教人心顫的力量，破壞了房間內原本溫暖靜謐的舒適感。即使是陰沉凶惡、坐著不動一如愛潑斯坦（譯註：Sir Jacob Epstein，英國雕刻家，以塑造名人和兒童的青銅頭像見長）作品的葛里莫，那一刻也是十分專注，指間的雪茄僵在送往嘴巴的半空中，細邊眼鏡後的眼神閃爍個不停。他唯一的反應是大聲應道：

「哦？」

「你是不是不相信，」那個男人說著，掩著下巴的手套只移開了一隻手指的空間，「一個人可以從自己的棺材裏爬出來，可以隱身四處遊走，無視於牆垣壘壁的存在，更別說具有惡魔般的摧毀力量？」

「我不相信，」葛里莫尖聲答道，「你信嗎？」

「是的，我相信，我就有這種能力！而且我有個兄弟，道行比我更高更深，他對你可是深具威脅。你那條命我沒什麼興趣，但他可不一樣。假如哪天他去拜訪你……」

這段瘋狂對話的高潮，猶如火爐裏最末爆發的破裂音嘎然終止——當過橄欖球選手的曼根小子跳了起來，矮子佩提斯則緊張地環顧四周。

「喂，葛里莫，」佩提斯說道，「這傢伙簡直是瘋了。要不要我——」

他不自然地朝拉鈴方向指了指，但陌生人打斷了他。

「先看看葛里莫教授怎麼說吧，」陌生人說道，「別輕舉妄動。」

葛里莫注視著他，眼中充滿深刻而強烈的輕蔑。

「不用，不用，不用！聽到我說的話沒有？不要妨礙他，讓他說完他的兄弟和他那些棺材……」

「三口棺材。」陌生人插嘴。

「就三口棺材，」葛里莫順從的附和，「隨便你說，想說幾口就幾口，我的老天爺！現在，可以告訴我們你是誰了嗎？」

陌生人從口袋裏伸出左手，在桌上放了一張污穢骯髒的卡片。看到這張平淡無奇的名片，似乎讓大家稍微回復了清明神智，立時把先前的疑慮當笑話般拋除殆盡，將這個粗嗓門的來客當作只是位胡言亂語的落魄演員——因為米爾斯唸出了名片上的字樣：「皮爾・佛雷，魔術家」。名片上的一角還印著「W・C・1。卡格里史卓街二B」，上方另有潦草的字跡「或是轉交學院劇場」。葛里莫笑了起來，佩提斯則是一邊咒罵，一邊搖鈴喚來侍者。

「原來如此，」葛里莫用拇指敲敲桌上的名片說道，「我就知道會是這麼一回事。你是個變戲法的？」

「名片上這麼寫嗎？」

「哎，哎，如果這麼稱呼會貶低了你的層級，我感到很抱歉。」葛里莫點頭回應，笑意在他的鼻孔裏如哮喘般颼颼發響。「你大概不方便玩個把戲讓我們瞧瞧吧？」

「樂意之至。」佛雷出人意表地說。

他的身手快得讓人措手不及。矯捷的動作看似要做出攻擊，但實際上根本沒有出手。他朝葛里莫彎身繞過桌子，在眾人還來不及看上一眼的瞬間，他戴手套的手已拉下外套衣領又回復了原狀。不過米爾斯倒是感覺他曾露齒笑了一下。葛里莫依舊面無表情、一派嚴肅，只是下顎略為揚仰，短鬚上那張嘴巴看似一副不屑的半弧狀。他的拇指仍輕敲著名片，但臉色卻益發黯淡陰沉。

「在我離開之前，」佛雷唐突地說道，「還有個最後的問題要請教我們的大教授。很快就會有某個人在某個晚上來拜訪你。一旦我和我的兄弟聯手出擊，我也同樣會有生命危險，但我已經準備冒險一試。我再重複一次，即將有人來造訪你。你是希望由我——還是讓我兄弟出馬？」

「叫你的兄弟放馬過來，」葛里莫咆哮著，「然後去死吧！」

等佛雷猝然關上房門離去後，幾人才打破僵局開始議論紛紛。而這扇緊緊閉上的門，爾後也深深掩住了二月九日週末夜間事件中最重要的事實。其餘零星閃現的線索，則一直要到菲爾博士將薄玻璃片間的焦黑碎片組合起來時，才像拼圖似的解答出來。就在二月九日的夜晚，當時落雪積滿了倫敦寂靜的巷道，空幻之人踏出致命的第一步，而預言中的那三口棺材也被一一填滿了。

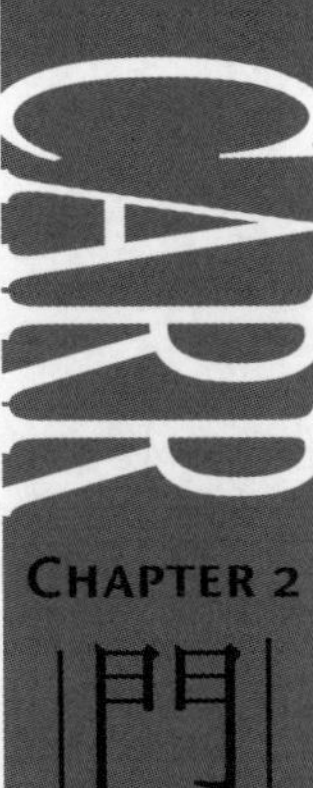

CHAPTER 2

門

那晚爐火熊熊，菲爾博士坐落於兄弟高台街一號的宅邸書房，瀰漫著一股輕鬆和諧的氛圍，紅光滿面的博士高坐在他寬大、舒適而破舊的大椅上。這椅子的填料已被磨坐至凹陷、龜裂但無比舒服的程度，不過卻也足以氣壞那些做太太的家庭主婦。這會兒博士正低聲輕笑，他的手杖輕敲於地毯上，黑緞垂掛的眼鏡裏散發出盈眶的笑意，心情相當愉快。有朋友來訪時，菲爾博士總會以慶祝之名盛情款待，或者說其實是借題發揮。今晚正好有兩個藉口可供他好好飲酒作樂一番。

其一是他的年輕朋友泰德和桃若絲・藍坡神采飛揚地遠從美國來訪。其二是他的好友海德雷——別忘了，他現在可是蘇格蘭場刑事組的海德雷督察長呢——才剛剛大顯身手，偵破了貝絲華特的偽造文書案，目前正無事一身輕地休假中。火爐的一邊坐著泰德・藍坡，另一邊是海德雷，博士則坐在在中間首席，前面還擺個熱得冒氣的潘趣酒缽。在樓上嘛，菲爾太太、海德雷太太以及藍坡太太三人正閒話家常。同一時間在樓下，菲爾和海德雷兩位已經為某事辯得不可開交，難怪泰德・藍坡還以為仍然身在自己家中坐呢。

泰德慵懶地窩在椅子裏，往事雲煙瞬時湧上心頭。坐在他對面的海德雷督察長，留著一把整齊的髭鬚和鐵灰色的頭髮，正一邊抽著菸斗，一邊談笑諷議。主人菲爾博士則崆隆崆隆猛搖著酒杓。

他們倆似乎對科學犯罪，特別是「攝影」這個議題爭論不下。藍坡回想起他以前就聽過同樣的論調，但那只引來那位刑事人員的訕笑。有一次，菲爾博士的老友曼坡漢主教趁博士閒暇時，將他誘去看了一堆葛羅斯、傑西瑞奇、米契爾這些人的攝影作品。就此他受到極大的震撼。現在，真是謝天謝地啊，菲爾博士的腦袋瓜不再只是裝滿科學性的試驗。但是他對化學研究仍然殘存著些許興趣。幸好每每開始做實驗之前，他就會剛好把儀器給弄壞，所以除了曾用本生燈燒掉窗簾之外，還不曾造成什麼嚴重的損傷。不過他在攝影方面（他自己說的）就非常成功了。他買來的器具裝備可不含糊，有岱鋒特爾的名牌顯微鏡相機，再搭配專業的消色差透鏡，工作室還佈置成類似檢查胃疾的X光室。此外，他還宣稱已掌握葛羅斯博士的妙方，能從燒燬的紙張上辨認字跡。

耳邊仍是海德雷的揶揄話語，藍坡懶洋洋地放任自己的心思四處神遊。他瞧見爐火映在歪斜的書牆上，聽到細膩綿密的飄雪輕敲窗玻璃的聲音，從皺巴巴的布簾後響起。他全然放鬆地咧齒微笑。在這完美的世界裏，沒有任何事能困擾他了，不是嗎？隨著目光遊走，他盯著火爐瞧。然而在這無憂無慮的美好時刻，一些瑣碎的記憶宛若從魔術盒中跳了出來，出其不意地闖進他的思緒。

犯罪事件！當然不是。那是曼根自己對腥羶的事件太過沉迷，才會把故事渲染得如此誇張。事情都是這樣的……

「我才不管葛羅斯說過什麼，」海德雷拍了一下椅背說道，「一般人總是認為一個學有專精的人，就說什麼都對。其實在大部分的案件中，燒燬的信件通常沒辦法透露任何訊息……」

藍坡清了清喉嚨，開口說道：

「問一下，聽到『三口棺材』這幾個字，你們有什麼感覺？」

氣氛陡然凝滯住了，不過藍坡絲毫不感到意外。海德雷狐疑地望著他，菲爾博士迷惑地盯著杓子，好像以為那幾個字是什麼香菸或酒館的名字，然後他的雙眼又立即閃動著異樣的神采。

「嘿，」博士的雙手互相搓擦。「嘿嘿嘿！你問這問題只是要緩和氣氛吧，嗯？難不成是說真的？什麼棺材啊？」

「嗯，」藍坡說道，「或許還稱不上是犯罪事件……」海德雷吹了聲口哨。藍坡繼續說，「但這件事情真是怪透了，除非是曼根過於穿鑿附會。我和波依德・曼根很熟，他住在城裏另一頭有好幾年了，是個非常不錯的人，跑遍了世界各地，而且具有十足塞爾特人的豐富想像力。」

他停了下來，腦海裏浮現出曼根黝黑、不修邊幅、甚至有些放蕩的俊俏模樣。他個性上雖然容易激動，但舉止卻是溫吞和緩，頗為豪爽大方，笑容則是親切得教人窩心。

「他現在任職於倫敦的《告示晚報》。今天早上，我在乾草市場碰到他，他把我拉進一家酒吧，一股腦兒告訴了我這個故事。然後，」藍坡的語調轉為奉承恭維。「當他知道我認識偉大的菲爾博士時──」

「胡扯！」海德雷的聲音陡然響起，他銳利地直視著藍坡。「說點正經的事。」

「嘿嘿嘿，」菲爾博士的聲音相當愉快。「別插嘴，好嗎，海德雷？這事聽起來滿有趣的，孩子。然後呢？」

「唔，曼根好像非常崇拜一個姓葛里莫的作家或演講家，也深深愛慕著葛里莫的女兒，這使他更加敬仰那個前輩。這前輩和他的一些朋友，習慣到大英博物館附近的一家酒館聚會。幾天前的某個晚上，發生了一件怪事，這事比看到一個人突然發了失心瘋還讓曼根悚然不已。當時，這個前輩正提到屍體會起身離開墓地這類有趣的話題，突然間一個長相怪異的高個兒走了進來，然後開始喋喋不休地廢話連篇，說什麼他和他的兄弟能夠逃離墳墓，並且如稻草一般飄浮在空中。」（聽到這裏，海德雷發出令人反感的聲音，不再專心傾耳，但菲爾博士仍是興致盎然地看著藍坡。）「事實上，這人似乎是衝著葛里莫教授來的。臨走前，陌生人出言恐嚇，說他的兄弟很快就會來拜訪葛里莫。奇怪的是，葛里莫當下雖然平靜如老僧入定，但曼根敢拍胸脯發誓，其實教授已經嚇得臉色發青了。」

海德雷哼了一聲：

「對你來說那是很難理解，但其實有啥了不起的？有些人天生就一副娘們的鼠膽——」

「這就是重點所在，」怒目而視的菲爾博士吼了回去，「因為他不是那種人。我很清楚葛里莫這號人物。海德雷，如果你認識葛里莫，你就會明白這事有多奇怪。嗯，啊哈，接著說，孩子，後來的發展如何？」

「葛里莫啥都沒說。事實上，他只是很快用個笑話輕鬆帶過，一下子就完全化解了這場莫名其妙的意外。那怪人才離去沒多久，一個街頭音樂家就倚靠在酒館門口奏起〈在高韆上的狂妄小子〉。一時之間，曼根那一群人不約而同地爆笑出聲，大夥兒也神智清醒了。葛里莫笑著說：『這麼說來，各位先生，那具死而復生的屍體，身手得比那狂妄小子更敏捷才行，否則怎能從我的書房窗口飄然落下？』

「就這樣，大家散會了。但曼根在好奇心作祟下，亟欲得知這個『皮爾‧佛雷』是何方神聖。佛雷留給葛里莫的名片上，印著一個劇場的名字，因此隔天曼根假裝以報社採訪的名義，開始循線追查。他發現這家位於倫敦東端貧民區的劇場，只是間不起眼而且已經沒落的音樂廳，每天晚場表演雜耍戲。曼根不希望碰到佛雷，所以先找入口看票的人套話，再經由他的引薦，認識了出場順序排在佛雷前一位的特技表演家。這位特技家自稱『帕格里奇大王』——天知道為什麼，大概是因為他十分機靈，而且是個徹頭徹尾的愛爾蘭人吧。他把自己知道的事，全都告訴了曼根。

「在劇場，大家都叫佛雷『路尼』（譯註：Loony，意思爲瘋子）。沒有人清楚他的來歷。他從不與人交談，每次演出後就急忙閃人。但是——重點來了，他是一等一的高手。那位特技家說，他想不透西區那票經理人，居然會忽略他的存在，一定是佛雷太缺乏企圖心了。他擅長的是種上乘的魔法奇術，特別的脫逃術……」

海德雷嘲弄般地咕噥了一聲。

「不，」藍坡的語氣相當堅持。「就我所知，它絕非只是那種老掉牙的把戲。曼根告訴我，佛雷上台時沒有助理幫忙，而且將所有的道具一起帶進棺材大的箱子裏。假如你們對魔術表演有一些概念的話，就會知道這是多麼了不起的絕活。事實上，此人對棺材之類的東西似乎特別著迷。帕格里奇大王曾問佛雷原因，沒想到答案讓他嚇了一跳。佛雷咧嘴笑道：『我們這一夥有三人曾被活埋，只有一人成功逃脫。』帕格里奇又問：『那你是如何逃掉的？』佛雷冷靜地回答：『我失敗了。你懂吧，我是沒有逃成的其中一個人。』」

海德雷拉了拉自己的耳垂，這下他認真起來了。

「好吧，」他的聲音非常不安。「事情可能比我想像的稍稍嚴重一些。這傢伙鐵定瘋了，錯不了。如果他心裏真有什麼沒來由的怨恨——你說他是個外國人？我也許該撥個電話給內政部，派人去監視他。還有，如果他打算找你朋友的麻煩……」

「他已經製造了什麼麻煩嗎？」菲爾博士問道。

藍坡挪動了坐姿。

「從週三起，在每一班次的郵件中，總是有些來路不明的信件，是寄給葛里莫教授的。每次收件後他都一語不發，只是把信撕碎。有人把酒館發生的事情告訴他女兒，於是她開始憂心忡忡。到了最後，也就是昨天，葛里莫終於表現出異樣的行為。」

「怎麼回事？」菲爾博士問道，方才一直遮住眼睛的手掌移了開來，小眼睛精光陡射，直瞪著藍坡。

「他昨天打電話給曼根說：『週末晚上你來我家一趟。有人發出恐嚇，說要來拜訪我。』想當然耳，曼根建議他通知警方，但葛里莫完全不理會。曼根接著說：『豈有此理！教授，這人根本是瘋了，他可能是個危險的傢伙。你難道不採取什麼防衛措施來保護自己？』教授竟然答道：『哦，沒錯，好主意。我得趕快去買一幅畫。』」

「一幅什麼？」海德雷坐直了身子追問。

「一幅掛在牆上的畫。不，我不是在開玩笑。他真的去買了一幅油畫，風景畫之類的，裏面有些形狀詭異的樹木和墓碑。它的體積大的不得了，得動用兩個工人才抬得上樓。我說『大的不得了』是持保留的說法，因為我還沒親眼看到。油畫的創作者是一位名叫伯納比的畫家，他是酒館聚會的一個成員，也是位業餘的犯罪研究學者……總之，葛里莫準備用油畫來保護自己就是了。」

海德雷臉上盡是猜疑的神情。他直視著藍坡，嘴裏重複了剛剛聽過的話，語氣略帶激動，然後兩人同時轉頭望著菲爾博士。博士端坐著，懸在雙下巴上的嘴唇微微喘氣，亂蓬蓬的頭髮皺成一團，雙手緊握著手杖。他點點頭，眼睛瞪著火爐，然後他開口說話，那聲音似乎為房間增添了些許寒意。

「你知道那地方的地址嗎，孩子？」他的聲音不帶任何感情。「好極了。海德雷，你最好去暖暖車。」

「好，不過，聽我說——」

「聽到一個所謂的瘋子對一個神智正常的人造成威脅時，」菲爾博士再度點頭繼續說道，「你也許會感到不安，也可能不為所動。但是，當一個理智清醒的人，行為卻開始表現得像個瘋子時，我很確知我會極度不安。或許什麼事都不會發生，但我就是不喜歡這種感覺。」他站起來喘著氣說，「走吧，海德雷，我們到那個地方看看，就當作去巡邏一樣。」

酷冷的寒風吹過狹窄的兄弟高台街，雪已經停止飄落。放眼望去，街巷一片白茫茫，讓人覺得不太真實，連堤岸花園也雪白得像圖畫一般虛假。

每逢戲院演出時間便荒無人跡的河濱大道，此刻遍地是車輛壅塞前進時所滾起的紊亂軌跡。時鐘顯示他們轉入歐德威契區的時候是十點五分。海德雷在車上不發一語，外套衣領向上翻起。在菲爾博士的催促下，車速越來越快，海德雷先望了藍坡一眼，然後又看看擠在後座的博士。

「這真是荒唐。你知道，」他停頓一下，「這不關我們的事。何況，如果真有什麼訪客出現，現在八成也已經離開了。」

「我知道，」菲爾博士說道，「我就是擔心這件事。」

這時汽車飛快閃入南安普敦區。海德雷猛按喇叭，彷彿在表達自己的感受，但車速仍持續加快。兩側大樓林立的街道頗為荒涼，接著通往羅素廣場的那條道路更是蕭瑟。道路的西側只有少許的足跡，車胎的軌跡幾已難尋。如果你在剛過卡普街的時候就看到北邊盡頭那座電話亭，不用特別注意你也馬上會看到在它正對面的那棟房子。眼前藍坡就看到一棟正面簡單樸素、三層樓高的大宅，一樓以暗褐色石塊為建基，再蓋上紅磚而成。外面有六層階梯通向大門，門板上有黃銅飾邊、細細長長的投信孔，以及黃銅製的球形門把。此刻僅見到一樓兩扇百葉窗後的窗子，透出光亮照在採光井上，除此之外整個地方全陷入一片黑暗。一棟普通不過的房子，矗建在一個普通不過的地方——但如今已不再是如此了。

眼下一扇百葉窗被扯在一旁，一片透光的窗戶被砰地開啟，彷彿只是虛設的東西。一個人影爬在窗台上，正穿出霹啪作響的百葉窗，猶豫了一下然後往下跳。這一跳雖遠遠躍過了一排欄杆，但一條腿跌在人行道上，立時滑進雪堆中，並衝出街道的路邊石，眼看就要被車子輾過。

海德雷急忙踩煞車，車子滑止在路邊石旁。他立刻衝出車外，在那人還未站起身之前先抓住了他。這時藍坡藉著車頭燈光瞥見那人的面孔。

「曼根！」他說道，「這到底怎麼回事……」

曼根連件大衣或帽子也沒穿，他的手臂、手掌沾滿小鏡片般的雪花，眼睛也似互相輝映地閃閃發亮。

「是誰？」他嘶啞地追問，「不，不，我沒事！放開我，他媽的！」他奮力從海德雷身邊掙脫開來，然後用手拍打上衣。「是誰……是泰德啊！拜託，趕快找些人來。你快去，快一點，他把我們關在裏面——樓上有槍聲，我們剛剛都聽到了。他把我們鎖在裏頭，你看……」

朝曼根的身後望去，藍坡看到窗邊有個女人的黑色半身側影。海德雷連忙截斷這些不著邊際的話。

「鎮定點！誰把你們關在裏面？」

「是佛雷。他還在裏頭。我們聽到了槍聲，但門太厚打不破。怎麼樣，你願意來幫忙嗎？」

話還沒說完，曼根已經跑向正門階梯，海德雷和藍坡緊跟在後。當曼根使勁扭轉門把時，大門應聲而開，他身後的兩人都很意外正門居然沒上鎖。屋內的大走廊相當陰暗，唯一的燈光是來自後方桌上的枱燈。那裏似乎站著某個東西，目光直直盯著他們，臉上的樣子比他們想像中的皮爾．佛雷還要怪異恐怖。這時藍坡總算看清楚了，原來是一具戴著魔鬼面具的日本武士盔甲。曼根慌張地衝向右側門，轉動已插在鎖孔上的鑰匙。門從房內打開，裏頭正是先前他們所見的窗邊女孩。曼根不由分說，伸手一把將她抱入懷裏。說時遲那時快，樓上又傳來砰然巨響。

「別擔心，波依德！」藍坡大聲喊著，他的心臟劇烈跳動，彷彿就要跳出喉嚨。「這位是海德雷督察長，我跟你提過他。聲音是從哪裏來的？那是什麼東西？」

曼根往樓梯指去。

「快上去，我來照顧蘿賽特。他還在樓上，跑不了的。看在上帝的份上，大家千萬要小心！」

他們步上鋪著厚重地毯的樓梯，曼根從牆上取下一件粗陋的武器。二樓一片漆黑，毫無聲息。但是通往三樓的樓梯壁龕有燈光照耀而下，此刻又傳來一連串轟轟的撞擊聲。

「葛里莫教授！」一個聲音大聲呼喊著。「葛里莫教授！回我一聲，好嗎？」

藍坡根本無心品味周遭陰鬱晦暗的異國氛圍。他只是緊隨海德雷身後，登上第二段樓梯，穿過拱道，走進橫跨整個房子的走廊。走廊呈長方形，四壁由橡木製成，全嵌上鑲板紋飾直到天花板。正對樓梯口的長邊壁上，有三座掛著布簾的窗戶。地上的粗厚黑地毯可將所有的腳步聲消音。短邊壁上各有一扇門，兩者面對面地相望。離他們較遠的左側門是打開的，而在右側離樓梯口僅有十呎的那個房門則緊緊關閉著，某個人正用拳頭猛敲門板。

待他們的步伐接近，那人突然轉過身來。雖然走廊內沒有任何照明燈飾，但從樓梯壁龕上散發的黃色光芒——發自壁龕上那具黃銅大佛像的腹部——已足以讓他們看清眼前的一切：一個矮小的男人籠罩於光線中，他上氣不接下氣，揮擺著含糊不明的手勢。他的頭很大，頭上蓬亂的毛髮如小妖怪般張牙舞爪，臉上戴著一副大眼鏡，鏡框後的眼睛正凝視他們。

「是波依德嗎？」那人大叫，「還是德瑞曼？是你嗎？是誰站在那裏？」

「警察。」

海德雷說道，大步橫跨而過，那人則向後跳開。

「你進不去的，」矮男人說道，他手指的關節處還霹霹啪啪發出聲響。「不過我們非進去不可。門從裏面鎖住了，有人和葛里莫在裏頭。剛才有一次槍響——他沒有回應。杜莫太太在哪兒？趕緊把她找來！我告訴你們，那傢伙還在裏頭！」

海德雷忍不住回頭開罵。

「安靜點！看去哪兒弄一組鉗子來。鑰匙現在插在裏面的鎖孔上，我們得從門外轉動它。我需要一對鉗子，你有嗎？」

「我……我不知道……」

海德雷看著藍坡。

「趕快下樓，到我車子裏的工具箱拿，它放在後座底下。盡量找最小號的鉗子，再帶幾支大螺絲鉗回來，萬一這傢伙有武器——」

藍坡一轉身，就看到菲爾博士喘著氣穿越拱道現身。博士沒開口，但他的氣色已不像先前那般紅潤發亮。藍坡一次跨三階飛奔而下，但找鉗子時卻耽誤了不少時間，令人急得像是過了數小時之久。當他急步衝回大宅時，聽到曼根在樓下那間房門關上的房間裏發出聲音，女孩也在歇斯底里的叫喊……

海德雷的情緒依然平靜，他鎮定地把鉗子輕輕插入鎖孔，用力將它夾緊，然後開始向左邊轉動。

「裏面有東西在移動——」矮男人說道。

「成了，」海德雷說道，「退後！」

他戴上手套，激勵自己一下，然後用力把門向內推開。飄搖的房門向後撞上了牆，發出碰擊聲，房內高掛的樹枝形燈架搖搖欲墜。沒有任何入侵者，但好像有某種東西試圖透出訊息。除此之外，明亮的房間空無一人。那所謂的某種東西，正十分痛苦地匍匐爬過黑色的地毯，然後翻了個身，最終全然靜止不動。

藍坡在它身上看到了一大灘血。

CARR

CHAPTER 3

假面具

「你們兩個留在門外，」海德雷簡短地吩咐，「如果有人容易神經緊張的話，別進來看。」

菲爾博士跟在他後頭，搖搖擺擺地走進房間，藍坡則留在門外，張開雙臂擋住門口。葛里莫教授的身體極重，海德雷不敢將他扭歪了。由於拚命向門口爬行，葛里莫曾大量出血，雖然不全是由內臟湧出，但可見到他咬緊了牙關不讓血溢出。海德雷抵著一邊膝蓋將教授抬起，並將教授臉上那副有黑灰色短鬚的面具摘掉。葛里莫的臉色一片鐵青，眼睛緊閉而深陷，手上一條濕透的手帕仍壓在胸前的一個彈口上。大家都聽到他的氣息逐漸微弱沉寂。此刻房內雖然通風狀況良好，但在瀰漫的冰寒霧氣中，仍含有濃郁的火藥味。

「死了嗎？」菲爾博士低語。

「快斷氣了，」海德雷說道。「看到他的臉色沒有？子彈穿過了肺臟。」他轉身對門外那個矮個子說，「打電話叫救護車，快！應該是沒指望了，但或許他死前能說些什麼——」

「是呀，」菲爾博士沒好氣地說，「我們最關心的不就是這件事？」

「如果我們能做的只是這件事，」海德雷冷冷地回答，「那的確是。把那邊那幾個沙發靠墊拿過來，盡量讓他舒服些。」

他讓葛里莫的頭仰躺在枕頭上，彎下身靠近他叫道：

「葛里莫教授！葛里莫教授！你聽到我說話嗎？」

葛里莫蠟白的眼瞼抽動了幾下。他的眸子半開半閉，眼珠詭異、無助而迷惑地轉動著，那是你會稱他們「早熟」或「聰慧」那類小寶寶臉上的眼神。看來，他似乎不明白發生了什麼事。家居服上頭還垂掛了繫著細繩的眼鏡，手指微微地痙攣抽動，像是想舉起手來，胸口仍輕輕地上下起伏。

「我是警察，葛里莫教授。是誰幹的？如果沒辦法回答就不要勉強，點點頭就好。是皮爾・佛雷嗎？」

葛里莫先是出現了看似了解的表情，緊接著則面露迷惑，然後明確地搖了搖手。

「那到底是誰？」

葛里莫急切起來。由於過於急切，所以剎時頹潰了。他開口說了第一次也是最後一次話。他結結巴巴吐出幾個字音，但別說它們的意思，就算聽得出說的是什麼字，也令人如墜五里霧中。話才說完，他就昏厥過去。

左手邊牆上的窗戶約莫打開了幾吋，冷風不斷從此灌注進來。藍坡渾身顫抖。他看著地上這個曾經才高八斗的男人，躺仰於一雙枕頭上，軟趴趴地猶如一具破裂漏氣的睡袋，體內有什麼東西像鐘走似的卡答卡答響著，彷若是要藉此告訴眾人他還活著。不過除此之外，便無其他生氣了。這明亮、靜謐的房間裏，有的只是過多的血跡。

「天啊！」藍坡情不自禁地說，「我們已經無能為力了嗎？」

「沒輒了，只能開始幹活了。『還在屋裏？』好一群糊塗蛋——哦，當然包括我在內！」痛心疾首的海德雷說道，手朝著窗戶打開的部分指去。「那傢伙一定是在我們進來之前，就從那裏逃出去了。他現在當然不在這兒。」

藍坡環顧四周，強烈的火藥味正從他的想像、從這間房中逐漸散去。這是他首次仔細端詳這個地方。

房間面積大約十五呎平方，四壁是橡木製的面板，地上鋪的是黑色厚質地毯。左手邊的牆上（當你站在門口，面朝內所見）有一扇窗戶，上頭掛著隨風搖曳的褐色絲絨帳簾。窗戶的兩旁皆立著長形書櫃，頂部放置著一些大理石半身像。在離窗戶有點距離的地方，擺著一個重型鉤腳狀的平面大辦公桌，這也是此刻房間左方的光線來源。一個軟墊椅背向著它；在桌面左側邊緣有一盞馬賽克花樣的玻璃燈，以及一個青銅製的菸灰缸，缸內橫放著一支捻熄的雪茄，但仍有長長的灰燼在悶燒。桌上還有一個吸墨台（上面原本放著一本小牛皮封套的書），裏面頗為乾淨。墨台上附了一個鋼筆盤，還有個端著便條紙的小怪物——那是個用黃玉刻成的水牛雕像。

藍坡的目光繼續遊走，橫跨了整個房間，然後停留在窗戶正對面的地方。那片牆面有座大的石壁爐，兩旁同樣是書櫃和大理石半身像的擺設。壁爐的上方懸掛著兩把十字交叉的鈍頭劍，劍上面則覆蓋著一面飾有徽紋的盾牌，藍坡（當時）並未仔細察看它們。整個房間裏，只有這一側的家具被弄得亂七八糟。黃褐色的皮革長沙發歪斜地倒塌在火爐正前方，一張皮製椅則翻倒在糾結成一團的壁前毯上。沙發上血跡斑斑。

最後，藍坡的視線再度移動，他直視著正對房門的底牆，看到了那幅油畫。此面牆上也有兩個書櫃，書櫃中間的牆面上騰出一塊空間，底下原本應該放置了一些箱子，看來是幾天前才被挪走的，因為地毯上仍可清楚看見箱底壓印的痕跡。葛里莫原想在這片牆面掛上油畫，現在看來是永遠不可能了。油畫此刻仰面朝上的倒在地上——離葛里莫臥倒之處不遠——上面有兩條刀子劃過的裂痕。這幅畫足足有四呎長七呎寬，因此海德雷必須邊推邊翻地把畫移至房間中央的空地，才能將它豎立起來，好好地端詳一番。

「這玩意兒，」海德雷把它抵在沙發背上。「就是他買來『保護自己』的油畫？唉，菲爾，你不覺得葛里莫也像這個佛雷一樣瘋癲不正常嗎？」

菲爾博士笨重地來回走動，剛才有好一陣子他只盯著窗戶看，表情相當嚴肅。

「是像皮爾‧佛雷，」他戴回自己的鏟形帽，聲音低沉地說道，「他不是幹下此案的人。嗯。我說啊，海德雷，你有看到什麼凶器嗎？」

「沒有。沒看到槍械——我們要找的是那種大口徑的自動手槍——也沒見著把這東西劃出裂痕的刀子。瞧！這只是一幅很普通的風景畫嘛。」

它可不是表面看來那麼普通哩，藍坡想。事實上，它蘊含著某種爆發力，好像創作者是在狂暴憤怒的情況下，將凜凜烈風鞭打畸醜樹木的樣態當場捕捉於畫布上，會讓你感覺到刺冷與恐懼。它的畫風色調是幽暗的，除了背景的低矮白色山脈之外，主要以油綠的色澤強化了黑色、灰色的襯底。在前景的位置上，穿過分歧交叉的樹枝，可看到草地上依序排列著三塊墓石。某種程度上，這幅畫的風格和這個房間有異曲同工之妙，都擁有微微而難以察覺的異國情趣。畫上那三塊墓石正在傾倒瓦解，從某個角度觀之，你會以為那是因為畫中的墓塚正在隆起，像是即將爆開。縱使表面已有刮痕存在，似乎也無損此畫詭譎的外觀。

突然間，樓梯玄關傳來急促上樓的腳步聲，藍坡驚醒而回過神。原來是波依德・曼根闖了進來。他清瘦不少，衣衫不整，不似藍坡平常認識的他。他的黑髮如圈線般捲貼頭上。曼根迅速瞄了躺在地上的那個人一眼，頓時皺緊眉頭，眼神黯然無光，然後摩挲著像羊皮紙般粗糙的頰邊。事實上，他和藍坡差不多歲數，但眼下的斜紋讓他看來老了十歲。

「米爾斯告訴我，」曼根說道，「他是不——」

他朝葛里莫的位置點了下頭。

「你叫了救護車沒？」海德雷避開他的問題。

「那些傢伙正帶著擔架上來。這個地區的人對醫院都很避諱，沒人知道去哪裏找人。我剛好記得教授有個朋友在附近開了家療養所。他們是——」他讓開位置給兩個看護進來，緊隨在後的是一個面容乾淨而冷靜的矮男子，頂著一顆禿頭。「這位是彼得遜醫師，嗯……這是警方，而那個就是……傷患。」

彼得遜醫師臉頰抽動了一下，急急發令：

「擔架，小夥子。」他簡捷地看了一下，然後說道，「在這裏做不了什麼事。小心安置他。」

擔架抬出去時，他臉沉了下來，狐疑地看了看四周。

「還有救嗎？」海德雷問道。

「或許可以再撐幾個小時，就這樣了，搞不好幾小時都不到。要不是他的身體壯得像牛一樣，他老早掛了。看來他曾試圖救自己，卻對肺臟造成更大的損傷……結果扯裂了。」彼得遜醫師將手伸入口袋。「你們希望警方的醫師也能在場，沒錯吧？這是我的名片。取出子彈後，我會把子彈留著，我猜應該是點三八口徑的子彈，大約從十呎之外開槍的。請問發生了什麼事？」

「謀殺，」海德雷說道，「找個護士陪著他，不管他說了什麼，請務必一字不漏地記下來。」

說完醫師便迅步離開。海德雷在一頁筆記本上快快寫了些東西，然後遞給曼根。

「你的腦子現在清醒嗎？好，我要你打電話給杭特街的警察局，告訴他們這些指示，他們會再聯絡蘇格蘭場。如果他們追問發生了什麼事，直說無妨。華生醫師會前往那家診所，其他的人會趕來這裏……站在門口的是誰？」

門外是一名年輕人，身材矮小瘦弱，一副頭重腳輕的模樣，打一開始就站在那裏。在充足的燈光照耀下，藍坡看到他一頭張牙舞爪的暗色紅髮，厚重的金邊眼鏡後頭是一雙大而無神的棕眼，無肉的臉龐上一張鬆寬的大嘴斜斜突翹。這張嘴正發聲響亮而精準地蠕動著，整排牙齒外露加上嘴唇朝上掀動的樣子，活像是一條魚。由於經常講話，唇肉看起來彈性十足。事實上，每回他說話時，總似在對某位聽眾演講，這時他的頭顱會像是聽著音樂節拍似的上仰下俯，而且聲音單調、尖銳地直貫進聽者的腦袋。你可能會認為他是個帶有社會主義傾向的醫科畢業生。沒錯，這你就對了。他的服飾是紅格子花紋的款式，手指交叉橫放在身前。他起初的恐懼慌亂，現在已轉變為莫測高深的平靜。他略微彎身鞠躬，不帶一絲情緒地回答：

「我叫做史都·米爾斯。我是——或者說，我以前是——葛里莫教授的祕書。」他的大眼睛滑溜地轉個不停。

「想必是，」海德雷說道，「趁我們以為他人仍在屋內時，從窗戶逃出去了。現在，米爾斯先生——」

「對不起，」他那平板的聲音插嘴道，帶著某種超然的口氣，「果真如此，那他一定是異於常人了。你檢查過窗戶沒？」

「他說得對，海德雷。」菲爾博士喘著氣說，「去看看！這件事越來越困擾我了。我跟你說真的，假如我們的凶手不是從門那裏離開……」

「他絕對不是。」米爾斯笑著聲明，「我並非唯一的見證人。我從頭至尾都盯著那扇門看。」

「想要經由那扇窗戶離去，他一定得比空氣還輕才行。打開窗戶檢查看看。嗯，等一下！我們最好先搜查一下這個房間。」

根本沒人藏在房間內。確認之後，海德雷低聲嘟囔著推高了窗戶。窗外有一道完整未被壓踏的積雪，沿邊平坦地鋪在窗框上，也蓋滿了外面的寬敞窗台。藍坡彎腰探出窗外向四周察看。

此刻西邊高掛著一輪皎潔明月，所見的任何事物無不像木頭雕刻般立體清晰。窗台離地面足足有五十呎，濕滑的石砌牆面平順地直垂而下。窗台正下方是個後院，一如這個街區的房屋設計，它的四周也圍上一道矮牆。包括這個後院、他們視線所及之處，以及四面圍牆的頂端，這些地方上的所有積雪無一不是平坦未遭破壞。在屋子這側的下方，一扇窗戶也沒有，只有這層頂樓有窗戶。而離此房間最近的窗戶，則設於左邊的走廊，兩者相距有三十呎遠。右邊最近的窗戶是在鄰接的屋子上，相距也有三十呎寬。再向前方望去，一間間屋舍及其後院圍出的四角形院落比鄰相接，看來猶如一個巨大的棋盤，要到最近的屋子也有數百碼之遠。最後，窗戶之上直直鋪排到屋頂的是片十五呎長的石片，以它的傾斜程度，別說要赤手空拳爬上去，連用繩索攀登都無著力之處。

海德雷引頸出窗，語帶促狹地指出：

「老套了，還不就是這樣。」他大聲說道，「你們看看！假設凶手在來此之前，先在煙囪或什麼地方繫條繩索，讓它懸掛於窗外，一旦他幹掉葛里莫之後，馬上出窗抓著繩子，順勢向上爬到屋頂，然後再匍匐爬行至煙囪，解開繩索，最後便逃之夭夭。這整個過程一定留下了許多線索，必然的。所以——」

「沒錯，」米爾斯的聲音響起，「所以我現在必須告訴你，那裏沒有任何線索留下。」海德雷又開始東張西望。米爾斯方才一直在檢查壁爐，現在他轉身面對大家，雖然瞳孔流露出不安的氣息，額頭不斷滲出汗水，但仍露齒努力擠出誇張的笑容。

「你們知道嗎，」他一邊說，一邊把手抬高，並將食指向上伸出。「當我一看到那個戴假面具的男人消失時……」

「戴什麼？」海德雷說道。

「假面具。要再說清楚一點嗎？」

「不用了，等到整理不出頭緒時再說吧，米爾斯先生。對了，關於屋頂這個看法你覺得如何？」

「你們都看到了，屋頂上根本沒有任何生物留下的痕跡或線索。」米爾斯回答。他睜大了眼睛，眼神中盡是聰敏機靈的光采。這又是他的另一套技巧——面帶笑容，眼睛直視，好像飽含鼓勵，儘管有時那實在是個失策的鼓勵。他再次舉高食指。「各位，我再重複一次：當我明白戴假面具的男人已活生生消失時，我就知道麻煩來了——」

「為什麼？」

「因為我一直監視著這道房門，所以我不得不斷言這個男人不曾從房門出來過。好了，如此一來他逃脫的管道可能有：一、藉由繩索攀上屋頂。二、從煙囪內部往上爬，直上屋頂。這是個很簡單的數學定理。倘若ＰＱ等於ｐｑ，那麼很理所當然地，ＰＱ當然等於ｐｑ加ｐβ加ｑａ再加ａβ的總和。」

「是這樣嗎？」海德雷說道，口氣非常壓抑。「所以呢？」

「你們此刻看到的這條走廊的盡頭——若房門打開你們就看得到——」米爾斯堅定地繼續說道，「是我的工作室。我的工作室裏頭另有一扇門可通往閣樓，而閣樓那裏有一扇能通向屋頂的活板門。只要往上掀開活板門，我可以清清楚楚地看到包括這房間上面的屋頂兩側。沒有絲毫痕跡遺留在積雪上。」

「你沒有從活板門爬出去嗎？」海德雷追問。

「沒有，因為根本不可能在屋頂上站穩腳步。事實上，就算在乾燥的氣候下，我也不認為有人能在上面站立。」

這時，菲爾博士的臉龐綻放出燦爛的神采。他內心似乎壓抑著某種慾望，某種想把米爾斯這個天才吊起來炫耀、如同展示某個精巧玩具般的衝動。

「那麼接下來呢，年輕人？」他和藹地詢問，「我是說，如果你的數學公式全是白搭呢？」

米爾斯臉上仍掛著笑意，依舊是一副莫測高深的樣子。

「喔，這就視情況而定了。先生，我是個數學家，我從不容許自己用想的而已。」他雙臂交疊。「除了以言詞極力向各位強調凶手並未從房門這裏離去外，我也希望能藉此方式引起你們的重視。」

「如果你剛剛說的確實是今晚這裏發生的事實。」海德雷一屁股坐在桌上，翻看自己寫的筆記，手擦了擦額頭問道，「放輕鬆點，我們一步一步來。你替葛里莫教授工作多久了？」

「三年又八個月。」米爾斯說，牙齒卡卡做響。

藍坡有種感覺，在那本筆記本所籠罩的調查氛圍中，這位祕書已收斂起自己，並盡量簡潔地做答。

「說說你的工作職務。」

「一部分是處理書信和一般性的祕書工作。不過最主要的事項，是協助教授準備他的新作，書名叫做《中歐迷信習俗的歷史和起源，以及……」

「可以了。這屋子裏住了多少人？」

「除了我和葛里莫教授之外，還有四個人。」

「是，是，然後呢？」

「啊，我懂了！你要他們的名字。蘿賽特・葛里莫，她是教授的女兒。杜莫太太，她是管家。德瑞曼，他是教授一個年長的朋友。還有一個女僕，只知道她叫安妮，沒人告訴我她姓什麼。」

「今晚案發時，有多少人在這裏？」

米爾斯腳板向前挪移了些，讓自己站穩，然後便盯著腳板看。這又是他另一套肢體語言。

「這個嘛，我不能十分確定。我只能告訴你我所知道的情形。」他前後搖擺著身體。「七點三十分晚餐結束時，葛里莫教授便上樓來這兒工作。這是他週六晚上固定的習慣。他交代我十一點鐘以前不希望有人打擾他。這一點也是他不容別人冒犯的癖性。可是，他說……」突然間，這年輕人的額頭上又大量冒出汗水，雖然他臉上仍不露聲色。「可是，他說九點半時他可能會有個訪客。」

「他說過訪客是誰嗎？」

「沒有。」

海德雷傾身向前。

「好，再來，米爾斯先生。你難道沒聽說過有人威脅他的事情？你不知道週三晚上發生了什麼事嗎？」

「我……嗯……我當然清楚先前的事情。事實上，那晚我就在瓦立克酒館。我猜曼根已經告訴你了？」

米爾斯開始概略敘述當天晚上的經過，他心情雖然忐忑不安，但描述起來卻是令人驚訝地靈活生動。同時菲爾博士又再度蹣跚行走，仔細四處審視，今晚他已重複檢視了好幾次。他似乎對壁爐特別感興趣。至於藍坡，因為早已約略聽過那晚在瓦立克酒館發生的事，因此並未注意米爾斯的敘述，只是目光一直跟著菲爾博士移動。博士檢查了翻覆的沙發，在沙發椅頂和右椅臂部分可見到一些血滴飛濺在上面，不過遺留在壁爐前那張黑色地毯上的血跡還是居多，雖然埋在黑色中很難尋跡而辨。是在這裏發生掙扎扭打嗎？不，藍坡心裏想，火鉗還直插於網架中，若是在壁爐前發生搏鬥，火鉗器具勢必嘩啦啦地落了滿地。此外，在一堆燒焦的紙片下，有一些非常微小的火炭碎煤幾乎熄滅了。

菲爾博士喃喃自語著踮起腳跟，察看那飾有徽章的盾牌。藍坡對徽章一竅不通，在他眼中，那只是一件紅、藍、銀三色的防衛武器：盾牌上半部刻著一隻黑鷹與一輪彎月，下部一點的地方，則有一個看來像白嘴鴉的楔形物，下面襯著一個棋盤。雖然外觀上看來偏暗了些，但掛在這間極富原始風格的房間裏，倒能彰顯出濃重的蠻荒風味。菲爾博士咕嚕了幾聲。

直到動手檢查壁爐左側的書櫃之前，他一直沉默不語。端了一陣藏書家的姿態後，他開始展開突襲。他一本接一本地把書抽出，翻到書名頁匆匆一瞥後，便迅速將它們闔上放回櫃上，甚至連一些無甚價值的書籍也沒放過。這些動作揚起了些許塵埃，而翻書製造出的龐大噪音，甚至壓過米爾斯正在敘述的平板聲調。隨後博士興奮地起身，向眾人揮動手上的書。

「喂，海德雷，我無意打斷你們，但這裏頭實在非常古怪，而且極耐人尋味。這裏有蓋布列爾・都柏倫泰的《Yorickés Eliza levelei》兩冊，《Shakspere Minden Munkài》

各種不同的版本有九冊。這裏有個名字……」他停頓了一下。「嗯，啊，米爾斯先生，你知道這些東西嗎？這些是書櫃上唯一沒有積塵的書。」

米爾斯當場愣住。

「我……我不曉得。我想它們是從葛里莫先生藏書閣樓的書堆中搬來的。昨晚為了掛這幅畫，我們挪動了幾個書架，結果德瑞曼先生發現這幾本書被單獨放在其他書籍的後頭……我講到哪裏了，海德雷先生？啊！對了，話說葛里莫先生告訴我晚上會有訪客時，我根本不可能想到訪客會是出現在瓦立克酒館的那名男子。教授沒這麼說。」

「那他到底是怎麼說的？」

「我……你知道，晚飯後我就到樓下的大圖書室工作。他交代我，九點半的時候上樓到我自己的工作室，把門打開，坐好，然後……然後『全神貫注』盯著這個房間，萬一……」

「萬一怎樣？」

米爾斯清清嗓子：

「他並未特別說明。」

「他已經說到這樣了，」海德雷突然大喝道，「而你還是沒對是誰要來感到懷疑？」

「我想，」菲爾博士從中打岔，輕微喘氣。「或許我能解釋咱們這位年輕朋友的意思。想必在他心裏一定有番掙扎。他的意思是，姑且不論他這位年紀最輕的理學士如何強烈認定，也不管$x^2+2xy+y^2$這種公式是否信若堅盾上的紋徽，對他而言，當晚瓦立克酒館的那一幕仍歷歷在目，令人悚然。所以，他毫無意願再探知任何非關他職權的事情。是這樣吧，嗯？」

「先生，我可沒這意思，」米爾斯回答，但語調畢竟是鬆了一口氣。「我是怎麼想的，其實和發生過什麼事無關。你們會明白我確實執行了教授的吩咐。我上樓來，剛好是九點半——」

「那個時候，其他人在哪裏？先別急著說，」海德雷厲聲道，「別回答說你無法確定。那麼，就說說你『認為』他們那時在哪裏。」

「就我印象所及，蘿賽特小姐和曼根在起居室玩牌。德瑞曼先前告訴過我他要外出，因此我沒見到他人。」

「杜莫太太呢？」

「我爬上樓時遇見了她。她正從葛里莫教授的房間出來，手上端著飯後咖啡——也就是說，端著喝剩的咖啡……我走進我的工作室，讓房門敞開，然後把打字桌拖出來，以便工作的同時可以望見走廊。就在……」他閉上雙眼，然後再睜開。「就在九點四十五分的時候，我聽到正門的鈴聲響起。由於屋內的電鈴裝在二樓，所以我聽得很清楚。

「兩分鐘後，杜莫太太從樓梯上來，端著平常放名片的淺盤。就在她正要敲門時，我驚愕地目睹到……呃，那個高個子的男人也上樓來了，就尾隨在她身後。杜莫太太一轉身就看到這個人，便馬上說了一些話。她說的字語我無法逐字重複，但大意約莫是問他為何沒在樓下等候。聽起來她相當不悅。但那個……那高個子男人完全不理會。他逕自走向門口，不疾不徐地翻下大衣衣領，取下帽子放入大衣口袋。我猜想，當時他曾發出笑聲，而杜莫太太則高聲嚷叫著什麼，還畏縮地後退靠在牆邊，然後迅速打開門。這時，葛里莫教授煩躁不耐地現身門口，說了如下的話：『到底在吵什麼鬼？』然後他便凝住不動，直視著高個子男人說，『天啊，你究竟是誰？』」

米爾斯了無變化的聲音越說越快，他的笑容變得非常陰森恐怖，雖然看得出他試圖使自己的笑容顯得開朗燦爛。

「慢點，米爾斯先生。你是否看清楚這高個子男人？」

「非常清楚。他從樓梯上來走進拱道時，曾往我這邊看了一眼。」

「然後呢？」

「他的大衣衣領向上翻起，頭戴有遮簷的帽子。但是各位，我生來就是所謂的『遠視』，因此可以準確觀察到他鼻子、嘴巴的形狀與顏色。其實，他臉上戴著一張小孩子的假面具，那是一種由混凝紙漿做成的面具。在我印象中，面具很長，粉紅色，有一張血盆大口。而且在我看著他的這段時間，他都不曾取下面具。我想我應該可以斷言——」

「你說的對極了，不是嗎？」門口忽然傳來一道冰冷的聲音。「那是一張假面具。而且很遺憾地，他的確不曾摘下來過。」

CHAPTER 4 絕無可能

她站在門口，眼光依序掃過每一個人。不知為何，藍坡心裏閃過一個念頭：這女人一定不簡單。事實上，這女人一點也不起眼，只有黑眼睛還算特別，閃爍著睿智和活力的光芒。然而那雙眼球此刻看來紅腫泛屎，似乎無比疼痛乾澀。她的身材與長相很不協調，身材矮壯，臉龐寬大，顴骨甚高，皮膚則散發著光澤。但藍坡有種奇妙的想法：如果她試著化妝打扮，應該會是個美人。她暗棕色的頭髮蓬鬆盤捲在耳後，身上穿的是再樸實不過的暗色便服，只有開襟處飾上兩道白邊，但整體上還不至於給人衣衫襤褸的印象。

是出自於她的姿態、架式、舉手投足，還是什麼？「傳波帶電」這字眼雖然太過抽象，卻完全傳達了她全身流溢而出的感染力，就像是在電光石火之際所迸發的光熱、能量，以及霹啪爆裂的響聲。她移步走向眾人，鞋子嘰嘎作響，醒目的深眸向外揚張，尋找海德雷的所在。她的雙掌放在身前上下揉搓著。藍坡立時了解到兩件事：其一，葛里莫教授的被害給她相當大的打擊，甚至此創傷將永無平復之日。其二，不過分奢望的話，她大概也已驚嚇過度，快要大哭一場了。

「我是厄奈絲汀・杜莫，」她說，然後解釋自己的來意，「我是來協助各位找出射殺查爾斯的人。」

她說話的語調毫無重音，含糊且死氣沉沉，手掌不斷上下摩挲。

「聽到這件事時，我沒辦法上樓來……我是說一開始的時候。後來我想搭救護車陪他到療養所去，但醫師不允許。他說警察想要和我好好談談。是的，我同意這是明智的作法。」

海德雷起身，把自己一直霸佔的椅子讓給她。

「請坐，太太。我希望馬上聽聽妳的說法。但我得要求妳，必須先仔細聆聽米爾斯先生的陳述，如果需要妳的印證時……」

窗外冷風吹來，她顫抖了一下。在旁敏銳觀察她的菲爾博士，笨重地走到窗邊將窗戶關上。這時她看了壁爐一眼，爐中燃燒殆盡的紙堆下，火苗幾已熄滅。片刻間她已明白海德雷的意思，隨即點點頭。她失神地望著米爾斯，帶著一抹空洞茫然表情，看來幾乎像是在微笑。

「好的，當然。他是一個體貼、可憐的傻孩子，他會表達得很好，是不是，史都？你一定得繼續說下去，我會……注意的。」

就算米爾斯為這話感到生氣，他表面上並未顯現出來。他的眼皮跳動了幾下，然後便交臂環抱。

「如果這麼想能讓女祭司妳高興，」他的聲調平靜無浪。「敝人自是毫無異議。或許我該把故事繼續說下去。呃——我說到哪兒了？」

「你說到葛里莫教授見到訪客時，脫口說出：『天啊，你究竟是誰？』接著呢？」

「啊，對了！那時候他沒戴上眼鏡，眼鏡只是吊著細繩垂掛在胸前。沒了它，他的視力就會變得很差。當時我的感覺是，他一定把面具誤認為真人的臉了。他還來不及戴上眼鏡，陌生人就以令我來不及反應的快動作衝進門口。葛里莫教授想要擋住他，但陌生人的身手快到來不及攔阻，接著我就聽到他的笑聲響起。他進入房間後……」米爾斯停了下來，十分困惑的樣子。「這實在是非常奇怪，我當時的印象是，杜莫太太雖然靠在牆邊直發抖，但在那位陌生人進房後，她卻把門關上了。我還記得，她的手就放在球形門把上。」

厄奈絲汀・杜莫突然迸出聲來。

「小夥子，你這樣說是要讓大家怎麼想？」她問道，「你這個傻瓜，弄清楚自己在說什麼好嗎？你以為是我放任那男人和查爾斯獨處的？是他自己進房後踢上房門，然後轉動鑰匙上了鎖的。」

「等一下，太太……米爾斯先生，她說的是實情嗎？」

「我希望大家能了解，」米爾斯說道，「我只是盡量忠實地描述每一項細節，甚至每一絲印象。我無意指涉什麼，我也願意接受指正。如同我們這位女祭司所言，是他轉動鑰匙上鎖的。」

「這就是他所謂的幽默，叫人『女祭司』，」杜莫太太憤怒地回應。「哼！」

米爾斯露出微笑。

「各位先生，我們言歸正傳。我十分肯定，當時我們的女祭司確實是激動了起來，她開始喊著葛里莫教授的教名，同時扭轉門把。我聽到裏頭有聲音傳出，但房間離我有一段距離，而且房門相當厚實。你們待會兒也會看到。」他作勢指著門。「我無法分辨那是什麼聲響，直到三十秒後，才聽到葛里莫教授生氣地對我們的女祭司大叫：『走開，妳這傻瓜，我可以應付的。』所以想來，在那三十秒時間裏，高個子男人應該是卸下他臉上的面具了。」

「我懂了。他的聲音聽起來……是否有害怕的感覺或類似的情緒？」

「剛好相反。應該說，聽聲音他好像寬心了不少。」祕書先生回答。

「至於妳，太太，妳就這樣服從地走開，沒有再——」

「是的。」

海德雷和顏悅色地說：

「即使有人不像開玩笑地戴著假面具在這裏放肆？即使是妳已知道這是衝著妳僱主來的時候？」

「二十多年來，我對查爾斯・葛里莫一向是言聽計從。」這女人的語氣異常肅敬。「僱主」這個字眼顯然刺痛了她，她那佈滿血絲的眼睛毫無畏意。「我確信沒有什麼狀況是他無法應付的。服從！我當然服從，我一向服從。更何況，你根本就不明白當時情況，你什麼也沒問我啊！」她的輕蔑表情轉為似笑非笑。「就心理學的角度而言——查爾斯一定會這樣說——很有趣的是，你一點也沒問史都他為何服從，對他的反應一點也不覺得吃驚意外，因為你認為當時他已嚇得魂飛魄散。好吧，我倒要謝謝你迂迴的恭維。請繼續。」

藍坡覺得自己彷彿看著一個大劍客揮動著他柔軟的手腕，海德雷似乎也有同感，雖然他是面朝向祕書。

「米爾斯先生，你還記得那高個子男人進房的時間嗎？」

「九點五十分。我的打字桌上有個時鐘。」

「那你何時聽到槍聲？」

「剛剛好是十點十分。」

「這段時間裏，你一直盯著房門？」

「是的，我很有把握。」他清清嗓子。「儘管女祭司認為我膽小怯懦，但槍響後第一個到達門邊的人卻是我。房門仍是從裏面反鎖——各位都當場看到，因為沒多久你們就來了。」

「他倆相處的二十分鐘內，你是否聽到任何說話、動作或什麼聲音？」

「曾經有一度，我記得有聽到某種聲音響起。要我形容的話，它有點像是碰撞的聲音。不過，畢竟是有些距離……」目光與海德雷的冷眼不期而遇時，他又開始搖晃身體、睜大眼睛，再次冷汗直流。「當然，我很清楚自己說的這段過程簡直是荒謬到極點，但我不得不然。各位先生，我發誓……」他突然舉起鼓脹的拳頭，聲音也高了八度。

「可以了，史都，」女人溫柔地說道，「我可以證實你的說詞。」

海德雷的態度友善，但不失追根究柢的堅持。

「我想這樣已經可以了。米爾斯先生，我還有最後一個問題。對於這名訪客，你可否具體描述他的外觀……馬上就好，太太！」他的話聲剎時中斷，然後很快又接上。「不要著急。請說，米爾斯先生，嗯？」

「我非常肯定，他身穿黑色長大衣，頭戴棕色布料的遮簷帽。褲子是暗色系的，鞋子我沒觀察到。頭髮嘛，當他摘下帽子時……」米爾斯停了一下。「這真是古怪極了……我不是在故弄玄虛，但我剛剛竟然記起來了。他的頭髮乍看黝黑，宛若塗上油彩般地閃閃發亮——希望你們能了解我的意思——感覺上整顆頭幾乎像是混凝紙做成的。」

原本一直在油畫周遭來回踱步的海德雷，聞言轉身看著米爾斯，米爾斯不禁嘎叫了一聲：

「先生們，」他大聲說道，「是你們要我把我看到的東西說出來的。這就是我所看到的，真的。」

「說下去。」海德雷的語氣不帶一絲情緒。

「他的手插在大衣口袋裏，雖然我不是十分肯定，但我相信他是戴著手套。他的個子很高，起碼比葛里莫教授還高上三、四吋，骨架算是中等……呃，從人體解剖學的觀點來看是如此。這些就是我所能提供的具體描述。」

「他看起來像那個皮爾・佛雷嗎？」

「呃……是很像。或是說，某方面看來是滿像，但從別的角度看又不像。我應該這麼說：這個男人比皮爾・佛雷還高，但沒他那麼瘦。不過我無法信誓旦旦地保證。」

在兩人一問一答的期間，藍坡的眼角一直瞄著菲爾博士。博士把鏟形帽挾在腋下，穿著軟趴趴的寬大外衣，緩步走遍整個房間，手杖不停敲在地毯上發出惱人的聲響。他彎腰檢視每樣東西，非要看到眼鏡滑落鼻頭才肯善罷甘休。他凝視油畫，察看書櫃，並且端詳桌上的黃玉水牛雕像。接著他又喘著氣彎腰檢查壁爐，然後再起身研究上頭盾牌表面的紋章。對於最後這個玩意兒，他似乎特別有好感——而且，藍坡還注意到博士不時注視著杜莫太太。她好像相當懼怕他，在她明亮的小眼睛裏，隱藏著一股恐懼。每當博士結束某一樣勘查，她的眼球便會快速轉動一下。這個女人一定知道內情。她的雙手緊緊握在膝部，試著不去理會他，但目光卻又不自覺地跟著他遊走。就這樣，兩人之間宛若進行著一場無形的刺探。

「還有其他一些問題想請教，米爾斯先生，」海德雷說道，「特別是關於瓦立克酒館事件和那幅畫。不過可以等我們把眼前這件事理出一些頭緒以後再談。你可不可以下樓去，請葛里莫小姐和曼根先生上來？還有，如果德瑞曼先生已經回來了，也請他一起上樓……麻煩你了。等一下！呃，菲爾，你有問題要問嗎？」

菲爾博士搖搖頭，面容十分慈祥。但藍坡看見那女人的手指關節緊繃起來。

「你的朋友一定得用這種方式走路嗎？」她猝然喊叫著，聲音非常尖銳刺耳，以至於子音W發成V。「那實在令人很不舒服，那……」

海德雷凝視著她。

「我明白，太太。不過很遺憾的，他走路的方式就是如此。」

「那麼，你是誰？你就這樣公然進入我的屋子——」

「我最好解釋一下。我是蘇格蘭場的刑事組督察長。這位是藍坡先生。至於那一位，妳剛才可能也聽到他的名字了，他是菲爾博士。」

「是，是，我想也是。」她點點頭，然後往身旁的桌子上拍了一掌。「好哇，好哇！即使是這樣，你們就可以忘記應有的禮貌嗎？你們就一定得打開窗戶，讓房間凍到快要結冰嗎？我們至少可以生個火取取暖吧？」

「我不贊成。妳知道，」菲爾博士說道，「得先檢查過哪些東西被燒燬了才成。這兒一定生過一場大火。」

「噢，你們怎麼這麼笨呢？你們還坐在這裏幹什麼？你們很清楚是誰幹的呀！就是佛雷那個傢伙，你們都知道的，是不是，是不是？你們為什麼不去追捕他？都告訴你們是他做的了，你們還坐在這裏幹什麼？」

厄奈絲汀．杜莫厭倦地說道。她的表情強烈，看起來像是個恍惚、惡毒的吉普賽女人，彷彿這時已親眼看見佛雷從絞首台上墜落。

「妳認識佛雷這個人？」海德雷突然問道。

「不，不，我從未見過他——我是說，在今天以前。但查爾斯有告訴我一些他的事。」

「什麼事？」

「哼，呸！這個佛雷是個喪心病狂的瘋子。查爾斯根本不認識他，但這個人不知腦子哪裏不對，竟認為查爾斯看不起那些超自然的魔術。他有個兄弟，他……」她扮了個鬼臉。「也是半斤八兩，你們明白了吧？好了，查爾斯告訴我，今晚九點半這個男人會找上門來。如果他真的出現，我得讓他進來。但到了九點半我去收拾查爾斯的咖啡杯時，他還笑著說，假如這個男人這個時候沒來，那他今晚就不會來了。他說：『滿腹仇恨的人，都是行動迅速的急驚風。』」她坐回椅子上，重新挺起胸膛。「結果他錯了。門鈴在九點四十五分響起，然後我去應門。門外階梯上站著一個男人，他手持著名片說：『麻煩妳將這個拿給葛里莫教授，並請示他可否接見我？』」

海德雷傾身靠在沙發椅邊緣，同時緊盯著她。

「太太，那張假面具呢？妳不覺得有些怪異？」

「我完全沒看到什麼假面具！你難道沒注意到樓下走廊只有一盞燈嗎？還好他的身後還有一盞街燈，我還看得清他的身影輪廓。他說話的態度謙恭有禮，手上拿著名片，我一時間不知如何反應……」

「慢著，請等一下。假如再聽到他的聲音，妳能否辨認得出來？」

她聳了聳肩膀，像是甩掉背上的某項重物。

「可以！但我不知道……可以，我可以！但是，你知道那聲音聽起來不太對勁，被面具蒙住——我現在了解了。啊，為什麼男人這麼……」她靠回椅背，沒來由地眼眶溢滿淚水。

「我不明白怎會有這種事情！真的，我沒騙你們！有人傷害了你，很好，你便伺機以待，最後殺了他。然後呢，你的朋友便會為你出庭，發誓你不在現場。你不會戴面具，不會像老德瑞曼那般在蓋伊・佛克斯之夜（譯註：Guy Fawkes，英國歷史上某爆炸事件的主犯，依習俗在每年十一月五日，英國人以燒此人的肖像慶祝）和孩童一起戴上彩色面具慶祝；也不會像那個可怕的男人一樣，交給你一張名片後，就走到樓上去殺人，然後又從窗戶逃走，消失得無影無蹤。這簡直就像是我小時候聽來的童話故事……」她那憤世嫉俗的姿態頓然崩潰，整個人變得歇斯底里起來。「哦，老天爺！查爾斯，我可憐的查爾斯！」

海德雷沒說話，靜觀其變。杜莫太太很快就恢復理智，瞬間又拾回平穩的情緒，一副置身事外渾然不解的模樣。她轉換自如的脾氣，和那幅油畫一樣地神祕費解。爆發的情緒如驟雨般來得快去得快，雖然使她呼吸沉重，卻也讓她放鬆心情且重新提高警覺。她的指甲在椅臂上刮擦的噪音，聲聲鑽入眾人耳中。

「那個男人說，」海德雷依然緊迫盯人。「『麻煩妳將這個拿給葛里莫教授，並請示他可否接見我？』好極了。那麼當時，據我們所知，葛里莫小姐和曼根先生人在樓下正門旁的起居室裏，是這樣嗎？」

她以奇怪的眼神看著他。

「你問得很奇怪，我不懂你的用意。是……是的，他們大概是在起居室，我沒有特別留意。」

「起居室的門是開著還是關著？」

「我不知道。不過我猜應該是關著，否則大廳走廊的光線應該更明亮一點。」

「請說下去。」

「哦，那人遞名片給我之後，我原本要說：『請進，我去通報一聲』，然後我突然反應過來。我無法單獨面對他——他是個瘋子嗎？我只希望趕快上樓，將查爾斯請下來見他。所以我就說：『請等候，我去通報』，然後當著他的面，『砰』地一聲重重把門關上，彈簧鎖也迅速扣住，以防他進到屋子來。我趕緊走回燈光下，看著手上的名片。名片現在還在我這裏，我當時根本沒有機會遞出去。還有，它是空白的。」

「空白的？」

「名片上沒有任何字體或圖形。我上樓想拿給查爾斯過目，並請他下樓見客。接下來發生的事情，我們的小米爾斯已經告訴各位了。我正要敲門，卻聽見身後有人上樓的聲音。我一轉身，就看到有個高瘦修長的人影正逐步靠近。但我可以發誓，我可以對著十字架發誓，我真的把樓下的大門鎖上了。呃，其實我不是怕他，不是！我還質問他自行上樓是什麼意思。

「這時候，你們知道，我仍無法看到他臉上的假面具，因為他背向樓梯間的燈光，那盞燈可照到走廊盡頭和查爾斯的房門。他用法語回我說：『太太，妳那樣是不可能擋得住我的』，接著他翻下衣領，並將帽子塞入口袋。我索性把門打開，因為我知道他沒膽面對查

頂樓後部的平面圖

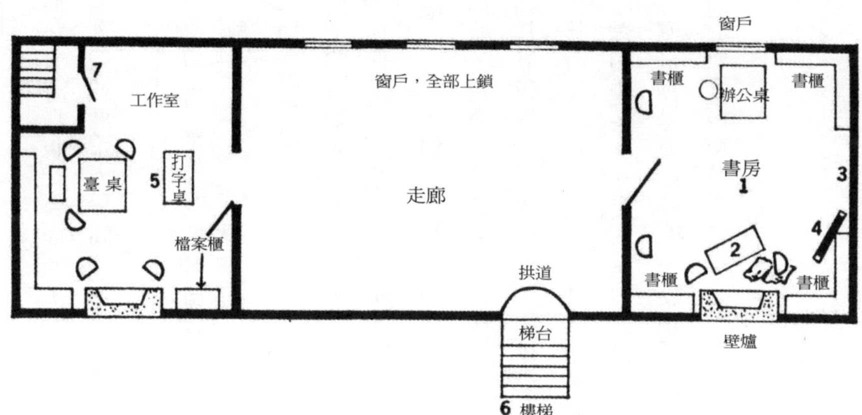

1.葛里莫橫屍之處。

2.散亂的沙發、椅子，以及壁爐地毯。

3.牆壁前的空白空間，亦即曾懸掛油畫的地方。

4.直擺的油畫，靠在書櫃上。

5.米爾斯坐的位置。

6.杜莫太太站的位置。

7.此門通往可連接屋頂踏台的樓梯。

爾斯。就在此時，查爾斯也從裏面開了門。然後我親眼看到了面具，它像人的皮膚一樣呈桃紅色。他以驚人的速度躍入房間，我完全措手不及，接著他用腳反踢關門，轉動鑰匙，門便上鎖了。」

她停了下來，彷彿最驚險的部分已經講完，如今又可以自在地呼吸了。

「然後呢？」

她的聲音又變得平板單調。

「按照查爾斯的吩咐，我走開了，沒有大驚小怪，也不去爭辯。但我沒有離開太遠。我走下樓梯幾步，停留在仍觀望得到房門的位置，然後和史都一直堅守崗位一樣，半步都沒離開。這真是……太可怕了。你們知道，我已不再年輕，當槍聲響起時，我在那裏；當史都衝出來撞門時，我還在那裏；甚至當你們正要上樓時，我還是在原地。可是我已經快撐不住了，我非常清楚發生了什麼事。我覺得天旋地轉，趁還沒昏厥前趕快回到樓底轉角自己的房間，然後就……倒下去了。女人常常如此的。」蒼白顫抖的嘴唇，在她光滑的臉上，咧成一抹虛弱的微笑。「史都說的沒錯，沒人離開那個房間。老天保佑，我們說的都是實情。不管那個怪物是怎麼離開，反正絕對不是從門口走掉的……現在，拜託，可以讓我去那家療養所看看查爾斯嗎？」

CHAPTER 5

謎樣的遺言

這一次換成菲爾博士接腔了。他背對壁爐站著，整體看去猶如一個頭頂黑帽的龐然大物，屹立於掛壁的劍、盾之下，整個場景似乎是為他而鋪設的。加上兩旁的書櫃和側向他來的兩座白色半身塑像，儼然一身封建時期的男爵氣派。只不過還不至於像座牛頭標本似的那麼駭人。他將雪茄尾端咬掉，轉頭，然後俐落地將它吐進壁爐，眼鏡也順勢滑落到鼻頭。

「太太，」他轉過頭來，帶著責難的音調，像是在喊口號。「我們不會耽誤妳太久。我要明白地告訴妳，對於妳和米爾斯的敘述，我絕對沒有偏頗任何一方。在展開正式調查之前，我會讓妳知道我完全信任妳……太太，妳記得今晚雪停了的時間嗎？」

她銳利、不安且心存防衛地看著他，顯然她聽過菲爾博士這個人。

「這有什麼要緊的啊？我想約莫是在過九點半的時候吧。沒錯！我還記得，當我上樓去收拾查爾斯的咖啡杯時，我曾往窗外看了一下，發現雪已經停了。這重要嗎？」

「哦，非常重要，太太，否則我們只有半個『不可能的犯罪現場』了……妳說得對。嗯，海德雷，記得嗎？的確是大約九點三十分的時候雪停了。沒錯吧，海德雷？」

「是的，」督察長表示同意，但他也狐疑地看著菲爾博士。他已深知每當菲爾博士眼神茫然地反覆追問時，必定是事有蹊蹺。「就算是九點三十分好了，那又怎樣呢？」

「到訪客離開這個房間那刻為止，雪已經整整停了四十分鐘。不只如此，」博士以冥想的語調說，「甚至在訪客到達這座屋子的十五分鐘前，雪就停了。是這樣嗎？太太，歟？他按門鈴的時候是九點四十五分？太好了……海德雷，你記得我們抵達這棟房子的時間嗎？你是否注意到，在曼根、你以及藍坡衝進去的時候，通往門口的階梯上沒有看到任何足跡，甚至通往階梯的人行道上也同樣沒有半個腳印？你知道嗎，我注意到了。不過，這件事我們以後再來確認。」

這番話讓海德雷倏地站直身子，嘴裏還發出低沉的吼聲。

「天啊！沒錯！整條人行道非常乾淨。這……」話聲一停，他慢條斯理地晃到杜莫太太身邊。「這就是你說的，你相信杜莫太太的證據？菲爾，你也瘋了嗎？我們聽到的故事是，某個男人在某個雪停了十五分鐘後的時刻，上門按了人家的門鈴，還穿越他們上了鎖的大門，而且……」

菲爾博士睜大眼睛，突然間一連串咯咯笑聲從他的背脊爆跳出來、流竄而出。

「我說啊，年輕人，你為何如此大驚小怪？很明顯地，他有能耐不留足跡地凌空離去，既然如此，他同樣飄然若現地登堂入室，又為何讓你這般心煩意亂？」

「我不知道，」海德雷頑強地承認。「但，該死，真是該死！在我的經驗裏，從密室謀殺的現場進入和逃出，是截然不同的兩回事。倘若真讓我碰到了那種進入和脫身都完美無瑕且超乎常理的狀況，那麼我的思考邏輯便會秩序大亂。不管它了！你說——」

「拜託，請聽我說，」杜莫太太打岔，頰角肌肉結緊，臉色蒼白。「我所說的，是不容置疑的事實。老天啊，請為我見證！」

「我相信妳，」菲爾博士說道，「妳可別讓海德雷那個蘇格蘭的死腦筋給嚇著了。他一定會相信妳的，不然我就和他絕交。但我的重點是，既然我對妳的說詞確信不疑，那不就表示我對妳是十足的信任，是不是？所以，我唯一要提醒妳的是，別破壞了那份信任感。我再荒唐也不會懷疑妳剛剛的陳述。但我猜測，對妳待會兒即將要說的事情，我會抱持強烈的疑慮。」

海德雷半睜著眼睛。

「又來了，我最怕這種情形。每當你要開始發表那種似非而是的怪議論時，我就怕得要命。說真的，現在——」

「你問吧。」女人彷彿神經麻痺地說。

「哼，謝啦。請問，太太，妳擔任葛里莫的管家有多久了？不，我換個說法：妳跟著他有多久了？」

「超過二十五年了，」她回答，「我曾經……不只是他的管家。」

她一直看著自己的手，五根手指曲曲張張反覆糾結在一塊。現在她終於抬起頭來。她的眼神激烈而堅定，彷若不確定自己有膽子披露到什麼程度。那種神情就像是緊盯著蟄伏於角落的敵人，正準備撲向前去狠狠廝殺一場。

「我請求各位，」她沉著地說道，「別將我說的事情洩漏出去。你們可以到波街（譯註：指倫敦的違警法庭，它就位於此街之中）去找外僑移民記錄，裏面記載的內容將證實我的說詞。不過這麼做是多此一舉，根本於事無補。我這麼說並非為了自己，希望你們明白。蘿賽特・葛里莫是我的女兒。她生於此地，這有記錄可查，但她完全不知情——也沒有其他人知道此事。拜託各位，我能否相信大家會保守祕密？」

她呆滯的眼神漸漸清明，聲音雖仍平息安靜，聽來卻有一股急迫的意味。

「妳怎麼會擔心這個，太太？」菲爾博士皺起眉頭說道，「我們根本管不著這件事，你們說是不是？我們當然會守口如瓶。」

「此言當真？」

「太太，」博士溫柔地說道，「我並不認識這位年輕小姐，但是我敢和妳打包票，妳這多年來的顧慮恐怕是多餘的了。她很可能早已經知道了。小孩子其實知道很多事，她只是沒讓妳知道。這個世界之所以顛倒失序，是因為我們總佯裝二十歲以下的人沒有任何情緒、而四十歲以上的人也不再心存澎湃的熱情。算了，別管我說的。」他微笑道。「請問妳在哪裏邂逅葛里莫的？是來到英國之前嗎？」

她的呼吸沉重，回答的聲音微弱含糊，彷彿若有所思。

「是的，在巴黎。」

「妳是巴黎人？」

「呃……什麼？不，不，不是土生土長的！我出身外省地方，但是到巴黎工作，然後在那裏遇見了他。我是做衣服的。」

海德雷停下忙著摘記的筆，抬頭問道：

「做衣服的？」他重複地說道，「妳是指做女裝還是什麼來著？」

「不，不，我的意思是，我幫歌劇團和芭蕾舞劇團做戲服，就在歌劇院工作。這你們可以去查！還有，為了節省你們的時間，我可以直接告訴你們，我從未結過婚，我的閨名是厄奈絲汀・杜莫。」

「葛里莫呢？」菲爾博士突然問道，「他是哪裏人？」

「我想是法國南部的人吧，不過他在巴黎求學。他的家人全都過世了，所以你們要查什麼也沒輒了。他繼承所有的遺產。」

這些不經意問起且看似無關緊要的問題，把現場氣氛弄僵了不少。然而菲爾博士接下來的三個問題卻更讓人摸不著頭緒，海德雷不禁從筆記本上抬頭吃驚地瞪視。而原本已恢復平靜的厄奈絲汀・杜莫，情緒再次浮動不安，目光也流露出警戒的神色。

「太太，妳的宗教信仰為何？」

「我是唯一神教派信徒（譯註：新教的一派，反對三位一體說，主張唯一神格，不承認基督爲神）。問這幹嘛？」

「嗯，好。葛里莫去過美國嗎？或者，他在那裏有朋友嗎？」

「從未去過。而且據我所知，他在美國沒有認識的人。」

「妳聽到『七座塔』這個字眼時，有什麼想法嗎，太太？」

「沒有！」厄奈絲汀・杜莫大聲叫喊著，臉色瞬間慘白。

菲爾博士抽著剛點燃的雪茄，透過煙霧眨眼看看她，然後緩行步出壁爐前的地毯走近沙發，讓她不禁畏怯起來。但他只是用手杖指著那幅大型油畫，順著白色背景山脈的線條移動。

「我不追問妳是否了解這幅畫代表的意義，」他接著說道，「不過我要問妳，葛里莫是否告訴過妳他買畫的原因？它的迷人之處究竟在哪裏？它得以抵擋子彈或惡魔厲眼的力量從何而來？它到底擁有何種影響力……」

他停頓下來，好像突然想起某件令人吃驚的事。然後他喘息著伸出一隻手，從地上舉起油畫，好奇地將它轉個面。

「哦，我的天啊！」菲爾博士突然一下失魂落魄。「媽呀！神明在上啊！噢！」

「怎麼啦？」海德雷跳上前來追問，「你看到什麼了嗎？」

「沒有，什麼也沒看到，」菲爾博士急忙分辯道，「但這正是重點所在。是怎樣呢，太太？」

「我想，」女人的聲音相當虛弱無力。「你是我遇過最奇特的人。不，我不知道這玩意兒有什麼意思。查爾斯不會告訴我的，他只會唧唧咕咕喃喃自語和輕笑。你為何不去問問創作者本人？是伯納比畫的，他應該知道。不過，你們這群人怎麼盡問些沒頭沒腦的事？那裏面畫的不過是個幻想出來的國度罷了。」

菲爾博士哀傷地點點頭。

「恐怕妳是對的，太太，我不認為它真的存在。假如有三個人被埋在那裏，要找到他們可是件難事，不是嗎？」

「可不可以請你別再胡言亂語了？」

海德雷咆哮著，但他旋即滿臉驚愕，因為他所謂的胡言亂語，在厄奈絲汀・杜莫聽來卻如受一記重拳。她意欲離去，以掩飾那些話所帶來的震撼。

「我要走了，」她說道，「別攔我。你們全都瘋了，你們只會在這裏胡說八道，卻坐視皮爾・佛雷逃之夭夭。你們為何不去追捕他？為什麼不真的做些有用的事呢？」

「因為妳心裏明白，太太……葛里莫自己都表明了不是皮爾・佛雷幹的。」

她依然瞪視著他。此時博士用拇指一推，讓油畫向後斜倒在沙發上。這幅三塊墓石豎立於曲詭樹林中的幻想風景畫，將藍坡的心緒帶到戰慄驚恐的邊緣。當樓梯間傳來腳步聲時，他仍出神地凝視油畫。

能看到貝特思警官那張平凡、瘦削但充滿熱誠的長臉，真是讓人精神為之一振。藍坡是在「倫敦塔案件」中認識他的。警官身後跟著兩個精神奕奕的便衣刑警，兩人拎著攝影與指紋採樣的全副裝備。在米爾斯、波依德・曼根以及才從起居室上來的女孩身後，則站著一位身著制服的警察。那女孩穿過眾人走進房間。

「波依德說過你們要見我，」她的聲音平靜，但仍聽得出驚魂未定。「不過我那時一定得跟著救護車去。厄奈絲汀阿姨，妳最好盡快趕過去，他們說他……快要走了。」

她試圖表現得精明威嚴，即使脫下手套也架勢十足，不過卻拿捏得不是很好，還是看得出二十出頭年輕人那種缺乏經驗及考驗的生嫩。看到她那一頭在耳邊捲起的金黃色短髮，藍坡甚感驚豔。她的臉蛋方正，顴骨有點高聳，長得不算漂亮，但倔強、有活力，會引發人們憶起古老的年代，雖然也說不出是哪個年代。她的嘴巴寬闊，唇上塗的是暗紅色的口紅，不過相較於這張潤唇及輪廓清晰的臉龐，那雙淡褐色的長眼則顯得怯弱了些。她很快地環顧四周，然後依偎到曼根身邊，整個人蜷縮於自己的毛皮大衣裏。她的精神狀況距離全然的歇斯底里已不遠。

「可不可以請你們趕快告訴我，你們找我要做什麼？」她大聲說道，「難道你們不明白，他已經在垂死邊緣？厄奈絲汀阿姨……」

「假如在場的各位先生沒別的事要問我，」杜莫太太僵硬地說道，「我就要離開了。我真的得走了，你們知道的。」

她突然變得順從溫馴起來，但這卻是一種嚴肅的溫順，其中還帶著大半的挑戰意味——好像容忍的極限就在眼前。這兩個女人之間似乎有種一觸即發的情緒，蘿賽特・葛里莫的眼睛尤其洩漏著惶惑不安。兩人迅速地互瞄一眼，但並未正眼對視，而且有意無意模仿著對方的動作，然後突然都意識到這點，便猝然中止。其間海德雷一直沉默不語，就像平常在蘇格蘭場看著兩個嫌犯互相對質時一般。

「曼根先生，」他力道十足地插嘴道，「可否麻煩你帶葛里莫小姐到走廊盡頭米爾斯的工作室？謝謝你。我們馬上會過去。米爾斯先生，請稍候一下……貝特思！」

「長官？」

「有些非常重要的任務交派給你。曼根有轉告你要帶著繩索和手電筒嗎……太好了。我要你爬到屋頂上去勘查，每一吋面積都不能放過，看看有沒有足跡或印痕什麼的，這間書房正上方的地方更得仔細搜索。然後你再到屋後的院子以及鄰接的各個後院檢查，看能不能找到什麼印痕。米爾斯先生會告訴你如何爬到屋頂上去……普斯頓！普斯頓！普斯頓來了嗎？」

一個鼻子尖尖的年輕人從走廊匆忙跑進來——普斯頓警官的專長，是找出隱匿的祕密空間，在「死亡之鐘」那個案件裏，就是他在壁板後方發現了關鍵性的證據。

「把整個房間地毯式地搜過一遍，找找看有無祕密通道，明白嗎？你要是高興，把這個地方拆爛了都行。找個人爬上煙囪看看……拍照存證和指紋取樣的工作趕快進行。拍照前，先用粉筆將有血漬的地方做上記號。不過，別碰壁爐裏頭燒毀的紙屑……巡官！他媽的那個巡官死哪兒去了？」

「我在這裏，長官。」

「波街的人有按地址打電話查到一個叫佛雷——皮爾．佛雷的人了嗎？去他住的地方逮捕他，然後帶到這裏來。如果他不在家，就給我等。他們派人去他表演的劇場沒？好。就這樣了，幹活吧，兄弟們。」

他大步走向走廊，嘴中還唸唸有詞。菲爾博士緊隨在後，這是他今晚首次受到現場騰騰戾氣的感染。他用鐘形帽碰碰督察長的臂膀。

「喂，海德雷，」他慫恿他。「你就專心去問你的話吧，嗯？我想我留下來協助那些傻蛋拍照，幫助會更大……」

「不行，再讓你搞砸哪一張底片，連我都會吃不完兜著走！」海德雷的火氣不小。「那些底片算來可不便宜，更何況我們需要證據。現在，我得清清楚楚的和你私下談談。關於七座塔那堆莫名其妙的瘋話，究竟是什麼意思？把人埋葬在不存在的國度，又是什麼玩意？我以前是看過你這樣神祕兮兮發過神經，但都沒這次來得嚴重。我們來交換一下意見，你是否……好，好，幹什麼啊？」

海德雷不耐地轉過身去。原來史都・米爾斯正試圖拉住他的手。

「呃，在我帶警官上屋頂之前，」米爾斯泰然自若地說道，「我最好先告訴你一聲，假如你想見德瑞曼先生，他現在人已經在屋子裏了。」

「德瑞曼？哦，對了。他是什麼時候回來的？」

米爾斯皺皺眉頭。

「就我所知，他沒有回來。或者我應該說，他根本未曾離開過。剛才我不巧瞄了他的房間一眼……」

「為什麼？」菲爾博士突感興趣地問道。

祕書先生平靜地眨眨眼。

「出於好奇，先生。我發現他在房裏睡覺，而且睡得很沉，很難把他吵醒。我猜他服用了安眠藥。德瑞曼先生頗好服用安眠藥，但他絕非酒鬼或藥癮子，只不過是喜歡吃安眠藥罷了。」

「從沒看過這麼奇怪的一家子，」海德雷停了一下，又隨口問道，「還有什麼事？」

「是這樣的，先生。樓下來了個葛里莫教授的朋友，人才剛到，他想要見你。我不認為他有什麼大不了的事，但這人是瓦立克酒館聚會的成員，他的名字是佩提斯，安東尼・佩提斯先生。」

「佩提斯，欸？」菲爾博士摸著下巴，重複唸著這個名字。「不知道他是不是那個蒐集了許多鬼故事、而且還寫了好些精采序言的佩提斯？嗯，沒錯，一定是他。好，這件事他能幫上什麼忙呢？」

「我懷疑有什麼東西是幫得上忙的。」海德雷頑強地回道，「聽著，眼前我不能見這個傢伙，除非他可以提供非常重要的訊息。你可否抄下他的地址，告訴他明天早上我會去拜訪他？謝了。」他轉向菲爾博士。「現在，我們回到七座塔和不存在的國度。」

等到米爾斯帶領貝特思走進走廊盡頭那扇門之後，博士才開口回答。四下無聲，只有葛里莫房裏流貫出壓抑的喃喃低語。樓梯間的拱道仍散發著明亮的黃色燈光，照耀整條走廊。菲爾博士拖著蹣跚的步伐，在走廊繞了一下，上下察看一番，然後再踱到對面，檢視了三扇掛著褐簾的窗戶。他拉開布簾，確認這三扇窗戶全都從屋內牢實地鎖上。然後他向海德雷和藍坡招手，要他們走到樓梯那裏。

「集合，」他說道，「交換一下意見——在我們應付下一個證人之前，這不失為是明智的作法。不過，現在不是直接談論七座塔的時機，我會效法查爾德・羅蘭（譯註：英國維多利亞時代詩人Robert Browning的詩作〈Childe Roland to the Dark Tower Came〉中的主人翁）一樣，逐步地導向這個話題。海德雷，那些支離破碎毫無條理的話語，是我們手上唯一貨真價實的證據，因為這是被害人的遺言，所以很可能是最重要的線索——我是指葛里莫昏厥之前，那些少得可憐的含糊低語。求老天保佑大家全聽到了。記得嗎，你問他是不是佛雷射殺他的，而他搖頭否認。接著你又問他是誰幹的，那他是怎麼回答的？我想問問你們，你們覺得自己聽到的回答是什麼。」

他望著藍坡。這個美國佬的腦子當下一片混亂。他確確實實記得幾個清楚的字眼，不過夾雜著教授血染胸口、頸項彎折的景象，他只覺模糊難解，一時之間躊躇地支吾其詞。

「他先說了……」藍坡回答，「在我聽來像是『翱翔』——」

「胡說八道，」海德雷打斷他的話，「我當時全都記下來了。他最先說的是『巴斯』（Bath）或『浴室』（the bath），雖然我也沒把握是不是了解……」

「別急！你的瘋言瘋語，」菲爾博士說道，「比我的更不像話。繼續說，泰德。」

「好，但我可不敢保證是對的。接下來我聽到的字句是『不是自殺』，以及『他沒用繩索』。然後他提到一些和『屋頂』、『雪』、『狐狸』相關的字眼。最後，我聽到的好像是『光線太亮』。我得再度重申，這些字句出現的順序，我也沒有太大的把握。」

海德雷一副寬大為懷的表情。

「你太過牽強附會了，雖然是抓到了一兩個重點。」雖然嘴巴這麼說，他的聲音聽來卻是忐忑不安。「同樣的，我必須承認，我的印象也比你們好不到哪裏去。在提及『巴斯』之後，他接著說『鹽和葡萄酒』。繩索的部分你倒是說對了，不過我可沒聽到什麼『自殺』的字眼。『屋頂』和『雪』都正確無誤，接下來是『光線太亮』，然後是『有槍』。最後，他的確說到狐狸什麼的事，此外還有最終的一句話——由於他口中一直冒血，我幾乎聽不清楚——好像是『不要責備可憐的……』，就這些了。」

「噢，天啊！」菲爾博士忍不住哀號，他輪番瞪視著他們兩人。「太可怕了。兩位，我可要在你們面前耀武揚威了，我馬上就為你們解釋他所說的每一句話。不過兩位那雙驚人的大尊耳，真的把我打敗了。我聽到的完全不是那回事！當然，我必須說，你們也並非全然離譜，噢！」

「那，你的版本又是如何？」海德雷追問。

博士來回踱步，腳下發出咔答咔答的聲響。

「我只聽到前面幾個字。如果我的猜測沒錯，它們的意思非常完整——如果我的猜測沒錯。但剩下的部分，卻如同夢魘般讓人不知所以然。我像是看到一群狐狸跑過佈滿雪花的屋頂，或者是——」

「變狼狂（譯註：幻想自己是狼的一種精神病）？」藍坡暗示著。「有誰提到狼人嗎？」

「沒有，也沒有人會變成狼人！」海德雷怒吼著，用力拍一下自己的筆記本。「為了整理出個頭緒，藍坡，我會記下你認為聽到的內容，做一個比照。所以，這裏有——

你的說詞：翱翔。不是自殺。他沒用繩索。屋頂。雪。狐狸。光線太亮。

我的說詞：浴室。鹽。葡萄酒。他沒用繩索。屋頂。雪。光線太亮。有槍。不要責備可憐的……

「以上就是我們兩個的說詞。至於你，菲爾，依你個人一向的偏執，你當然對那種至難理解的部分最信心滿滿了。後面那部分，我倒是可以草草整理出個名堂。可是，一個快死的人說了『浴室』、『鹽』和『葡萄酒』這些東西，能給我們什麼線索啊？」

菲爾博士盯著星火盡滅的雪茄。

「嗯，當然可以。我們最好先釐清一些事情。難題實在有夠多了，且讓咱們一步一步慢慢來吧。首先，小夥子，葛里莫在房間被射殺之後，接下來又發生了什麼事？」

「這我怎麼會知道，我才想問你呢！假如沒有祕密通道——」

「不，不，我不是指他如何憑空消失的事，海德雷，如果你不放下這個問題，先問問自己現場還有什麼其他的異常現象，你早晚會走火入魔的。現在，我們先把清楚無疑、找得出解釋的部分整理出來，然後從那裏繼續往下研究。好，開始了。那人受到槍擊後，房間裏頭發生什麼明顯的變化？首先，所有明顯的變動都集中在壁爐附近——」

「你是指，那傢伙是沿著煙囪爬上去的？」

「我十分確定他沒有這麼做，」菲爾博士暴躁地說，「那個煙道（譯註：介於壁爐與煙囪之間，通常體積不大，可以打開或關閉，而煙囪則比煙道大很多，直伸至屋頂）這麼狹窄，連拳頭都伸不進去了。拜託，專心想想。首先，原本放在壁爐前那個笨重的沙發被推開了，頂部還沾有大量血跡，很像是葛里莫滑下或靠向它時沾上的。壁爐前的地毯被拖或踢至一旁，上面也有血跡，爐邊的椅子也被撞歪了位置。最後，我發現爐床，甚至壁爐上，都有血的斑點。就是這些血斑，才引我們注意到一堆行將熄滅的紙灰。

「再來是忠誠的杜莫太太，我們琢磨一下她的反應。她一進入房間，就非常關切那個壁爐，直盯著它不放，而當她發現我也一直留意那個地方時，她幾乎就要捉狂了。你們回想一下，她甚至犯下愚蠢的失誤，居然要求我們起火取暖。即使是她也應該知道，警方絕不會為了讓證人暖和，而笨得在犯罪的第一現場燒炭引火的。不，不，老弟，一定是有人想在那裏燒掉一些信函或文件，而她務必要確定東西已被銷毀殆盡。」

「所以她清楚這整件事？但你又說你相信她的說詞？」海德雷的口氣沉重。

「沒錯。剛才我相信，現在我也同樣相信——關於來訪者和犯罪的部分。我所懷疑的是關於她和葛里莫個人背景的說詞……我們現在再來推測事情發生的經過吧！侵入者槍殺了葛里莫。雖然教授仍有知覺，但他並沒有高聲求救、沒有阻止殺手的攻擊、沒有製造任何聲響，甚至當米爾斯在撞門時，他也沒有前來開門。然而，他還是做了某件事，其方式之激烈，甚至使自己肺臟的傷口大裂，這你們也從醫生口中聽到了。

「現在我就告訴你們他做了什麼事。他明白自己已活不了多久，而且警方隨時會趕到現場。他身邊有一大堆東西必須馬上銷毀，而銷毀這些東西，甚至比讓殺他的凶手被捕或拯救自己的性命還重要。他踉蹌地在壁爐前來來回回，以便燒掉手邊的東西。所以，沙發翻倒了，地毯、一點一點的血跡……現在你們明白了嗎？」

明亮而蕭瑟的走廊裏，瀰漫著靜寂的氛圍。

「杜莫那個女人知道嗎？」海德雷沉重地問道。

「她當然心中有數，這是他倆共同的祕密。而且，她的芳心已經屬於他了。」

「假如這是實情，那麼他銷毀的東西勢必相當重要，」海德雷睜大了眼睛。「你怎麼知道這些的？他們還有些什麼祕密？什麼原因讓你認為，他們隱藏著某種可怕的祕密？」

菲爾博士用手撫摸太陽穴，撥撥頭上的蓬鬆亂髮。然後他開口說話的語氣，像是要迎戰一場激辯。

「或許我還能再多告訴你們一點點，」他說道，「雖然其中有些部分我毫無把握破解。你們想，無論是葛里莫或杜莫，他們兩人看起來都遠不及我像法國人。一個顴骨高聳的女人，一個唸「honest」時會發「h」音的女人（譯註：此單字的法語唸法「h」不發音）身上絕對不是流著拉丁民族的血液。不過這無關緊要。他們倆都是馬扎兒人。說得精確一點：葛里莫原籍匈牙利。他的本名是卡洛里或查爾斯，抑或是葛里莫・侯華斯。他的生母可能是法國人。他來自特蘭西瓦尼亞公國，這地方原屬匈牙利王國，戰後卻被羅馬尼亞併吞。在一八九〇年代末期或二十世紀初期，卡洛里・葛里莫・侯華斯和他兩個兄弟曾被送進監獄。我跟你們說過他有兩個兄弟嗎？其中一個咱們沒見過，另一個現在則自稱為皮爾・佛雷。

「我是不曉得侯華斯三兄弟當初是犯了什麼罪，反正他們被送往賽班特曼監獄開採鹽礦，服勞役的地點就在卡柏西恩山脈的崔迪附近。後來查爾斯大概逃走了。然而，這個攸關生死的『祕密』，是不可能跟他入獄甚至逃獄的歷史有關的，因為匈牙利王國早已經敗亡解體，它的權力已不存在。所以比較有可能的是，他對他的兄弟做了極其違反天倫的惡行；其中更牽涉到那恐怖的三口棺材和活埋生人的慘劇，因此即使時至今日，只要有一天真相曝光，他就注定必死無疑……這些就是我目前為止所做的大膽推測。你們誰身上帶了火柴？」

CHAPTER 6

七座塔

關於葛里莫的這段說明結束後，現場陷入一陣漫長的沉默，然後海德雷才把火柴盒丟給博士，並快快不樂地看著他。

「你在說笑話吧？」他問道，「或者，這也是某種妖術？」

「一點都不是，我也希望我可以變變魔術。那三口棺材……該死，海德雷！」菲爾博士喃喃自語，手掌敲打自己的太陽穴。「真希望能出現一點暗示……某樣東西……」

「算是不錯了。你是不是一直以來就在蒐集這些消息，不然你怎麼曉得這些事情？且慢！」他讀著自己的筆記本。「『Hover』、『Bath』、『Salt』、『Wine』……換句話說，你試圖要指出的是，葛里莫其實說的是『Horvath』（侯華斯）和『salt-mine』（鹽礦）？這下我們可不用著急了。如果你的推論是從這裏出發的，那我們倒是有一籮筐異想天開的點子，可拿來瞎編後面還沒完成的故事。」

「你的建議充滿了火藥味，」菲爾博士說道，「這證明你同意我的觀點，謝啦。你剛才很聰明地提醒過我們，快死的人照理說不會提到浴室、鹽什麼的。但假如你的看法正確，那我們倒不如歸隱到瘋人院去算了。他說的就是這麼回事，海德雷，我聽到了。你要他給個名字，不是嗎？他是佛雷嗎？不。那究竟是誰？他回答『侯華斯』。」

「說他名字叫侯華斯的是你。」

「沒錯。聽著，」菲爾博士說道，「如果這能撫慰你受創的心靈，那我樂於承認，我並沒有給你公平的機會做出我這番推測，而且我確實未將在房裏蒐集到的線索提示給你。

現在我會把它們一一呈現在你面前，雖然天知道當時我就試過引導你去注意它。

「大致上是這樣的。藍坡敘述的故事中，我們知道有個神祕怪客恐嚇了葛里莫，而且有意提及活埋生人這件事，葛里莫對此非常在意。他一定早就認識這個怪客，也熟知怪客所言為何，因此基於某種原因，他買了繪有三座墳墓的油畫。而當你問葛里莫是誰殺他時，他的答案是『侯華斯』，還接著說了像是『鹽礦』的話。姑且不論一個法籍教授說出這樣的事奇不奇怪，最令人不解的是，在他壁爐上方的盾牌上，居然刻著如此奇特的字樣：『四輪轎式馬車，飛翔的黑色半鷹，高處的銀色明月』……」

「別理那盾牌上的字樣吧，」海德雷話中帶著裝模作樣的刻薄語氣。「它是什麼玩意？」

「一種來自特蘭西瓦尼亞的武器。戰後當然是失傳了，但其實在戰前它就鮮為英國或法國人所知。你看，先是發現一個斯拉夫的姓氏，然後又跑出一個斯拉夫的武器，接下來又是我拿給你看的那幾本書。你知道它們是什麼書嗎？英文翻譯成馬扎兒文的著作。我不能假裝看得懂它們——」

「謝天謝地。」

「但我至少看得出那是《莎士比亞全集》，是史登的《約里克捎給伊利莎的信》，以及教宗所著的《雜談人類評論集》。我非常訝異，因而仔細檢視了一番。」

「這有什麼好訝異的？」藍坡問道，「每個人的書房大概都少不了這幾本有趣的作品，你自己家裏就有啊。」

「你說得沒錯。然而，想想一個博學的法國人會怎麼讀一本英文著作呢？唔，他可以直接看英文，或是看法文版本，但他不太可能先從匈牙利文的譯本著手，想藉此窺得原文精髓吧？它們非但不是匈牙利人的著作，甚至也不是法國人用來學習馬扎兒文的法文書，它們根本就是英文作品。所以，這些書的主人所熟悉的母語必定是匈牙利文。我一一翻閱這些書，滿心盼望能找到一個名字。當我在某張扉頁上面看到一行褪色的『卡洛里・葛里莫・侯華斯，一八九八』時，我的信心就更加堅定了。

「如果侯華斯是他的本姓，他為何要隱姓埋名這麼多年呢？再想到『活埋生人』和『鹽礦』之後，我的腦子突然靈光一閃。但是，當你問他射殺他的人是誰時，他回說是侯華斯。一個人可能唯有在那種時刻才會避談自己，所以他指的不是自己，而是另一個姓侯華斯的人。當我的思考脈絡發展至此，咱們那位優秀的米爾斯正好說到酒館現身的男子佛雷。他說，雖然他們這輩子從未碰過面，但佛雷卻讓米爾斯有種似曾相識的感覺，而且他說話的腔調猶如葛里莫的翻版。他是不是在向葛里莫暗示什麼？兄弟，兄弟，兄弟！你們想，總共有三口棺材，但佛雷只提到兩個兄弟。這話聽起來好像他是那第三個兄弟。

「我才想到這裏時，長得一臉斯拉夫人模樣的杜莫太太走了進來。假如我能證實葛里莫是出身於特蘭西瓦尼亞的話，我對他身世的探索就可以縮小範圍。不過這事得有技巧地進行。注意到葛里莫桌上的水牛雕像了嗎？你們對這小東西有何看法？」

「反正和特蘭西瓦尼亞八竿子打不著，我可以告訴你，」督察長大聲咆哮。「我看和美國西部蠻荒、野牛比爾、印地安人還比較有關。等一下，這就是你問她葛里莫是否到過美國的原因？」

菲爾博士帶著罪惡感似地點點頭：

「這似乎是個單純無害的問題，所以她回答了。你們想想看，假如他是在美國珍品商店弄到那具雕像——嗯，海德雷，我在匈牙利待過，那時候我既年輕又無所事事，而且剛讀完《吸血鬼》。在歐洲，特蘭西瓦尼亞是唯一盛產水牛的地方，當地人把牠們當作一般的牛來奴役。在匈牙利境內，則充斥著各類複雜的宗教信仰，但特蘭西瓦尼亞人只崇奉唯一神教派。我問了厄奈絲汀・杜莫這個問題，她的答案也符合我的預設。然後我丟出一枚手榴彈。如果葛里莫和鹽礦完全沾不上關係，那炸彈便起不了作用。所以我提及特蘭西瓦尼亞唯一的一所監獄，那地方的囚犯都打發到鹽礦區服勞役。但我只提到賽班特曼——也就是七座塔之所在——甚至沒說穿它是一所監獄，結果就差點把她擊垮了。現在，你應該了解我所謂的七座塔和不存在的國度了吧。看在老天的份上，誰可以給我一根火柴？」

「早就在你手上了。」海德雷說道。

他踏著大步在走廊上徘徊，並伸手接過菲爾博士遞過來的雪茄。此時博士是滿臉的和氣微笑，他則對自己喃喃不休：

「是的，到目前為止，聽起來都言之有理。你那招問及監獄的致命一擊，的確發生了效用。不過你整個推論的基礎，也就是這三個人是親兄弟的部分，純粹是個臆測。事實上，我認為這是最牽強、最薄弱的部分……」

「喔，我承認。還有呢？」

「光是這一點，就很具關鍵性了。假設葛里莫的意思並非表示一個名叫侯華斯的傢伙射殺他，而是指他自己呢？如此一來，任何人都可能是凶手。不過如果真有三兄弟的存在，而且他的意思也是如你所言，那事情就好辦了。我們只要回過頭重新假設射殺他的凶手是皮爾・佛雷，或者是佛雷的兄弟就好了。我們隨時都可以將他們逮捕到案——」

「如果讓你碰到了，你確定你認得出他的兄弟？」菲爾博士反問他，「你見過他？」

「你是什麼意思？」

「看看葛里莫。他說得一口標準的英語，而且喬裝起法國人來可說是天衣無縫。我不懷疑他在巴黎求過學，也相信杜莫太太在歌劇院做過裁縫。無論如何，他也在布魯姆斯貝利那個文化圈出入將近三十年。他粗率、自然、無爭，鬍鬚工整，頭戴方形禮帽，壓抑著自己凶殘的本性，以一副平和的學者姿態出現在眾人面前。沒有人能看透他邪惡的內在——雖然我可以想像，那一定是個狡猾精明的惡魔——沒有誰曾對他起疑。只要穿上光鮮得體的花呢套裝，再配上氣色紅潤的臉龐，他就可以隨意打扮出一副英國鄉紳或他想要的模樣。但那第三個兄弟呢？他激起我的好奇心。可不可能他人正在這裏，偽裝成誰混處在我們之中，但我們都不知道他的真實身分呢？」

「很有可能。但我們對他一無所知。」

菲爾博士努力點燃雪茄，神情異常認真嚴肅。

「我曉得，海德雷，我也為此困擾不堪。」他嘀咕了一會兒，然後將火柴尖的餘火用力吹熄。「我們假設中的兄弟，有兩位各有個法國名字：查爾斯和皮爾。但還有第三個兄弟。為了讓討論能盡量清楚些，姑且稱他是漢瑞——」

「喂，你該不是要告訴我，你對他也略知一二？」

「剛好相反，」菲爾博士有點殘酷地回答，「我才正要強調，我們對他的了解實在少得可憐。我們知道查爾斯和皮爾，但對這個漢瑞，我們掌握到的線索可說是屈指可數，雖然皮爾總是把漢瑞掛在嘴邊，甚至用他來要脅葛里莫，像是『我有個兄弟道行比我更高更深』、『我兄弟想要取你的性命』、『一旦我和他聯手出擊，我也同樣會有生命危險』等諸如此類的恐嚇。可是別說是人了，我們連個鬼影子也沒見過。老弟，這令我非常擔憂。我認為是那個醜惡的人物躲在整個事件後頭操控一切，並利用半瘋半癲的可憐皮爾來遂行其志。說不定對皮爾和查爾斯而言，此人同樣是個危險人物。我總覺得是此人策畫了瓦立克酒館事件，他當時一定在現場觀看……」菲爾博士看了看四周，模樣像是認為空曠的走廊上會陡然出現走動的身影或說話的聲音。然後他才補充說道，「你知道，我希望你派出去的巡官，能緊密掌握住皮爾的行蹤。搞不好他已經失去了利用價值。」

海德雷含糊帶過一個手勢，牙齒緊咬住鬍鬚的末端。

「我明白，」他說道，「不過我們必須回歸證據。我提醒你，證據沒那麼容易找出來。今晚我會發電報給羅馬尼亞警方。倘若特蘭西瓦尼亞早已被併吞，在那麼動盪不安的混亂下，恐怕能找到的官方記錄已經不多了。戰後以來，布爾什維克人不是在那裏橫行霸道嗎？總之，我們需要的是證據！來吧，該和曼根與葛里莫的女兒好好談談了。我對他們的態度非常存疑，還有……」

「啊？為什麼？」

「因為，他們不斷表明杜莫太太說的是實話——」海德雷修正自己的說法，「你似乎認定那是實話。但我還記得一件事。葛里莫要求曼根，萬一訪客今晚突然來造訪的話，要他守在這裏吧？結果呢，他像隻溫順的看門狗，坐在靠近大門的一個房間內，然後門鈴響了——如果杜莫沒說謊——神祕怪客隨後也進到屋子裏面來。這段時間曼根不曾感到一絲好奇，他坐在房門緊閉的房內，毫不注意這名訪客的動靜，唯有在聽到槍聲響起，而且突然發現門被上鎖後才有所反應。這說得通嗎？」

「沒有一件事是說得通的，」菲爾博士說道，「甚至是……但這事不急。」

他們走向長長的走廊，海德雷擺出他最幹練、冷酷的模樣打開廊底房間的門。就房間格局而言，這一間比剛才那間稍小了些，書籍和木製檔案櫃整齊有序地陳列著，地上鋪的是樸素的破舊地毯，還有幾把像是會談用的硬方椅，壁爐中的火花微弱。米爾斯的打字桌被移至正對房門之處，上面掛著一盞綠罩吊燈。打字機的一側是格籃，裏頭平放著空白、夾齊的稿紙；另一側則擺著一杯牛奶、一盤梅乾點心，以及一本威廉森的《微積分》。

「我敢打包票，他也喝礦泉水，」菲爾博士的語氣帶點興奮。「我可以百分之百地肯定，他喜歡喝礦泉水，並以讀微積分為樂事。我敢打賭——」

這時海德雷用手肘推了他一把，使得博士的話聲乍然中斷。當時這位督察長正在跟對面的蘿賽特・葛里莫說話。他先介紹己方三人。

「當然，葛里莫小姐，此時此刻我也不希望來打攪妳——」

「請別這麼說，」她說道。她坐在壁爐前面，神色十分慌張，以致身子蹦跳了一下。「我是說……別這麼客氣了。你知道，我愛我的父親，但還不至於一提起他的事，就讓我痛不欲生。我準備好了。」

她用手緊壓著太陽穴。此刻她身上的皮大衣已鬆開釦子，壁爐的火光照映在她眼上、面龐，形成閃爍不定的明暗對比。她承襲了她母親強烈的五官特質：金髮、國字臉，以及斯拉夫民族特有的俗麗。有時那張臉看來極端冷峻嚴肅，但寬長的褐眼卻又顯現著溫柔憂怯，使她看來像是牧師的女兒；但在下一刻，她可以轉變成和藹親切的臉色，而眼神卻是異常精銳嚴厲，彷彿瞬間化為魔鬼的女兒。她那稀疏淡薄的眉毛，到眼角處略為上揚，但寬大的雙唇卻稍嫌滑稽。總之，她神經質、口齒伶俐，並且滿腹疑問。站在她身後的曼根，則是一臉消沉無助。

「不過有件事，」她繼續說道，拳頭輕敲著椅臂。「在你開始拷問我之前，我必須先弄懂。」她朝對面的一個小門方向點點頭，說話的聲調氣如游絲。「史都……正帶著你們的警探上屋頂去。那是真的嗎？我聽說有個人進來，又離去……而且殺了我父親，卻沒有，沒有……」

「海德雷，最好由我來回答這個問題。」菲爾博士非常小聲地說。

藍坡心中明白，博士一向以機智聰敏著稱，但他常常靠的是一時激湧的靈光乍現。然而，他種種諸如處事圓熟、寬大為懷及性情純真的外在形象，都製造出一種印象，亦即他絕不會玩弄手腕，好似他天生就極富同情心、與人相善，人們常會立即推心置腹，對他傾訴所有的心事。

「嗯哼，」博士哼著鼻子憤慨地說，「當然不是真的，葛里莫小姐。就算下手之人我們從未謀面，但那壞傢伙的伎倆，我們可說是瞭若指掌。」她的臉迅速仰起。「此外，這根本不是拷問，妳的父親也還有機會度過難關。聽著，葛里莫小姐，我們以前沒見過面嗎？」

「喔，我知道你只是想讓我放鬆一點，」她露出無力的笑容。「波依德向我提過你的事，不過……」

「不，我是說真的，」菲爾博士喘氣認真地說，並歪著頭尋思著。「啊，是了，我想到了！妳在倫敦大學就讀，對不對？沒錯。而且妳還參加了辯論社之類的社團？我有點印象，那次妳們社團辯論『世界上的女權』時，我剛好擔任主席。沒錯吧？」

「是蘿賽特沒錯，」曼根訕訕地附和，「她是一位激進的女性主義者。她常說——」

「嘿嘿嘿，」菲爾博士說道，「我記起來了。」他揮舞著巨大手掌，整個人散發喜悅之情。「她也許是個女性主義者，年輕人，但她當時可是犯下一些令人吃驚的小失誤。事實上，除了和平主義會議之外，那是一場我聽過最精采、最扣人心弦的結辯。葛里莫小姐，妳是支持女權的那一方，對抗男性的專制霸權。是的，沒錯。妳走進會場的時候，臉色蒼白而嚴肅，並且不苟言笑，直到妳們開始陳述己方論點後，妳的表情才緩和下來。當時妳的夥伴不知是提到什麼可怕的事，妳的神情相當不悅。後來那個瘦弱的女孩，花了二十分鐘申論女人需要一個理想的生存空間時，妳看來是益發不滿。所以輪到妳發言時，妳只是用輕脆如銀鈴般的聲音站起來聲明，女人理想的生存方式是：少說話、多做愛。」

「我的天老爺！」曼根說著跳了起來。

「嗯，我『那個時候』的確是這麼想，」蘿賽特激烈地說道，「你大可不必認為——」

「哦，或許妳說的不是『做愛』，」菲爾博士陷入沉思。「不過，總之那個驚人的字眼引發了難以形容的效應。那情況就像是對一群縱火狂悄悄說聲『石綿！』一樣。只是啊，為了裝出一副不為所動的面孔，我只好猛灌開水——這個嘛，我的朋友們，這絕非我平日的習慣作風。後來事情發展的結果可想而知，聽眾開始議論紛紛，會場猶如在水族箱中引爆一枚炸彈似地沸騰起來。不過我很好奇，你們倆是否常常談論這些話題？我想那些談話內容一定非常發人深省。譬如說，今天晚上你們在討論什麼？」

他們倆立刻心急地同時回應，菲爾博士微笑著，看著他們一臉愕然的一起住嘴。

「就是這麼回事，」博士點頭示意。「現在你們應該明白了，不是嗎？和警察說話沒什麼好怕的，你們可以儘管照自己的意願自由說話。你們知道，這樣會比較好。我們現在就針對這件意外事故，有條有理地釐清不明白的地方，好嗎？」

「好。」蘿賽特說道，「誰有香菸？」

「老傢伙又搞定了。」海德雷望著藍坡說。

曼根動作笨拙地拿出菸，而老傢伙再次點燃他的雪茄，然後繼續發言。

「現在，有件非常詭異的事我希望能弄清楚，」他說道，「在吵雜的喧囂聲響起之前，今晚兩位都把全副精神放在彼此身上，完全沒注意到其他事情嗎？據我了解，曼根，葛里莫教授要你在此警戒守衛，以防突發狀況。為什麼你沒照辦呢？你沒聽到門鈴聲嗎？」

曼根黝黑的臉上，立即蒙上一層陰霾，他的手勢明顯而劇烈。

「哦，我承認那是我的錯。但那時候我沒想到會發生這種事。我怎麼會知道呢？我當然聽到了門鈴聲，事實上，我們倆還和那傢伙交談——」

「你們什麼？」海德雷打斷他的話，並大步走過菲爾博士身邊。

「當然啊，不然你們以為我為什麼會放他上樓，啊？他說他是老佩提斯——安東尼・佩提斯。」

CHAPTER 7

蓋伊・佛克斯來訪

「當然，我們現在已經知道那人不是佩提斯，」曼根一邊說，一邊不悅地為女孩點菸。「佩提斯只有五呎四吋高。還有，我現在回想起來，那也不像是他的聲音。雖然那人打招呼、說話的用詞，是佩提斯慣用的模式……」

「然而，看到他時，你絲毫不覺得奇怪嗎？就算是一個蒐集鬼故事的專家，也未必要裝扮成『十一月五日的蓋伊』吧？難不成他喜歡搞這種惡作劇？」菲爾博士皺著眉頭問道。

蘿賽特·葛里莫的臉上又浮現驚訝的表情。她手拿著菸懸空不動，好像有把槍正瞄準她似的，但她隨即猛然扭身盯著曼根。當她再度轉身回來時，雙眼閃過些許異樣的精光，胸膛深深吸了一口氣，像是有股忿恨、埋怨或是茅塞頓開了。看來，他們倆曾經溝通過某種說法，但曼根卻比她更感為難，他的表情看來像是個試圖與人為善的好青年。藍坡心裏有種感覺，這兩個人之間的這個祕密看法，絕對和佩提斯無關，因為曼根在回答菲爾博士的問題之前，結結巴巴了好一陣子。

「惡作劇？」他重複說道，並且神經質地撥弄自己生硬的黑髮。「哦，佩提斯？老天，不可能！他是大家公認正經到甚至是吹毛求疵的人。不過，你們知道，我們並未瞧見他的臉。整個情況是這樣的：晚飯後，我們一直待在前門走廊旁邊的房間——」

「等一下！」海德雷插嘴問道，「通向走廊的那道門是開著的嗎？」

「不，完全緊閉，」曼根防備地說，然後旋即改變語氣。「在冰天雪地的夜晚，你不可能把門打開以便讓房間通風吧?如果沒有中央暖氣設備，你不會這麼做的。我很清楚門鈴若響了，我們一定聽得到鈴聲。而且——說實話，我們壓根兒沒想到會發生任何事。晚餐時教授的表現給我們一種印象，好像那完全是一場愚弄人的把戲，甚至這事也已經解決了。總而言之，他看起來根本不把它當一回事……」

海德雷嚴厲精明地瞪著他，然後說道：

「葛里莫小姐，妳也是這麼感覺的嗎?」

「是的，可以這麼說……我不知道!這很難說清楚，」她有點生氣(或唱反調?)地回答，「不管他是真的擔憂，或者純粹把它當作惡作劇來看，甚或這些反應都是裝的好了。總之，我父親有一種奇怪的幽默感，他熱愛戲劇性的事件。他總是把我當小孩來對待，在我有生之年，他從未在我面前驚慌失措過，所以我也不知道到底是如何。但是在過去的三天內，他的行為舉止突然極端反常，所以當波依德告訴我酒館出現一個男人的事時……」她聳了聳肩膀。

「他的舉動反常到什麼地步?」

「嗯，比如說，會喃喃自語，或突然因為一點芝麻小事而勃然大怒——他很少這樣的，但緊接著又會狂笑不已。不過，大部分的原因還是和那些信件有關。最近每一次郵差送信來都會有那樣的信。別問我信的內容，他把它們全都燒掉了。信件都是裝在樣式普通的廉價信封裏。要不是發現他的收信習慣改變了，我大概什麼都不會注意到。」她遲疑了一下。「說這話也許你們能了解。我父親是那種不會當著你的面把剛收到的信藏起來，不讓你知道信的內容或誰寄來的人。他總是會高聲唸道：『該死的騙子』、『你這個厚顏無恥的傢伙』，或是親切地說：『哦，好嘛，又是老調重彈』，他的聲音總是充滿著意外的驚喜，好像期望某個原本住在利物浦或伯明罕的人，突然跑到月球的另一邊去了。我不曉得你們是否能了解……」

「我們了解。請繼續。」

「然而，這幾天當他收到那些信還是什麼東西的時候，他都悶不吭聲，完全不動聲色。而且，一直以來，他從未當大家的面把信銷毀，但昨天吃早餐時卻出現例外。當時他很快將那封信讀過一遍，然後馬上把它揉成一團，接著從座椅中起身，滿腹心事地走到壁爐前將它丟進火中。就在那時候，阿——」蘿賽特迅速瞥了海德雷一眼，她似乎意識到自己的遲疑，隨即慌亂了起來。「太太……夫人……噢，我是指厄奈絲汀阿姨！就在那個時候，她問他要不要再添一些燻肉。但他猛然轉身，嘴裏嘶喊著：『去死吧！』這實在太令我們驚駭了！而在我們神智還未恢復過來之前，他已跺步離去，口中還嘀咕著什麼：『男人就是求不得一點安靜！』他那副樣子真是窮凶惡極，叫人害怕透了。就在當天，他帶了那幅畫回來。他又回復成原來那個幽默風趣的人了。他興奮莫名，開心得咯咯發笑，還協助計程車司機和其他人把畫搬運上樓。我不希望你們以為……」顯然諸多回憶正湧進蘿賽特紛亂的思緒中。她開始沉思，但越想心越慌。她顫抖地接著說道，「我不希望你們以為我討厭他。」

海德雷無暇理會個人的感受。「他是否提過在酒館出現的那個男人？」

「我曾問起這件事，但他只是隨便答答。他說那個人只是那些不滿他嘲諷魔術史，而常來恐嚇他的不肖之徒罷了。當然，我知道事情沒有這麼單純。」

「為什麼，葛里莫小姐？」

有好一陣子，她眼睛眨也不眨地直視他。

「因為我感覺到對方是玩真的。而且我也常常懷疑，在我父親過去的生活中是不是發生過什麼事，可能有一天會引起諸如此類的事端。」

這個回答非常單刀直入。接下來是一陣為時不短的沉默，他們可以聽到屋頂傳來悶悶的碎裂聲和沉重、平緩的腳步聲。而她臉上的表情則是陰晴不定，宛若火光照在臉上變換不停，恐懼、怨恨、痛苦甚或疑惑輪番上陣。那種野性的幻覺又回來了，仿若她身上的貂皮大衣應該是寸寸連肌的豹皮。她雙腿交叉，蠕動身體向後靠在椅子上，姿態非常挑逗撩人。她的臉蛋斜貼著椅背，因此爐火只照得到她的喉嚨與半閉的眼眸。她僵直的微笑著，眼睛凝視眾人，高聳的顴骨在陰影的烘托下更形突出。藍坡看得出她仍舊渾身顫抖不止。不知為何，她的臉龐看來突然變寬了許多？

「怎麼了？」她追問道。

海德雷的神情略微驚訝。

「引起事端？我不太明白。妳有什麼理由做這樣的推測？」

「喔，是沒有！其實我不是真的這麼認為。只是這種怪事……」否認的話語衝口而出，但先前胸部的大起大伏，此刻已趨於平緩。「也許是因我父親的嗜好而引起的。我的母親……她已經離開人世，在我年紀還小的時候就過世了，據說她有超能的視力。」蘿賽特再次舉高手上的菸。「不過，你要問我的是……」

「首先，我想弄清楚今晚發生的事情。如果妳認為追溯妳父親的過去會對案情有所幫助，我們蘇格蘭場絕對可以遵照妳的建議來行事。」

她把香菸抽離唇邊。

「不過，」海德雷的聲音維持著平穩的語調。「讓我們從剛才曼根先生敘述過的事開始。晚餐後你們兩個來到起居室，而且把通往走廊的那道門關上。好，葛里莫教授是否告訴過你，什麼時候可能會有一個不懷好意的人找上門來？」

「嗯……有的，」曼根說道。他拿著剛才抽出的手帕，猛擦拭自己的額頭。他的臉孔瘦削，雙頰凹陷，稜角分明。如今在爐火映照下，由側面觀察，更可見額頭上佈滿許多小細紋。「這也是當時我沒立刻想到來者是誰的原因。他來得太早了。教授告訴我是十點，但那傢伙九點四十五分就到了。」

「十點整，我明白了。你確定他是這麼說的？」

「嗯……沒錯！至少在我想來是這樣的，約莫十點鐘。蘿賽特，沒錯吧？」

「我不清楚，他什麼也沒跟我說。」

「我知道了……繼續說，曼根先生。」

「我們開著收音機，那實在不太好，因為音量還滿大的。當時我們正在壁爐前方玩牌。就像我剛才說的，我聽見門鈴響了，並且抬頭看了壁爐上的時鐘，時間是九點四十五分。我聽到門開了的聲響後，便立即起身，接著又聽到杜莫太太的聲音，好像是在說『請等候，我去通報』，然後似乎是一陣猛力關門的聲音。我大聲問道：『喂！是誰啊？』但收音機的聲音太吵鬧了，我便走過去關掉它。就在這時候，我聽到佩提斯回答（我們很自然都認為那是佩提斯）：『哈囉，小朋友們！我是佩提斯。想要見見我們的頭子，還得搞這麼大的排場啊？我這就要直接上樓去鬧鬧他啦。』」

「他真的這麼說？」

「是的。他總是叫葛里莫先生『頭子』，沒有其他人敢這麼叫，除了伯納比，他稱呼教授為『老爹』……所以我們就學你們警察那樣回答『行！』根本沒有任何懷疑。隨後我們便再度坐下。但是，我注意到時間正逐漸接近十點，於是我開始提高警覺。眼看時間一點一滴逼近十點鐘……」

海德雷在筆記本的空白處做了個記號。

「所以，那個自稱是佩提斯的男人，」他沉思著。「隔著房門和你們講話，卻沒有來打個照面？你有沒有想過，他怎麼會知道你們兩個在房間裏？」

曼根皺起眉頭。

「我猜，他可能是從窗戶看見我們的。從正門台階旁邊的那扇窗戶，就可以看進起居室。我自己也經常在那裏張望。事實上，每次我看見起居室裏面有人時，我都習慣探頭過去敲敲窗戶，就不按門鈴了。」

督察長仍忙著做摘要，一副若有所思的模樣。他似乎還想提出問題，但隨即忍了下來。蘿賽特以敏銳的眼神注視著他。海德雷最後只說道：

「接著說。你正等待十點鐘的來臨——」

「什麼事都沒發生，」曼根堅稱。「然而荒謬的是，十點之後流逝的每一分鐘，卻讓我越來越緊張，而非逐漸放鬆心情。我剛剛說過，我並不認為那個人會來，也沒預期將有麻煩發生。不過，我不斷想像著那幽暗陰森的走廊，以及那套詭異的武士盔甲和面具，想著想著，我愈發毛骨悚然……」

「我懂你的意思，」蘿賽特說道，十分驚訝地看著他。「當時我心裏也有同樣的念頭，只是我不想說出來，免得你笑我傻。」

「喔，我也常這麼神經兮兮的。」曼根難堪地說道。「這就是為什麼我常被解僱的原因。這一次我八成也會被炒魷魚了，誰叫我沒有打電話回去通報今晚的事件。管他的，叫那些新聞編輯都去死吧，我可不是出賣朋友的小人。」他轉回正題。「總之，差不多十點十分的時候，我已經按捺不住了。我把牌重重丟下，並對蘿賽特說：『這樣吧，咱們去弄點喝的，然後把走廊的燈全部打開——總之找點事做吧。』我正要按鈴呼喚安妮，這時才想到今天是週六，她晚上一定會外出……」

「安妮？那個女侍？對了，我差點忘了她。然後呢？」

「我想要打開房門，結果發現它居然從門外被鎖上了。那感覺就像……比方你的臥室裏有個顯眼的東西，像是壁畫或什麼裝飾品的，因為太熟悉，所以從未仔細看過。但有一天你走進房間後，忽然隱約覺得臥室裏有某個地方怪怪的。你覺得困擾不安，因為你想不出哪裏不對。突然間，有片空白蹦到眼前來，你才很驚訝地發現那樣東西被移走了。明白嗎？我的感覺就是這樣。我知道一定有什麼事情不對勁，這種感覺從那傢伙經過走廊之後，便在我心中隱隱作祟，但直到發現門被反鎖時，我才恍然大悟驚醒過來。於是我開始發瘋似地轉動門把，這時槍聲便響起了。

「槍聲在屋內迴盪，引起極大的噪音，即使是遠遠發自頂樓，我們也聽得一清二楚。」

蘿賽特驚聲尖叫——」

「我才沒有！」

「然後她面對我，說出我心裏一直在琢磨的念頭。她說：『那絕對不是佩提斯，他已經進來了。』」

「你能確定事發的時間嗎？」

「可以，正好是十點十分。然後，我嘗試撞破房門。」儘管沉浸在回憶裏，一絲挖苦嘲弄的表情仍在曼根的雙眸中閃爍。好像是他不願意談，卻又忍不住要批判。「你們是否留意過，在我們讀過的那些故事中，撞破一個門是多麼輕而易舉的事啊！那些故事情節簡直是木匠最嚮往的天堂樂園。只要碰到門的問題，永遠是隨便找個簡單的理由就可以把它撞開，輕鬆迅速得連關在房裏的人都還來不及應聲。可是，你們真來撞撞看！簡直要命！我用肩膀砰砰砰撞了好一陣子，才突然想到可以從窗戶爬出去，然後再從正門或地下室進來。接下來我就遇到你們，而後來的發展你們也都已經知道了。」

海德雷用筆輕敲筆記本。

「曼根先生，正門通常都不上鎖嗎？」

「天哪，我不知道！不過這是我當時唯一想得到的法子。總之，當時正門的確沒有上鎖。」

「好吧，它並未上鎖。葛里莫小姐，妳有什麼事要補充嗎？」

女孩的眼瞼低垂。

「沒有……不過，也不是沒有。波依德剛剛敘述的每件事，正是今晚發生的經過。不過只要是奇怪的事，你們都有興趣對不對？即使它們可能和案情無關也沒關係吧？有件事可能不太相關，但我還是告訴你們……門鈴響起前沒多久，我走到兩扇窗戶間的桌上取菸，那時候就如同波依德所言，收音機正開著。不過，我卻聽到從外面的街上或是正門外的人行道上，傳來一種重物從高處直落墜地的碰擊聲。你們知道，那不是一般街頭上的噪音，而像是人摔下來的巨響。」

藍坡覺得自己又開始侷促不安起來。海德雷問道：

「妳是說，碰撃聲？嗯。妳有探頭出去看看那是什麼嗎？」

「有，但我什麼也沒看見。當然，我只是將百葉窗拉開，向外頭看了一圈，但我可以發誓，街道上是空無——」她突然完全停下動作，雙唇微開，眼睛定住不動。「啊，我的天啊！」

「好吧，葛里莫小姐，」海德雷的音調毫無變化。「就像妳說的，百葉窗全都放下來了。由於曼根先生跳窗時曾被百葉窗絆住，所以我特別注意到這件事。也因此我很懷疑訪客如何從窗戶看進起居室、看見你們？是不是百葉窗並非打一開始就放下了？」

接下來，除了屋頂上傳來的些微聲響，現場一陣寂靜。藍坡隨意一瞥，看到菲爾博士整個人靠在某扇亙久不破的房門上，用手托著下巴，鏟形帽則斜壓於眉眼之上。藍坡再望向面無表情的海德雷，隨即目光又回到女孩身上。

「他認為我們在說謊，波依德，」蘿賽特・葛里莫的口氣冰冷。「我看我們最好什麼都別再說了。」

這時海德雷露出了笑容。

「我可沒那麼想，葛里莫小姐。我會告訴妳為什麼。因為妳是唯一能幫助我們的人，我甚至要告訴你們實際的經過……菲爾！」

「啊?」菲爾博士的聲音拔高，顯然是嚇了一跳。

「聽著，」督察長繃著臉說道，「不久之前，你才神祕兮兮且興致高昂地說，你相信米爾斯和杜莫太太所說的事——當然根本都是些不可思議的事，而且你還不肯說明你相信的理由。我現在要回敬你一招。我要說的是，我不只相信米爾斯他們的故事，我一樣也相信這對年輕男女的說詞。但我會說明我相信的原因，也會解釋那些所謂不可能的現象。」

這下子菲爾博士終於猛然回過神來。他鼓起雙頰，凝視著海德雷，像是準備要上陣一搏。

「我必須坦承，我並不能解釋全部的疑點，」海德雷說道，「但那已足夠將涉案者的範圍縮小至少數人，而且還能解開雪地上沒留下足跡的謎團。」

「哦，那個啊!」菲爾博士語帶輕蔑，放鬆地哼了一口氣。「有一刻我還真對你有所期待咧。可是關於那部分，答案是顯而易見的啊!」

海德雷努力壓抑怒氣。

「我們要抓的這個人，」他繼續說下去，「之所以未在人行道或門口階梯留下足跡，是因為他根本沒有在降雪停止之後走過這些地方。他一直都待在這個屋子裏，他曾在這屋裏住過。這有兩種可能：一、他住在這個家裏;二、晚間稍早時，他用鑰匙進入屋子，然後就躲起來;這個可能性比較大。如此一來，便可解釋各個說詞中的相互矛盾之處。他一直在屋內等到某個適當時機降臨後，便穿起那些怪模怪樣的衣服，走到門外已打掃乾淨的階梯上，接著按下門鈴。這說明了在百葉窗拉下來的情況下，他如何知曉葛里莫小姐和曼根先生雙雙待在起居室裏，因為他親眼看到兩人走進去。同時，這也說明了，在杜莫太太要他等在外頭並當他的面摔上門之後，為何他還能輕而易舉地進入屋內——因為他有鑰匙。」

菲爾博士緩緩搖頭咕噥了一下。他雙臂交疊，一副不吐不快的模樣。

「嗯，很好。不過，就算他是個精神有點失常的人，我也想不出他幹嘛非得變出這麼一大套複雜的戲法？如果他人就住在這裏，他是有必要營造出訪客是外人的印象——這個論點倒還不壞。然而，假如他根本就是個外人，他何必冒這麼大的風險，先在屋子裏躲這麼久？時候到了直接進來不就可以了？」

「第一，」海德雷井然有序地說道，他還伸出手指頭配合說明。「他必須知道每個人的行蹤，以免節外生枝。第二，這一點更重要了，他希望他那套憑空消失的戲法，能以未在任何雪地留下任何足跡做為最後的高潮。我們可以說，這個憑空消失的戲法，對喪心病狂的——漢瑞兄弟而言，是最最重要的一場表演。所以他是在大雪飄落之際先行進入屋內，並耐心等候到雪停才行動。」

「誰是——」蘿賽特的聲音尖銳高亢。「漢瑞兄弟？」

「親愛的，那是一個稱號而已，」菲爾博士溫柔地回答。「妳並不認識這個人……海德雷，就是從這地方開始，我對這個離奇案件有種隔空打牛的障礙。我們之前討論過降雪、停雪的問題，輕鬆的好像那是可以當作開閉水龍頭般任人控制。但我很想知道，一個人是如何他媽的判斷雪哪時會下、哪時會停？一般人不太可能會對自己說：『啊哈，週六晚上我要幹掉某某人。我想，雪會在那天的下午五點整開始下，晚上九點半準時停。這段時間相當充裕，足夠讓我輕鬆進入屋內，並且準備好所有的機關佈置。』嘖嘖！你的解答比你的問題還更難令人信服。與其說有人能精準地預測何時下雪以便出發，我還寧可相信有人能走過雪地而不留痕跡呢。」

督察長大為光火。

「我只是試著指出，」他說道，「此案的重點所在啊！不過，如果你非得和我唱反調——難道你看不出來，我的說明已經解決了最後那道問題？」

「什麼問題？」

「咱們的朋友曼根說，訪客揚言他的到訪時間是十點鐘。杜莫太太和米爾斯卻說是九點三十分。且慢！」他抑止曼根的發言。「是前者說謊，還是後者？首先，他們誰有什麼充分的理由謊報訪客揚言到達的時間？再者，有一邊說十點鐘，另一邊說九點三十分，不管有說謊沒說謊，反正兩者之中，總有一個是事先就知道訪客何時會真正抵達。那麼，哪一個時間才是正確的答案？」

「都不是，」曼根說道，眼光直視。「是剛好在兩者之間，九點四十五分。」

「沒錯，這樣就表示沒人說謊。這同時也告訴我們，恐嚇葛里莫的訪客，他所揚言的抵達時間並不確定，它大約是在『九點三十分，或十點鐘，或那段時間前後』。葛里莫雖然死命裝出毫不畏懼的樣子，其實早已心思細密地預告了兩個時間，以確保屆時都有人在場。我老婆邀牌搭子時，也是這麼做的……好，但為何漢瑞兄弟講得如此不清不楚？因為，就像菲爾所說的，他無法像關水龍頭一樣叫雪不要下了。他可以冒險一試，下大注說今晚和過去幾個晚上一樣會下雪，但他必須等到雪停，即使等到午夜也得等。結果他不用等多久，九點半雪就停了。然後他就做了他這種瘋子真會做的事──他等了十五分鐘，以避免稍後引起爭議，然後便按了門鈴。」

菲爾博士張嘴想要說話，但機警地看了表情專注的蘿賽特與曼根一眼後，便放棄了。

「好了，」海德雷挺起胸膛說道，「我想我已經向兩位證明，你們敘述的每件事我都相信──因為我還要請你們協助我確定你們說過的一條重要線索：我們要的這個人不只是個點頭之交而已。他清楚這家子從內到外的情況，房間位置、日常作息以及個人的習慣，他熟悉你們的口頭禪與綽號，他不只知道那位佩提斯先生對葛里莫的謔稱，也知道你的。總之，此人一定是個你們認識且與教授頗有交情的朋友。所以我要知道有哪些人經常出入這棟屋子、哪些人和葛里莫教授交情匪淺而且符合特徵……」

女孩不安地挪動身子，神情相當驚惶。

「你認為……是那些人……噢，不可能的！不會，不會，不會！」（聽起來真像是她母親聲音變形的回音。）「總而言之，沒有這樣的一個人！」

「妳為何這麼說？」海德雷厲聲問道，「難道妳知道是誰射殺了妳父親？」

他的話如晴天霹靂般響起，立刻使她暴跳如雷：

「不，當然不知道！」

「那妳有懷疑過誰嗎？」

「沒有。只是，」她的牙齒閃現一下。「我不明白你的偵查方向為何朝向外人。剛剛你的推論，給我們上了很好的一課，真是太謝謝你了。不過，如果說這傢伙根本是個內賊，行動也如你所描述的，聽起來不就非常合理了，對吧？這樣比較解釋得通嘛。」

「妳指的是誰？」

「讓我想想！嗯……這是你份內的工作，不是嗎？」（他簡直是碰了一鼻子灰，讓她十分樂在其中）「當然了，你還沒見過我們家其他的人，像是安妮——或是德瑞曼先生，考慮一下吧。不過你的另一個想法，實在太荒誕可笑了。首先，我父親沒幾個朋友。住在我家的人不算，他外面的朋友只有兩個符合你的條件，但他們都不可能是你的獵物。就體型特徵而言，他們都不合標準。第一個是安東尼・佩提斯，他的體型還沒有我高，而我還只是一般的普通身材。另一個是傑若米・伯納比，此人就是創作那幅怪畫的藝術家。他身體有一點缺陷，不太嚴重，但也無法掩飾，任何人在一哩之外就可以注意到。如果是他，厄奈絲汀阿姨和史都一眼就可以認出來的。」

「妳對他們了解多少？」

她聳聳肩膀。

「他們兩個都是中年人，家境寬裕，平時沒事就是培養嗜好打發時間。佩提斯是個禿頭，很挑剔的人……我不是說他像老女人那樣難侍候，其實他是一般人所謂的好人，但腦子卻精明得要命。呸！為什麼他們不能成材一點！」她握緊雙手，看了曼根一眼，然後臉上逐漸浮現出迷濛而若有所思的愉悅。「伯納比……對了，某種程度上，傑若米倒是靠自己的本事闖出了點名堂。他是個有名的藝術家，不過他的犯罪學者身分更為人所知。他身材高大，喜歡故弄玄虛，老愛談論犯罪事件或吹噓自己當年在運動場上的輝煌成就。傑若米確實有他個人的魅力。他很喜歡我，讓波依德嫉妒得很。」她的笑容綻放開來。

「我不喜歡那個傢伙，」曼根平靜地說道，「事實上，我對他只有敬而遠之的份，這我們倆都心知肚明。不過蘿賽特至少說對了一件事——他不可能幹下這種事。」

海德雷再度振筆疾書。

「他有什麼樣的缺陷？」

「一隻腿先天畸型。你一看到他，就會明白那是藏不起來的。」

「謝謝你。那麼現在，」海德雷說著，隨手闔上筆記本。「就先這樣了。你們可以去療養院了，除非……呃，菲爾，你有問題要問嗎？」

博士笨拙地走向前來。他的身形高過那女孩，以居高臨下的姿態凝視她，頭顱還略微偏向一旁。

「最後一個問題，」他一邊說，一邊像揮打蒼蠅似地拂開眼鏡上的黑緞帶。「嗯哼！好，葛里莫小姐，為何妳如此確定凶手就是德瑞曼先生？」

CHAPTER 8

槍彈

問題的答案就此石沉大海，但菲爾博士也因而掌握了一些啟示。在藍坡弄清楚狀況之前，事情已經告一段落。由於博士的發言顯得極為漫不經心，而藍坡自己對「德瑞曼」這個名字也無甚印象，所以他完全沒去注意蘿賽特的反應。他只是納悶為何一向能言善道、笑口常開的曼根，竟然一下變得如此支吾其詞、畏畏縮縮，連講話的樣子都像個蠢蛋。以前曼根說起話來，從不會這般愚鈍，即使是在胡言亂語之際也未曾如此。但現在……

「你這個混蛋！」蘿賽特・葛里莫聲嘶力竭地喊著。

她的叫聲有如粉筆刮過黑板似地尖銳刺耳。藍坡連忙轉身，他看到女孩齜牙咧嘴，顴骨彷彿變得更加高聳，眼中冒出一股熊熊燃燒的火焰。但這只是一瞬間的印象。她氣沖沖地掠過菲爾博士身邊，貂皮大衣在身後揚起沒入走廊，曼根則緊隨在她身後，然後房門便迅速被甩上。過沒多久，曼根再次走了進來，對大家說了聲「呃……抱歉」，然後迅速地再次把門關好。當時站在門口的他，姿態極不自然，背脊彎曲，腦袋瓜低垂，擠滿皺紋的額頭及陰霾的雙眸盡是憂慮的神色。他張開雙手，手心朝下，像是要安撫某個觀眾，還說了那句「呃……抱歉」之後才關門離去。

菲爾博士對眼前的情況無動於衷。

「有其父必有其女，海德雷，」他氣喘吁吁地說道，並且緩緩搖頭。「哼，就是這樣。在強大的情緒壓力下，她已經快要失控了。火藥粉已被靜靜塞入炸藥包，只要有一點不對，便能啟動扳機，接著便——嗯。我擔心她其實心裏害怕到極點了，不過，或許她有自己的理由。我懷疑她知道多少內幕。」

「喔，是啊，她畢竟是外國人嘛。但這不是重點。我說啊，」海德雷的語氣略帶刻薄。「你總是像那些耍特技的步槍射手一樣，喜歡有驚人之舉，非得嚇得人把嘴裏的香菸掉出來你才高興。這事和德瑞曼有何關係？」

菲爾博士似乎很煩惱。

「等一下，等一下……海德雷，你對她有何看法？對曼根又是如何想的呢？」他轉向藍坡。「我有些搞迷糊了。我有個印象，是從你這裏得來的，你說曼根是個狂放的愛爾蘭人，是我熟悉且喜歡的那一型。」

「他的確是，」藍坡說道，「認同嗎？」

「關於我對她的看法，」海德雷說道，「我認為坐在這裏時，她是可以心如止水地剖析自己父親的一生（順便一提，她的頭腦真是好極了），但是在這一刻，我敢打賭她一定是痛哭流涕、歇斯底里地倉皇奔逃，因為她覺得她對父親不夠尊重。基本上她的身心都十分正常，但是她內心深處隱藏著一個魔鬼，菲爾，她在精神及理智上都需要一個指引者。她和曼根兩個人，要嘛是曼根有足夠的智慧給她當頭棒喝，不然就乾脆接納她在倫敦大學辯論會的意見，這樣兩人才能真正心靈契合。」

「自從你當上督察長之後，」菲爾博士瞇眼看他，口中說道，「我發現你越來越面目可憎，真讓我既驚訝又難過。聽著，你這個老色鬼，你當真相信自己說的那些廢話——什麼兇手狡猾的躲進屋子等到暴風雪停止？」

海德雷露齒而笑。

「到目前為止這個想法其實還不壞，」他說道，「除非我又有更好的念頭。它已經佔據了他們的心思。永遠要讓證人相信某種看法。我相信他們的陳述……我們會在屋頂找到一些足跡的，你甭擔心了。我們晚一點再來談這件事。德瑞曼究竟怎麼了？」

「一開始，杜莫太太某段奇怪的陳述，一直讓我百思不得其解。它的內容那麼怪異，所以格外引人注意。那不是精心計畫的言辭，她嚷著說出那些話時，已經非常歇斯底里了，她說不明白兇手為何要搞如此愚蠢的把戲。當時她說，假設你想要幹掉某人，『你不會像老德瑞曼那般，在蓋伊・佛克斯之夜和孩童一起戴上彩色面具慶祝』。我把蓋伊・佛克斯這怪物的資料在腦中列檔，尋思這話到底是什麼意思。然後不經意地，在和蘿賽特談話時，我提到佩提斯，用了一句話──『裝扮成十一月五日的蓋伊・佛克斯吧？』海德雷，你有注意到她的表情嗎？這句話給了她某種暗示，然而在甚感驚訝的同時，她也極覺有趣。她什麼都沒說，只是在心裏暗忖。她討厭心中想的那個人。不過，那個人是誰呢？」

海德雷的目光掠過房間對面。

「是的，我還記得。我明白她暗示了某個她懷疑或希望我們懷疑的人，所以我才會直接問她指的是誰。事實上，她使我想到是屋內的某個傢伙。但說實話，」他用手擦過前額，「因為碰到的是這麼古怪的一家人，我一度還以為，她暗示的是自己的親生母親。」

「她不是隨便提起德瑞曼這號人物的。『你還沒見過安妮——或是德瑞曼先生，考慮一下吧』，最重要的訊息就隱藏在這附語中……」菲爾博士繞著打字桌走，並且厭惡地盯著那杯牛奶。「我們得將他從床上喚醒。他引起我極大的興趣。德瑞曼，這個葛里莫的老友兼食客，這個喜歡服用安眠藥、會戴著十一月五日恐怖面具的人，到底是何方神聖？他在這個家中扮演什麼角色？到底他在這裏做什麼？」

「你是指——某種勒索嗎？」

「胡扯！你這孩子。你曾聽過校長是個敲詐者的嗎？不可能，因為他們深怕被人發現不為人知的一面。教育界人士當然也會犯下過錯，我就深知自己的罪孽，但這個環境絕不會製造出敲詐者……不，很有可能是葛里莫一時的厚道心軟，才讓他住進來，然而……」

他的話聲停了下來，宛若有一股冷風灌入他的喉嚨。房內通往閣樓小樓梯及屋頂的那道門，打開了又關上，原來是米爾斯進來了。他的嘴唇凍得發青，一條厚長的羊毛圍巾正纏繞在脖子上，不過他表情看起來滿暖和的，臉上帶著滿足的神情。在順手拿起杯子一口喝光牛奶後（他面無表情地向後仰頭，讓人聯想到吞劍的特技演員），他把手伸入壁爐取暖，跟著便滔滔說道：

「各位先生，我在通屋頂的活板門上找了一個好位置，看著你們的警探辦事。他滑倒了好幾回，然而……不好意思！你們難道沒有一點任務要分派給我，或幫忙畫點圖什麼的？喔，是的，我非常渴望提供協助，但我恐怕已經忘了——」

「去把德瑞曼先生叫起來。」督察長說道，「若有必要，就用水潑醒他。然後……啊哈，佩提斯！如果佩提斯先生還沒離開的話，轉告他我要見他。貝特思警官在上頭找到了什麼？」

貝特思自己回答了這個問題。他的模樣像是滑雪失足後的慘狀，他喘兮兮、顫巍巍地走向壁爐，一面拍落外衣上的雪片。

「長官，」他宣佈道，「我向你保證，屋頂上甚至連一丁點小鳥停留過的痕跡也沒有。我找遍了每一塊區域，完全沒有發現任何痕跡。」他脫下濕透的手套。「我在煙囪上綁緊繩子，以便沿著排水槽往下爬。屋簷邊緣什麼也沒有，煙囪周圍什麼也沒有，任何地方都一樣是啥也沒有。如果今晚有人上得了屋頂來，那他一定是比空氣還要輕。現在我要下樓去瞧瞧後院……」

「但是──」海德雷大聲吼叫。

「說得沒錯，」菲爾博士說道，「咱們現在最好下樓去，看看你的手下在別的房間進行得如何了。假如可靠的普斯頓──」

這時，通向走廊的門打開了，普斯頓警官怒氣沖沖地出現，好像是被法院傳喚來似的。他看看貝特思，然後走到海德雷身邊。

「長官，我多花了一些時間，」他報告著，「因為我們必須把那些書櫃搬出來，然後再把它們推回原位。結果是，什麼也沒發現！沒有任何祕密入口。煙囪管壁是實心而無空隙的，藏不了什麼怪玩意兒。煙囪的煙道大約才兩三吋寬，直直往上……還有其他指示嗎？兄弟們都搞定了。」

「多得很，只可惜——長官，你有抬起又放下窗戶嗎？你有碰到窗框上沿的玻璃嗎？我查到你的指紋。」

「有指紋嗎？」

「這種事通常我都會很小心，」海德雷厲聲說道，「還有呢？」

「玻璃上面沒有其他指紋了。窗戶的木造部分，包括框架和窗台，都是漆了亮光漆，十分光滑潔淨，上頭若留下手套的污痕，鐵定像印出來的一樣無所遁形。事實上什麼都沒有，甚至連一個小污點也找不到。如果有人從窗戶離去，他一定是退後幾步，然後頭朝前如跳水般躍出窗外，才能不碰到任何東西。」

「這樣就夠了，謝謝你，」海德雷說道，「到樓下待命。貝特思，去後院幹活吧……不，等一等，米爾斯先生。普斯頓會去請佩提斯先生過來——如果他還在的話。我想再和你談談。」

「看來，」兩位警官離去後，米爾斯用尖銳的聲音說道，「我的故事又引發各位的疑心了。我向你們擔保，我說的確是實情。這裏就是當時我坐的位置。你們自己看看。」

海德雷打開房門。在他們眼前是高聳的幽暗走廊，離盡頭那道房門有三十呎遠。在下方拱道燈光的照耀下，那扇門現在是清晰可見。

「應該沒搞錯啊？」海德雷喃喃自語。「他是根本沒走進屋子，還是怎麼著？在門口那邊，可能真有人耍了一堆怪把戲；我聽說過這種事。我不認為那女人會搞鬼，會自己戴上面具，或者——不，你看到他們站在一起，畢竟……他媽的！」

「這裏完全沒有你所謂的『怪把戲』，」米爾斯說道，即使他有心幫忙，但還是難掩對那三字的嫌惡。「我清清楚楚地看到他們三個人分開站著。杜莫太太就站在門口前，稍微偏右；高個子男人站在左側，而葛里莫則介於他們兩人中間。高個子真的進到房間去了，隨即關上房門，再也沒出來過。整個過程並非在朦朧的光線下進行的，況且那男人的身材高大，我絕不可能弄錯。」

「海德雷，我看沒有必要質疑他的說法，」菲爾博士說，「我們也別管這扇門怎麼了。」他轉過身來。「你對德瑞曼這人了解多少？」

米爾斯的眼睛瞇得很小，死板板的聲音透著小心。

「說真的，先生，他的確是引起人們相當的好奇。嗯，但我對這個人的了解非常少。我來此任職之前，就多次聽說他來這裏好幾年了。他是被迫離開學校的，因為他的眼睛幾乎不行了。雖然經過治療，但他還是不太看得見，不過你們從他……呃，眼睛的樣子是看不出來的。後來他來尋求葛里莫教授的援助。」

「他幫過葛里莫教授什麼忙嗎？」

祕書先生眉頭緊鎖。

「我不太清楚。聽說他們在巴黎結識，當時他在那裏做研究。這是我唯一知道的事。不過有一次，葛里莫教授——我們這麼說好了，『小酌了一杯』之後，」米爾斯闔上的嘴角揚起一股傲慢的笑意，他的眼睛瞇起，閃爍著倦懶的譏諷。「嗯，他說，德瑞曼先生曾救過他一命，而且是天底下最善良的大好人。當然，在那種情況下……」

米爾斯有一個突兀的習慣動作，會兩腳一前一後地站著搖晃，並用前腳的鞋跟輕敲著後腳的鞋尖。這個古怪的動作，配上他瘦小的體型、蓬鬆的亂髮，簡直就是個漫畫版的斯溫伯恩（譯註：英國詩人和評論家）。菲爾博士好奇地看著他，但嘴巴上只說道：

「是那樣嗎？那你為什麼不喜歡他？」

「無所謂喜不喜歡。我只是覺得他成天無所事事罷了。」

「這也是葛里莫小姐不喜歡他的原因，是嗎？」

「葛里莫小姐不喜歡他？」米爾斯問道。他睜大眼睛，隨即又縮小。「是嘛，我早就猜到了。我看得出來，但不能確定。」

「嗯。為何他對蓋伊・佛克斯之夜這活動這麼熱心？」

「蓋伊・佛——啊！」米爾斯驚訝之餘忽然語塞，然後發出淺淺的笑聲。「我明白了！剛才我一直沒弄懂。他非常喜歡小孩，他自己原本有兩個孩子，不過都死了——我記得是從屋頂上摔下來的，有好幾年了。這就是我們在建造一個更巨大、更雄偉、更宏闊的未來世界時，必須視若無睹的悲劇。」他這番高見惹得菲爾博士一臉惱意，但祕書仍繼續說道，「他的妻子沒多久也過世了，然後他的視力漸漸衰弱……他喜歡幫孩子準備他們的遊戲。儘管在某種程度上，他的心智狀況已經不太正常，但仍能保持些許赤子之心。」他那魚唇又張大了些。「他最期待的時刻，似乎是十一月五日慶典的來臨，那天剛好是他一個亡子的生日。他一整年省吃儉用，就為了攢錢買燈綵與化裝的服飾，然後組成一支蓋伊・佛克斯的遊行隊伍——」

這時一陣急遽的敲門聲響起，普斯頓警官緊跟著出現。

「長官，樓下沒有半個人，」他報告著，「你想要見見的那位先生，一定是離開了……有個傢伙從療養所過來，帶了這份東西給你。」

他伸手遞出一個信封，以及一個看似珠寶匣的方形硬紙盒。海德雷撕破信封打開信紙，迅速地瀏覽一遍，然後破口大罵。

「他死了，」海德雷咒罵個沒完，「什麼話也沒說……哪，拿去看看！」

藍坡站在後頭，他越過菲爾博士的肩膀，看到以下的內容：

海德雷督察長敬啓：

可憐的葛里莫死於十一點三十分。我把子彈送過來給你。如我所料，是點三八口徑的子彈。我試圖和你們警方的外科醫師聯絡，但他出去辦理別的案子，因此我直接送到你手上來。

他在臨死之前有片刻神智是清醒的。他說了幾件事，本人和兩位護士都可以為此作證。不過他說的話有點不著邊際，所以我得全神貫注仔細聆聽。我算是非常了解他了，但我竟然不知道他還有個兄弟。

首先他說，他希望告訴我這件事，然後他說了如下的話：

「這是我兄弟幹的。我萬萬沒想到他會開槍。只有老天爺才知道他是如何離開的。前一刻他還在那裏，下一刻他人就不在了。拿筆和紙來，快點！我得告訴你們我兄弟是誰，免得你們認為我是在胡言亂語。」

他的叫喊引起最後的大量出血，然後還來不及再說什麼就氣絕了。

我遵照你的命令，保持屍體原來的狀態。如果還有可以幫忙的地方，請通知我。

E・H・彼得遜醫生

他們彼此面面相覷。謎團儼然具體形成，事實已然加以確認，目擊證人言之鑿鑿。但空幻之人所引起的驚駭，仍殘留在現場徘徊不去。一陣寂靜後，那位督察長語氣凝重地說：

「『只有老天爺才知道，』」海德雷重複信上的話，「『他是如何離開的。』」

第二口棺材

——卡格里史卓街的難題

菲爾博士漫無目標地踱步、嘆氣，然後在最大的一張椅子上坐下。

「漢瑞兄弟——」他的聲音低沉而響亮。「嗯，沒錯。恐怕問題又回到他身上了。」

「該死的漢瑞兄弟，」海德雷意志十分消沉。「我們得先逮捕皮爾兄弟才對。他清楚內情！為什麼巡官還沒回報消息？派去劇場抓人的那個傢伙跑哪去了？這些王八兔崽子是回家睡著了，還是——」

「我們沒有必要自己先慌了陣腳，」菲爾博士趕緊打斷海德雷的扼腕頓足、嘀咕開罵。「漢瑞就是希望我們陣腳大亂。現在，我們手上有葛里莫的最後遺言，起碼我們還掌握一條線索……」

「什麼線索？」

「他跟我們說的那些話啊，那些我們無法釐清意義的話。不幸的是，這些話現在對我們來說是毫無用處，因此我們必須賭賭運氣，試著解釋看看。關於這個新的證詞，我擔心我們會被葛里莫引導到死胡同去。其實，他並非透露訊息給我們，他只不過是在問我們一個問題。」

「這到底是怎麼一回事？」

「難道你看不出他不得不如此？最後那句遺言：『只有老天爺才知道他是如何離開的。前一刻他還在那裏，下一刻他人就不在了。』現在我們就從你那本沒用的筆記本裏，揀選你記下的那些話。你和泰德各自聽到的版本，內容有一些不同，不過我們可以從兩位達成共識、且大家都認可正確無誤的部分開始。先收拾第一個難題：我想我們現在可以放心的說，『侯華斯』和『鹽礦』這兩個字眼應該是沒錯的。再來解決兩位看法各異的部分。你們共同交集的字眼是哪些？」

海德雷手指頭敲打著。

「從我開始……在這裏！相同的字眼有：『他無法使用繩索』、『屋頂』、『雪』、『狐狸』、『光線太亮』。如果我們將這些字做一個組合，再與他那份遺言拼湊成有意義的句子，大概會得到這樣的結果：『只有老天爺才知道他是如何離開的。他不可能使用繩索登上屋頂或下達雪地。前一刻他還在那裏，下一刻他人就不在了。光線非常亮，所以我不可能看漏他的任何動作……』可是，等一下！關於……」

「現在，」菲爾博士不耐煩地嘀咕道，「試著組合相異的字眼。泰德聽到了『絕非自殺』。此句話若能解釋成：『這絕非自殺，我不是自殺的』，那就十分值得玩味了。而你聽到的那句『有槍』，也很容易連接到其他的句子：『我沒料到他會開槍』。呸！所有的線索都繞著一個圈圈打轉，問題重重。我第一次碰到這樣的案子，竟然受害者和其他人一樣想知道真相。」

「但是『狐狸』呢？這個字哪裏都湊不進去。」

菲爾博士看著他，眼角閃爍著不悅之情。

「喔，不，它放得進去。它是最簡單的部分——也可能是最巧妙的部分，不過我們先別急著為它找位置。它牽涉到人們聽到拼音失準的字眼時所產生的聯想。假如我針對不同背景的人做字句聯想的測驗（這該死的名詞），譬如我陡然壓低聲音說了一句『狐狸』（Fox）時，對一個騎師來說，他可能會回答『獵犬』（Hounds），但對方倘若是個歷史學家，他很可能會叫著說……會說什麼？快回答！」

「蓋伊！（譯註：指蓋伊．佛克斯，其姓氏「佛克斯」，英文拼字爲〔Fawkes〕，唸法類似「狐狸」的發音〔Fox〕）」海德雷一邊回答，一邊咒罵著。

氣氛低迷了一陣子後，他才接著又說道：

「你是指，我們又得回頭沒完沒了地討論那個蓋伊・佛克斯的面具，或是類似那種面具的東西了？」

「唔，幾乎每個人對這話題都有不少誇張的描述，」博士邊說邊抓搔自己的前額。「若說有人在近距離看到它之後被嚇得魂飛魄散，我絲毫不覺得意外。這有沒有給你什麼啟示？」

「它告訴我，必須要和德瑞曼先生溝通溝通！」督察長不高興地說道。

他闊步走向門口，赫然發現米爾斯瘦骨嶙峋的臉龐從門縫探進來，粗厚的鏡片後還流露出專注聆聽的神情。

「等一下，海德雷，」看到督察長怒氣沖沖地下逐客令，菲爾博士連忙插嘴。「你這個人真奇怪。謎團滿天飛的時候，你可以鎮定地像個哨兵一樣，但當我們越來越接近真相之際，你反而無法平心靜氣了。讓我們這位小朋友留下來吧，他應該聽聽的，雖然現在只能聽到結尾部分。」他咯咯笑道，「你已經對德瑞曼起疑了嗎？哈！正好相反，應該不是你想的那樣。記住，我們尚未完成整塊拼圖。還剩一片圖形我們沒弄明白，而最後的一片，就是你親耳聽到的那句話。戴上桃紅色的面具，是要葛里莫認為那人是德瑞曼，而似乎很多人也已經做如是想。但葛里莫深知面具後面的那張臉是誰。因此，關於你記下來的最後幾個字！『不要責備可憐的……』，我們可以做出非常合理的解釋。他似乎十分喜歡德瑞曼。」停頓了一會兒後，菲爾博士對米爾斯說道，「孩子，去帶他上來吧。」

房門再度關上，海德雷疲倦地坐下，並從胸前口袋裏取出已壓損且未曾點燃的雪茄。他表情凶惡地將一根手指塞繞於硬衣領中，就像是一般人煩惱時，會不自覺感覺衣領太緊一樣。

「還要耍更多的花招，啊？」他問道，「還要多玩一下神經緊繃的推理遊戲？這個年輕人好大的膽子，哼！」他瞪著地板，嘴巴上還難堪地喃喃抱怨。「我一定是失控了！真是糟糕，我怎麼會有這種捕風捉影的念頭！你還有什麼具體的建議嗎？」

「有。不過你得等一下，我要來試試看葛羅斯的鑑定方法。」

「葛羅斯的什麼？」

「葛羅斯的鑑定方法。你不記得啦？我們今天晚上才討論過。我要非常小心地蒐集壁爐裏已燒盡和半毀的紙片，看看葛羅斯的鑑定方法可不可以顯現出上面的字跡。你可以安靜一下嗎？」海德雷發出輕蔑的聲音，遂被菲爾博士叱喝。「我不敢說所有的字跡都能顯現，甚至連看出一半的把握也沒有，但多少總是能湊出一行字，好讓我們猜猜，那個葛里莫認為比自己性命還重要的東西到底是什麼。呼，哈！就這麼辦。」

「這套把戲該怎麼玩？」

「待會兒你就會看到。記住，我並不是說那些被全然燒燬的紙片會完全還原，不過一定會有東西顯現出來的，特別是夾在中間只被烤黑的焦片……除此之外，我已經想不出其他的法子，除非我們去問——咦，什麼事？」

面無表情的貝特思警官進來報告，這次掉落在他身上的雪片已少了許多。在關門之前，他還向門外看了一下。

「長官，整個後院我都查過了，兩邊鄰接的地方和圍牆頂端也檢查了。沒有任何腳印或痕跡……但我確信我們——普斯頓和我，逮到了一個傢伙。當我們回來走進屋子的時候，一樓樓梯口跑下來一個高個兒的老傢伙，他的手邊走邊摸索著欄杆扶手。在跑過一個衣櫃時，他碰地一聲撞個正著，好像對此地不太熟悉。後來他穿上大衣戴上帽子，直接走到門口。他說他叫德瑞曼，就住在這棟屋子裏，不過我們認為——」

「你們等一下就會知道他的視力非常差，」菲爾博士說道，「請他進來。」

某種程度上，走進來的這位男子是個令人印象深刻的傢伙。他的長臉看來文靜沉穩，兩邊的太陽穴位置凹陷。頭頂半禿，灰髮都長在後腦勺，因此額頭看來既高且窄，佈滿了皺紋。他的眼睛湛藍發亮，雖然眼角橫紋密列，但眼神一點都不顯出渾濁老態，看來溫和而充滿迷惑。他有一副鷹勾鼻，親切而不安的嘴唇兩側勾勒出兩條深刻的法令紋。他有皺眉頭的習慣，所以眉毛看來有點一高一低，使別人更容易覺得他忐忑不安。儘管彎腰駝背，他的身形仍然碩大；縱使貌似仙風道骨，他依然予人強健有力的感覺。整體來說，他像是個年華逐漸老去的軍人，生活日趨散漫的紳士。他臉上找不到一絲幽默感，不過看得出有種迷糊羞赧的好性情。他身上穿著暗色大衣，鈕釦直直扣到下巴處。他站在門口，眼睛在紊亂糾纏的眉毛下費力地凝視他們，手拿著常禮帽放在胸前，猶豫著不知該如何開口。

「抱歉，各位先生，我真的非常抱歉，」他說道。他的聲音低沉而有種奇怪的腔調，像是不太習慣說話。「我知道我應該早點來見各位。不過，曼根先生剛剛叫醒我，告訴我發生了什麼事。我覺得我必須去探望葛里莫，去看看有什麼事我幫得上忙……」

藍坡心裏有種感覺，這人腦袋昏沉不太清醒，不知是仍在寤寐中，還是安眠藥性尚未消散。但他的眼神非常明亮，可能是裝了玻璃義眼的關係。他靠了過來，一隻手摸到一把椅子的椅背，但並未立即坐下，直到海德雷開口要求他才入坐。

「曼根先生告訴我說……」他說道，「葛里莫教授……」

「葛里莫教授剛剛過世了。」海德雷說道。

德瑞曼仍然盡量把駝背挺直，雙手交疊在帽子上。此時房間內瀰漫著肅然的寂靜，德瑞曼閉上眼睛，然後再度睜開雙眸，目光似乎投射在遙遠的地方，呼吸聲則顯得緩慢沉重。

「上帝保佑他的靈魂能得到安息，」德瑞曼非常平緩地說。「查爾斯・葛里莫是一個很好的朋友。」

「你已經知道他是怎麼死的？」

「是的，曼根先生已經告訴我了。」

海德雷打量著他。

「那麼，你一定能夠了解，告訴我們每一件事，每一件你所知道的事，才能幫助我們抓到殺害你朋友的凶手？」

「我……是的，當然。」

「請務必了解，德瑞曼先生，務必深深地了解！我們希望知道他的過去。你和他相交甚深。你是在哪裏認識他的？」

德瑞曼的長臉盡是茫然，恍惚中，彷覺他的五官皆已渙散走位。

「在巴黎。一九〇五年，他取得博士學位……就在那一年我認識了他。」陳年的過往似乎困惑著他，他用手遮住眼睛，聲調中帶著一種抱怨，像是在質問別人把他的領釦藏在哪裏了一般。「葛里莫的表現非常出色。同一年，他接著又在第戎（譯註：法國東部的城市）獲得一個副教授的職位。可是當時他的一個什麼親戚過世了，留給他一筆優渥的遺產。於是他……他放棄他的工作，沒多久後就來到英國。我的了解僅止於此。過了好多年之後，我才又見到他。這是不是你們想知道的？」

「在一九〇五年以前，你從未見過他？」

「是的。」

海德雷的身體向前傾屈。

「你在哪裏救了他一命？」他猝然問起這件事。

「救他一命？我不懂。」

「德瑞曼先生，你去過匈牙利嗎？」

「我……我曾到歐洲大陸旅行，所以可能去過匈牙利。不過那是好多年前的事，當時我還年輕，現在已經記不得了。」

現在，倒是換成海德雷準備耍花招了。

「你救過他的性命，」他堅稱，「就在卡柏西恩山脈的賽班特曼監獄附近，當時他正在逃亡。你救了他，不是嗎？」

德瑞曼坐得筆直，他瘦弱的手掌緊捏著禮帽。藍坡感覺到一股抗拒在他身上浮現，或許十多年來，他還未曾如此頑強過。

「是嗎？」他說道。

「用這招是沒有用的。我們什麼都知道，甚至連時間也很清楚——這你已經幫我們補充了。卡洛里・侯華斯還未身陷牢獄之時，在一本書上寫下了『一八九八』這個時間。先不管大學預修的時期，他至少也在巴黎花了四年時間才拿到博士學位。因此他入獄和逃亡的那段時間，我們可以據判縮短為三年。憑著這些資料，」海德雷冷淡地說，「我就可以發電報至布加勒斯特（譯註：羅馬尼亞的首都）並在十二小時之內要到詳細的資料。所以你最好老老實實說真話，供出有關卡洛里・侯華斯的一切，你知道的，我也要通通知道——還有他的兩個兄弟。這兩位兄弟之中，有一個傢伙殺了他。最後我要提醒你，知情不報等同於犯下重罪。明白嗎？」

有好一陣子，德瑞曼一直用手摀住眼睛，腳底則輕拍著地毯。然後他抬頭仰視，大家看了不禁嚇了一跳，因為雖然他那皺成一團的玻璃眼珠發出兩道藍光，但臉上卻泛滿了溫柔的笑意。

「犯下重罪，」他複誦著，然後點點頭。「是這樣嗎？老實說，先生，對於你的恐嚇，我根本不放在心上。對我這種看你如同看一客盤中的荷包蛋、這種只能辨識物體輪廓的人，很少有什麼事情會讓我生氣害怕了。這世上人類所有的恐懼感（以及野心慾望），幾乎都是由具體的事物所引起的——眼神、動作和姿態。你們這些年輕人不會了解的，但我還是盼望你們能懂。你們知道，我還不算完全目盲。我可以看到人們的臉龐、早晨的天空，以及詩人筆下堅稱盲人都該醉心的東西。我無法閱讀，而這八年來我最盼望看到的那幾張臉龐，居然也已經比我自己的老臉還模糊難辨。等到有一天，你的生命中只冀望這兩件事而竟也無法達成時，你就會知道已經沒有什麼東西影響得了自己了。」他又點了點頭，目光望向對面，皺起前額。「先生，只要對查爾斯‧葛里莫有所幫助，我非常願意提供任何你所需要的資訊。但我不覺得有必要將塵封已久的醜聞扒出來。」

「即使是為了找出那位向他下毒手的兄弟，也沒必要？」

德瑞曼的臉抽動了一下，蹙蹙眉頭。

「如果這也算是幫忙的話，我可以老實告訴你們，別再追查這條線索了。真不曉得你們從哪裏得知這件事的。他是有兩個兄弟，而且也坐過牢。」他又展開笑靨。「但這件事沒什麼不可告人的。他們是因為政治因素而被囚禁。我猜在那個年代，大半吞火變魔術的年輕人都無法倖免吧……別記掛著這兩個兄弟，他們都死了好些年了。」

房間內是如此靜寂，藍坡只聽到壁爐發出最後一聲霹啪爆響，以及菲爾博士喘息的呼吸聲。海德雷看看菲爾博士。他正閉著雙眼，然後又面無表情地直盯著德瑞曼，好像這個男人有強銳的視力似的。

「你怎麼知道這些事？」

「葛里莫告訴我的，」德瑞曼還刻意將名字唸得很重。「況且在那個時候，從布達佩斯到布拉松，所有的報紙都大肆報導這件事。要證實這些事情是很容易的。」他簡單扼要地說道，「他們是死於黑死病。」

「當然了，你若能證明消息屬實……」海德雷的語調相當客氣。

「你們能答應我，不去挖掘過去的醜聞嗎？」（那湛藍的眼神，真叫人難以聚焦。德瑞曼瘦骨嶙峋的手一下子交合，一下子又鬆開。）「倘若我說出實情，也拿出證據，那你們可以讓死去的人安息長眠嗎？」

「這得看你告訴我們什麼了。」

「很好。那我就告訴你們我所知道的事情！」他厭煩地說（藍坡心想）。「在某種程度上，這是一個可怕的事件。事後我和葛里莫再也沒談論過，我們之間有默契。但我不想騙你們說我已經忘記它、什麼都不記得了。」

他靜默了好久，手指不斷輕敲著太陽穴，逼得難得耐下性子的海德雷，又忍不住想催促他。終於，他說道：

「抱歉，各位先生，我只是試圖回想確切的日期，好方便你們去查證。我所能想得出的時間，應該是在一九〇〇年的八月或九月……還是在一九〇一年？不管了，總之，我就以法國傳奇小說式的敘述方式開始吧——但絕對坦白。在一個蕭瑟而即將日落的一九××年九月天，一個孤零零的騎師沿途趕路（真是一條要命的路！），那是在卡柏西恩東南一個崎嶇險惡的山谷。現在我就要開始描述那些個荒林野地等等的了。我是那位騎師，眼看天就要下雨了，我希望能在天黑前趕到崔迪。」

他微笑著。海德雷不耐煩地挪動身體，菲爾博士卻只是睜大眼睛，然後德瑞曼迅速地說下去。

「我必須營造出一種小說的氛圍，因為這種方式比較符合我的心情，而且能表明得更清楚。當時我正處於浪漫、叛逆的年紀，對政治自由的理念懷有滿腔熱情。我之所以會騎在馬背上而不用腳走路，是因為我當時以為自己正在社會上嶄露頭角，薄有名聲。我不嫌麻煩地帶著對付盜匪（想像而已）的手槍，隨身攜帶嚇阻魔鬼的護身符，對此沾沾自喜、樂此不疲。就算我不曾碰到鬼魂或者盜賊，我相信他們一定存在著。我很清楚自己有好幾次都被他們弄得心神不寧。眼前那些陰冷的森林、峽谷，透著一股童話故事式的荒蠻、陰森，即使其中散佈著一些已開發的區域，仍不減其詭異的氣息。特蘭西瓦尼亞這個地方，你知道的，有三邊都籠罩於山脈的陰影中。對一個英國人來說，黑麥田和葡萄園筆直佈滿陡峭丘緣的場景，鄉民紅黃相間的穿著，外形如大蒜似的小酒館，甚至在貧瘠的地段充當鹽田的景觀，滿眼視野所及，無不令人驚喜感動。

「總而言之，我正沿著荒涼山區的彎曲山路蜿蜒前行，狂風襲面吹來，數哩之內沒半家可供歇腳的酒館。當地人說，這一路上的每株樹籬後面，都有惡鬼潛伏窺伺，這個說法真令我毛骨悚然，不過還有更糟的理由使我戰慄難安。炎熱的酷暑過去之後，瘟疫爆發蔓延，這整個地區都圍佈著一大群蚋蚊，甚至在寒冬季節也聚集不去。剛剛經過的那個村落——我忘了那地方叫做什麼——村民們告訴我，前面山區的鹽礦區，蚋蚊肆虐的情形更是猛烈。但我一心一意希望趕到崔迪，去見我那位也在他處旅行的英國朋友。同時我也想一窺那座有名的監獄，它的外觀像是低矮的山脈，以七座白色山丘來命名，就在後方。所以我決定繼續趕路。

「我知道我一定逐步趨近監獄了，因為白色山丘就在前方。然而，由於天色變得非常陰暗，我幾乎是伸手不見五指。強風颳得樹木搖搖欲墜，彷彿就要被撕裂成碎片。這時我往下來到一個窪地，途中經過了三座墓穴。它們看起來還很新，似乎是才剛剛挖好，因為四周仍有腳印環繞。但眼力所及，我沒有看見半個人影。」

海德雷突然插話，打破了這夢幻般敘述所引發的怪異氣氛。

「那個地方，」他說道，「酷似葛里莫教授向伯納比先生買來的風景油畫。」

「我……我不知道，」德瑞曼回答，他顯然相當驚愕。「是這樣嗎？我沒注意到。」

「沒注意到？你沒看過那幅畫？」

「沒有看得很清楚。只看到大概的輪廓，樹林哪、一般的風景——」

「以及三座墓石？」

「我不清楚伯納比是從何處得到靈感的，」德瑞曼回答得語焉不詳，他用手撫摸額頭。「老天作證，我從未告訴他這件事。或許只是個巧合。但那三座墓穴上並沒有立著墓石。它們的墓牌很尋常，只是棍子做成的十字架而已。

「不過我告訴你們，當時我坐在馬背上，看著那些墓穴時，心裏感到不太舒服。它們看起來實在有夠詭異，上頭是白色山丘，周遭卻是綠黑色的景觀。但這不是主要的原因。假如它們是監獄的墓穴，為何會挖在這麼偏遠的地方？我意識到的下一件事，是我的馬忽然向後仰，差一點就把我摔下馬來。我連忙拉著韁繩迴轉，靠在一棵樹下。這時我回頭望去，便知道為什麼馬兒會不對勁了——有一座墓穴的土墩突然隆起且滑動，發出一種崩裂的聲音，接著有某種東西開始扭擰和蠕動，然後一個黝黑的東西從土墩裏摸索著冒了出來。那只是一隻手指在蠕動著的手臂——但我這輩子從沒看過比這更恐怖的景象！」

CHAPTER 10

上衣的血跡

「在那節骨眼上，」德瑞曼接著說道，「我也亂了方寸。我不敢下馬去察看，深怕馬兒會逃跑，而我也恥於逃走。我不禁想到吸血鬼故事和民間傳說中，魔鬼在混沌中破空而出的情景。不瞞你們，我被那東西嚇呆了。還記得那時我急得把馬兒踢得團團轉，一手試著勒緊韁繩，一手則掏出左輪手槍。後來我再回頭一看，那個東西已經爬出了墓穴，並且朝著我跑來。

「就是這樣，各位先生，我和我最好的朋友相遇了。他在地上找到一把鏟子，這工具一定是挖完墓穴的人留在那兒忘了帶走的。他繼續向我跑來。我用英文大叫：『你想做什麼？』──由於我整個人已經迷迷糊糊，以至於其他語言全都忘光了。這個人停下腳步。幾秒鐘後他也以英文回答，但操著外國口音，『救命，』他說：『救命，大爺。別害怕。』意思大概是如此。然後他就丟下鏟子。這時候，馬兒已安靜多了，但我還驚魂未定。這個男人的身材不高，看起來卻非常強壯。他的面容暗沉而腫脹，零星散佈著些許髒黑的污點，在黃昏微光照耀下，整張臉略顯桃紅。接著大雨猝然傾盆而下，他依舊站著不動，揮舞著雙臂。

「他站在雨中，大聲對我說話。我不想逐字逐句重複他的話，反正大意就是：『聽我說，大爺，我不像那兩個可憐的傢伙，我沒有死於黑死病。』他指著墳墓。『我沒有受到瘟疫的感染，大雨把我沖刷乾淨後，你就會明白了。這是我自己的血，是我刺傷自己而從肌膚流出來的鮮血。』他甚至伸出污黑的舌頭，讓雨水把它沖乾淨，表示是因沾染煤灰之故。此情此景，我眼前的這個人、這個地方，都瘋狂弔詭地令我不知所措。然後他接著說，他不是一般的罪犯，而是個政治犯，他只是要從監獄逃出來而已。」

德瑞曼的前額皺了起來，他再次露出笑容。

「救他？我很自然地這麼做了。況且我對其中的隱情也充滿好奇。後來我們擬定逃亡計畫時，他對我說明了一切。他和另外兩個兄弟，都是克勞森堡大學的學生，在一次抵抗奧地利、尋求特蘭西瓦尼亞獨立的暴亂中，他們被逮捕了——如同一八六〇年之前的情況。他們三個人關在同一間牢房裏，結果有兩個死於黑死病。經由獄醫的協助——這名醫師也是囚犯——葛里莫偽裝出同樣的發病症狀，假裝死去。那時候整個監獄都為這黑死病而人人自危，驚惶不安，因此沒人會去檢驗醫師的診斷。連當時幫他們三個埋葬的人，在將屍體丟入松木棺材和用釘子封棺時，都把頭掉轉過去。看準他們埋下屍體的地方離監獄還有一段距離，而且他們一向急著趕忙把棺蓋釘好，於是獄醫就先偷塞了一對截釘器給他——我這位死後餘生的朋友曾拿給我看過。他原本就是個強健有力的男人，如果在被活埋後仍能保持鎮定，沒有浪費太多的氧氣，其實只要用頭就可以頂高棺蓋，讓截釘器找到空隙插入。總之，這個強壯的男人最後成功地從鬆軟的泥地中破土而出了。

「好了，當他知道我是在巴黎念書的學生時，溝通就變得很容易了。他的母親是法國人，所以他能說一口流利的法語。我們商量之後，判斷他最好假扮成法國人，在那裏他可以建立一個全新的身分，而且不會引起疑竇。他藏了一點錢，而他在家鄉有個女——」

德瑞曼突然住口，像是突然發覺自己說太多了。海德雷只是點點頭。

「我們都心知肚明那女孩是誰，」他說道，「現在，我們可以先不理會『杜莫太太』。接下來呢？」

「可以放心讓她把錢帶來，隨他一同到巴黎來。這個時期已經不太可能還有追緝逃犯的通告——事實上也從來沒有過。不過雖然已被人當作是死亡了，他還是害怕得等不及刮臉整容或先披上我的外衣遮掩，就匆匆逃離那個地方。總之，我們並未引起任何懷疑。那個時代還沒有護照這種東西，從匈牙利出境的途中，他都化身為要和我在崔迪碰面的那位友人，用他的身分通報。一待入境法國……後來的事情你們全知道了。現在，各位先生！」德瑞曼毛骨悚然地呼出一口氣，態度僵硬起來，並用冷峻空洞的眼神望著大家。「我剛說的每一件事，你們都可以去查證——」

「崩裂的聲音是怎麼回事？」菲爾博士突然急著插嘴。

這個問題聽來相當平常，但此刻問起令人十分意外。海德雷急忙扭身看他，甚至連德瑞曼的眼神也朝他發出探問。不過菲爾博士紅潤的臉龐，這時卻茫然地扭曲著，他喘著氣，並用手杖戳刺地毯。

「這非常重要，」他對著壁爐聲明道，彷彿有人正在反駁他。「真的非常重要。嗯哼，德瑞曼先生，我只有兩個問題請教。你聽到了崩裂的聲音——是棺蓋在扭轉的聲音，是嗎？是？所以這表示葛里莫爬出來的這個墳墓，挖得相當淺？」

「沒錯，非常淺，否則他根本爬不出來。」

「第二個問題。那所監獄，現在……它以前是個管理嚴格還是鬆懈的地方？」

德瑞曼仍是一頭霧水，但下巴依舊緊緊繃著。

「我不清楚，先生。但我知道當時它曾遭受一群政府官員的炮轟抨擊。他們嚴厲指責監獄當局放任瘟疫在獄內蔓延，因為它影響到鹽礦囚工的工作績效。而且他們還公佈了死亡名單，我看見過。我再問你們一次，挖出這些舊時的醜聞，到底有什麼好處？完全是徒勞無功嘛。你們也聽到原委了，這對葛里莫而言，根本談不上是件醜事，但是——」

「沒錯，這就是重點所在，」菲爾博士的聲音低沉，他以奇怪的眼神盯著德瑞曼。「我要強調的就是這件事。它沒有什麼見不得人的。那到底是什麼事情，迫使一個人非得隱姓埋名，掩蓋自己所有的過去？」

「這……這對厄奈絲汀·杜莫或許是件不光采的事，」德瑞曼的語氣有些激動。「你們不明白我在暗示什麼嗎？葛里莫的女兒怎麼辦？就憑胡亂瞎猜他兄弟可能還活著，便可以肆無忌憚地來挖掘別人的舊愆嗎？他們不在人世了，死人是不會從墓穴裡爬出來的。我可不可以請問你們，說葛里莫的兄弟殺了他，這想法是打哪兒來的？」

「葛里莫自己說的。」海德雷回答。

有一瞬間，藍坡認為德瑞曼根本摸不著頭緒。然後他搖搖晃晃地離座起身，彷彿呼吸非常困難。他笨拙地解開大衣，觸摸著喉嚨，然後才重新坐下。唯一不變的，只有那玻璃眼珠的表情。

「你在騙我嗎？」他質問著，顫抖、暴躁、孩子氣似的語氣逼走他一向的沉穩。「你為什麼要騙我？」

「這是實情。看看這個！」

海德雷迅速遞出彼得遜醫師送來的字條。德瑞曼挪身移前取件，然後坐回椅上，同時還一邊搖頭。

「我看不出這表示什麼，先生。我，我……你是說，他死亡之前說……」

「他說凶手是他的兄弟。」

「他還說了什麼？」德瑞曼吞吞吐吐地問。

海德雷讓他自己去猜想，不做任何回答。

德瑞曼接著說道：

「我可以告訴你們，這實在是太荒謬了！你們是在暗示我說，那恐嚇他的騙子、那與他素昧平生的傢伙，就是他的親兄弟？你們是這麼想的。但我還是無法理解。打從我一知道他被刺殺……」

「刺殺？」

「沒錯。我剛剛說了，我——」

「他是被槍殺的，」海德雷說道，「你怎麼會認為他是被刺殺的？」

德瑞曼聳聳肩。滿是皺紋的臉上，浮起一種不悅、嘲諷、甚至有點自暴自棄的表情。

「我大概是個非常糟糕的證人，各位先生，」他的語調平穩。「不過我還是要秉持真心誠意，告訴你們一些你們不會相信的事。或許我就直接跳到結論好了。曼根先生跟我說，葛里莫遭到襲擊，性命危在旦夕。他還說凶手把油畫割成好幾片後，就消失不見了。因此我以為……」他擦拭著鼻樑。「你們還想問我什麼？」

「今天晚上你做了什麼？」

「我在睡覺。我……你們知道的，我不太舒服，就在這兒，眼球的後方。晚餐時我覺得身體狀況很糟，所以就沒出門（我本來打算去亞伯特音樂廳觀賞演唱會），我服了一片安眠藥，然後便躺了下來。很不幸地，從七點三十分以後至曼根叫醒我為止，這段時間裏我什麼都記不得。」

海德雷態度異常鎮定，他打量著對方敞開的大衣，但臉上帶著一種警戒的神色，似乎即將猛撲突襲對方。

「我明白。德瑞曼先生，你上床時有脫下衣服嗎？」

「什麼？脫衣服？沒有。我只脫掉鞋子，就這樣。為什麼這麼問？」

「你離開過房間嗎？」

「沒有。」

「那你上衣的血跡是怎麼來的……是，是血跡沒錯。站起來，別想跑！站著不要動！

現在，脫下你的大衣。」

藍坡看到德瑞曼不知所以地站在椅邊脫掉大衣，一隻手在胸膛上摸索著，像是一個人在地板上搜探時一般。他現在身上穿著淡灰色的西裝，其上飛濺的污點非常鮮明醒目。暗色的污跡從外套側邊往下橫越至右口袋處。德瑞曼的手指遊走著，碰到污跡後才停了下來。他用手指揉抹了一會兒，然後拂了拂。

「那不可能是血跡，」他喃喃自語，聲音仍顯高昂煩躁。「我不知道那是什麼，但我告訴你們，絕不可能是血！」

「我們必須檢查看看。請脫掉你的西裝外套，恐怕我們得帶走它。口袋裏有沒有什麼東西要拿起來的？」

「但是……」

「那塊污跡是在哪裏弄到的？」

「我不知道，我發誓我不知道，而且我也無法推測。那不是血跡。你們為什麼認為那是血跡？」

「請把外套交給我……很好。」

德瑞曼手指抖動不停，他從口袋裏取出一些零錢、一張演唱會入場券、一條手巾、一包忍冬牌香菸，以及一個火柴盒，海德雷目不轉睛地緊盯著他。接過外套後，他將它攤開在自己的膝蓋上。

「如果我們搜查你的房間，你是否有異議？我先聲明，假如你拒絕的話，我是無權這麼做。」

「沒有任何異議，」德瑞曼一邊撫摸額頭，一邊遲緩地說道。「只要你們告訴我，究竟發生了什麼事，督察長！我什麼都不知道。我只是想要幫點忙……是的，幫點忙而已……這個案件與我完全無關。」他的聲音中斷，臉上又是嘲諷悲苦的笑容。藍坡覺得這個笑容令他迷惑的程度勝於猜疑。「我被逮捕了嗎？我不會有異議，你們知道的。」

某些事情似乎不太對勁，或是說，怪得沒道理。藍坡知道海德雷也同樣摸不著頭緒。眼前這個男人，不斷做出古怪而不切實際的陳述，但他口中所敘述的恐怖故事，不管是真是假，到底還是瀰漫著一股曖昧朦朧的戲劇感——然而此刻，他們卻在他的外套上發現了真實的血跡。不知為何，藍坡傾向於相信他的故事，至少他相信這個男人所相信的事。可能是因為他看來如此（顯然如此）缺乏世故，因為他的單純。他就這麼站著，身上只剩下襯衫，整個人看來顯得萎縮瘦弱了點，但也彷彿更修長了些。他的藍色襯衫已褪為略帶灰暗的白色，衣袖全都捲至肌肉緊繃的上臂，領帶歪斜，大衣則垂掛在臂膀上，人卻依舊笑容滿面。

海德雷輕聲咒罵。

「貝特思！」他大叫，「貝特思！普斯頓！」他的腳跟不耐煩地叩踏地板，直到他們應聲為止。「貝特思，把這件外套送到病理專家那邊去做污跡的分析檢驗，明白了嗎？明天早上要交出報告。今晚就這樣了。普斯頓，跟著德瑞曼先生下樓，給我好好看看他的房間。你知道要找些什麼吧？眼睛睜大一點，瞧瞧有什麼面具之類的玩意兒。等一會兒我也會下去一塊找。仔細想想吧，德瑞曼先生，我得請你明早來一趟蘇格蘭場。就這樣。」

德瑞曼把海德雷的話當耳邊風。他像蝙蝠一樣瞎闖亂撞地走著，一邊搖頭晃腦，大衣則拖曳在身後。他邊走還邊拉扯普斯頓的衣袖。

「我能在哪裏沾到血跡呢？」他急切地問道，「簡直是怪事一樁。我究竟是在哪裏沾到這塊血跡的？」

「不知，先生，」普斯頓說道，「小心門柱！」

此刻，那陰暗的房間完全安靜了下來。海德雷緩緩搖頭。

「這下難倒我了，菲爾，」他承認道，「我不知道我到底是向前一大步還是整個後退了。你覺得那傢伙如何？他似乎相當溫和、柔順、從容。你可以儘管把他當個拳擊吊袋搥打，但到頭來他還是斯斯文文地在原地擺盪。他好像不介意別人怎麼看待他，也不在乎人家會如何對付他。年輕人不喜歡他的原因或許在此。」

「嗯，沒錯。把壁爐裏的紙片收齊之後，」菲爾博士嘀咕著，「我要回家去想想。我現在只覺得……」

「怎麼樣？」

「毛骨悚然。」

菲爾博士使勁站了起來，然後把鏟形帽緊壓在眉眼之上，用力揮動他的手杖。

「我不願光是在紙上談兵。你得發電報去查證。哈！是的。我不相信那三口棺材的故事，雖然德瑞曼可能堅信不疑。天曉得，除非我們整個推論完全是在鬼扯，否則我們還是必須假定那兩位侯華斯兄弟沒死，嗯？」

「問題是……」

「他們發生了什麼事？嗯，沒錯。以下我所做的推測，是拿德瑞曼堅信自己所言絕對是實情做為前提。第一點，我根本不相信那幾個兄弟是政治犯！葛里莫才從監獄裏逃出來，在故鄉就已有『積存的一點錢』。銷聲匿跡了五年多後，又突然間繼承了一筆來源不詳的巨額財產，而且他自己也變換了一個完全不同的名字。最後他悄悄離開法國，開始享受全新的人生。第二點，拿出憑據來！假如德瑞曼所言屬實，那麼葛里莫的一生當中，究竟有什麼祕密會招致危險？人們通常都將基督山伯爵的逃亡，視為一個刺激而充滿奇想的傳說。因為他所犯的罪，在英國人的看法裏，和竊取人行道的指示燈，或在夜間船賽中矇住警察眼睛的惡行沒啥分別，只是不守規矩、討人厭而已。媽的，海德雷，這是不可能的！」

「你是說——」

「我的意思是，」菲爾博士平鋪直敘地說道，「葛里莫被釘入棺材時，他人還活著。萬一其他兩個人也活著呢？假設這三個『死人』都同葛里莫一樣是假死呢？假設葛里莫從他的棺材爬出來時，還有兩個活人分別困在自己的棺材裏面呢？但是他們出不來……因為葛里莫手上雖有截釘器，卻沒有用在他們身上。在當時的情況下，不太可能多弄到一把截釘器。葛里莫擁有它是因為他體格最強壯，一旦他爬離棺材，要想把其他人也弄出來，對他而言是比較容易的，於是他們的計畫就如此敲定了。然而他卻心懷不軌地讓他們活埋於地下，因為如此一來，他就可以獨吞三人一同偷來的錢。一個聰明絕頂的犯罪！真是個聰明絕頂的犯罪手法！」

眾人聽得呆若木雞。海德雷低聲喃喃自語，起身離座時，臉上的表情陰晴不定。

「噢，我知道這裏頭大有文章！」菲爾博士的聲音低沉而響亮。「如果他真的幹下這種黑心無恥的勾當，他當然會夜夜惡夢纏身。然而，唯有如此才可以解釋這個醜惡的案件，解釋這個男人為何擔憂他的兄弟是否爬出墳墓……為什麼葛里莫會這麼死命催促德瑞曼趕緊離開，而沒有先脫下囚服？既然可安全藏身於當地居民望之怯步的黑死病墓穴附近，為什麼他要甘冒在路上被看見的風險而逃跑？嗯，那些墓穴都挖得相當淺。時間一分一秒地流逝，假如那對兄弟發覺自己即將窒息而死，卻仍然沒有人來伸出援手，他們可能會大聲尖叫，大力搥擊棺材。德瑞曼當時非常可能已經看到土堆鬆動，或聽見那裏傳出最後的呼叫了。」

海德雷拿出手帕擦臉。

「有哪一個鼠輩會——」他的尾音拉得很長，深覺不可置信。「不對，你的方向搞錯了，菲爾，這完全是你的想像，不可能的！他們不可能爬出自己的墓穴，他們那時早就死了啊！」

「是嗎？」菲爾博士似乎心不在焉。「你忘了那把鏟子嗎？」

「什麼鏟子？」

「那些挖墓穴的倒楣鬼，在害怕和倉促之下所留下的鏟子。即使眼下管理的是一群最笨的犯人，監獄方面也不可能容許這類粗心大意的行為發生。他們一定會派人回去找。老兄，雖然我連一丁點支持這番理論的證據也沒有，但我可以像看著它發生一樣確定。先想想瘋狂的皮爾·佛雷在瓦立克酒館對葛里莫說的每一句話，再來對照我所說的有沒有道理……有兩個冷靜的武裝守衛回來找鏟子，他們看到或聽見了葛里莫害怕德瑞曼發現的景象。他們可能被嚇得魂不守舍，或是出現一般的情緒反應，總之最後棺材被撬開了，那對兄弟滾了出來，滿身鮮血而且奄奄一息，但仍然活著。」

「既然如此，他們為什麼不對葛里莫發出通緝令？他們可以在匈牙利全面通緝這個逃獄者——」

「嗯，沒錯，我也想過這件事，並且反問自己這個問題。監獄當局是應該會做這樣的處理……可能是因為當時他們正受到嚴重的抨擊，監獄高層人員的前途都已岌岌可危。你想，如果讓那些抨擊者知道他們竟然出了這麼個大紕漏，他們會怎麼說？所以最好的應對之策，就是把那對兄弟打入不見天日的大牢，然後對第三者的行蹤壓下不提。」

「這完全是臆測，」海德雷思索片刻後說道，「不過，如果這就是實情，那我倒真要相信人心本惡了。老天有眼，葛里莫是惡有惡報。但我們還是一切照舊，非把凶手揪出來不可。假如——」

「當然是不僅如此！」菲爾博士說道，「就算是真相，也只是整個故事的一部分，而最難處理的就是在這裏。你提到了人心本惡，我可以告訴你，我無法想像還有比葛里莫更邪惡的心靈。除了不知名者X，那個空幻之人，那位漢瑞兄弟之外。」他揮動手杖以示強調。「為什麼？為什麼皮爾・佛雷承認他怕那個人？葛里莫怕他的敵人是理所當然的。然而，為什麼佛雷也怕他這位兄弟，這位與他有共同復仇目標的盟友？為什麼一個專業的魔術師也會害怕幻影？難道這位漢瑞兄弟，既像狂人一樣行事草率，同時又像撒旦一般精明狡猾？」

海德雷把筆記本放入口袋，然後扣上他的外套。

「你想回家就走吧，」他說道，「我們這邊已經收工了。不過我得去追捕佛雷。不管這另一位兄弟是何許人也，反正佛雷知道。他會說出來的，我可以向你保證。我現在要去德瑞曼的房間看一下，但我不預期會有什麼收穫。佛雷才是這個謎團的關鍵，他會引導我們抓到凶手。可以走了嗎？」

他們直到第二天早上才知道，事實上佛雷此時早已斃命了，是被那支奪了葛里莫性命的同一把槍給射殺的。凶手未曾出現在現場證人的面前，而且仍舊不曾在雪地上留下足跡。

CHAPTER 11

不可思議的謀殺

隔天早晨九點，當菲爾博士來敲房門時，他的兩名客人仍處於昏睡狀態。昨晚藍坡睡得不多。他和博士返家時已是一點半，但桃若絲卻迫不及待亟欲得知詳情，而她的丈夫也樂於娓娓道來。他們準備了菸、酒，然後回到自己房間。桃若絲學福爾摩斯一樣在地板上堆了許多沙發枕頭，手上拿著一杯酒坐在那裏，一臉古靈精怪地聽著丈夫邊踱步邊敘述。她的觀點靈活，但不太明確。她滿喜歡敘述中的杜莫太太和德瑞曼，但對蘿賽特・葛里莫卻表露出強烈的反感，甚至藍坡引述蘿賽特在辯論會中那句他們夫妻倆已經奉行的箴言時，她的不滿也未曾鬆口。

「都是一樣的，你記下我的話，」桃若絲一臉精明地以菸指著丈夫。「總之，那個五官奇特的金髮女郎一定脫不了干係，老兄，她大有問題。我認為她想要腳踏兩條船。呸！借用她的說法，我敢打賭她連一個稱職的——嗯，妓女也做不來。如果我像她對波依德・曼根一樣地對待你，而你卻沒有往我的下巴狠狠揍上一拳的話，那我這輩子再也不會開口講話了……你懂我的意思嗎？」

「別管人家的私事了，」藍坡說道，「何況她對曼根怎麼了？妳該不會認為，如果她人沒被鎖在起居室，就真的會跑去殺她父親吧？」

「怎麼會？我看不出她如何穿上那件奇特的大衣，還可以矇騙杜莫太太的眼睛，」桃若絲說道，她明亮的黑眼睛帶著一股深邃神祕的意味。「我來告訴你是怎麼回事吧！杜莫太太和德瑞曼都是無辜的。而米爾斯……嗯，聽起來米爾斯像是個一本正經的人，但是因為你一向不喜歡科學或是『未來的希望』那類東西，所以可能會對他帶有偏見。不過，你認為米爾斯講得像是實話？」

「沒錯。」

她若有所思地抽著菸。

「我有好多很棒的想法。我心裏最可疑的人選，而且說來也是最方便下手的人，就是你未曾謀面的——佩提斯和伯納比。」

「什麼？」

「你聽我說嘛！排除佩提斯涉案的理由，是因為他太矮小，不是嗎？我應該想到，菲爾博士如此博學多聞，他一定早就想到這一點。我剛剛正在回想一個故事……我忘了在哪裏讀到它，不過我還記得它是由好幾個中世紀小故事所組成。你有印象嗎？故事中有個厲害無比的角色，他用護面具蓋住臉龐，在騎士們的比賽裏拔得頭籌。爾後來了一位更加神勇的騎士，立刻向這位優勝者挑戰，他咻地一聲驀然跳上馬，二話不說便往高個子優勝者的頭盔迎面痛擊，而且招招都向護面具中央猛攻。最後在現場觀眾的驚呼聲中，他一劍直搗黃龍，把優勝者的頭盔擊落。之後，一陣凱旋的歌聲響起，眾人才赫然發現，偌大的盔甲之中，竟是一位瘦小的英俊小夥子……」

藍坡看著她。

「親愛的，」他的口氣正經慎重。「妳這是一派胡言，根本是在胡思亂想。聽著，妳不會真的認為佩提斯會戴著假面具、假肩膀，大搖大擺地走進去吧？」

「你太死腦筋了，」她的鼻子皺了起來。「我倒認為這是一個非常好的想法。你要我提出證據？行！米爾斯自己不是提到那個人的後腦勺閃著光，說面具像是混凝紙做的？這你怎麼說？」

「簡直是惡夢一場。我說，難道妳沒有比較實際點的想法？」

「有！」桃若絲蠕動了一下身體。很明顯地，這其實是她方才乍現的靈感，但她卻假裝是早有此想法。「這是一樁不可能的犯罪。為什麼凶手不想留下任何足跡？你們盡在追尋那種最複雜難解的理由，這樣搞下去，最後當然只好以凶手想戲弄警方的理由來解釋。全是垃圾！親愛的，我們暫且先把謀殺這個想法擺在一旁。你想，當一個人刻意避免留下腳印時，他真正的理由，或我們第一個會想到的理由是什麼？因為——他的腳印太特別了嘛！特別到警方可以循線直接指證他！可能是因為他有殘疾或什麼毛病，如果留下了足跡，光憑這個證據就可以吊死他……」

「可是——」

「是你告訴我，」她說道，「伯納比那傢伙有畸形足的。」

近拂曉時分之時，藍坡終於入睡了。在他腦海裏，伯納比的畸形足比起那副面具還讓他覺得邪惡不祥。這簡直是太荒謬了。但在他的夢中，這令人不安的荒謬感，卻和三座墓穴的謎團糾葛不清。

CHAPTER 11

直到週日早晨將近九點菲爾博士來敲房門的時候，他才從被窩裏掙扎地爬出來。他急速地著衣刮鬍，然後搖搖晃晃地走下寂靜無聲的屋子。菲爾博士（或其他任何人）會在這種時間急著找人實在不尋常，藍坡料想昨晚一定又發生什麼新的怪事了。走廊通道內一片寒氣逼人，即使是爐火茂盛的大讀書室，也給人一種虛幻不實的印象，整個情境就像是為了趕火車而特地在黎明時分起床的感覺。可俯視陽台的凸窗小斜間裏，擺著三份早餐。天氣陰沉地叫人感到鬱悶，天空則不斷飄著雪。盛裝的菲爾博士坐在桌前，一邊托著下巴，一邊盯著報紙看。

「漢瑞兄弟……」他低沉而響亮地說道，並拍打著報紙。「喔，是的，他再度犯案了。海德雷剛剛打電話來透露了一些細節，待會兒他就會過來。先來看這個吧。如果說昨晚的案子是個大難題……哦，天啊，看看這個案子！我就像德瑞曼一樣——簡直不敢相信！頭版完全沒提及葛里莫被殺的任何訊息。幸好他們沒把這兩件案子聯想在一起，或是把海德雷吩咐他們不得走漏的消息寫出來。看這個！」

藍坡給自己倒了杯咖啡，然後瞄著報上的標題。

「魔術師命喪於魔術中！」報上這麼寫著。下此標題的人，一定獲得莫大的快感。還有「卡格里史卓街之謎」、「第二顆子彈是賞給你的！」。

「卡格里史卓街？」美國佬複述了這個字眼。「這卡格里史卓街到底是在哪裏？我聽過好幾個有趣的街名，但這個——」

「你大概不可能聽過它，」菲爾博士低語。「它是一條隱藏於街道中的街道，只有當你在找尋一條捷徑時，才會無意間闖進去，然後你會驚訝地發現那裏別有洞天，原來這裏還有個社區被遺忘在倫敦之中……總之，卡格里史卓街距離葛里莫的府邸，還不到三分鐘的路程。它位於羅素廣場的另一邊，是吉爾伏特街後面的一條小死巷。據我所知，那裏有好幾家從藍伯康都街一路發展過來的零售商店，還有一些出租公寓……漢瑞兄弟開槍殺人後離開葛里莫的住處，沿途走到那裏再晃了一下，便又完成了另一項任務。」

藍坡繼續讀著這篇報導：

昨日晚間，一名男子被發現橫屍於卡格里史卓街W・C・1，經由確認後，證實此名男子為皮爾・佛雷。其身分是法籍魔術師暨幻術表演者。他在東中區商業大道上的音樂廳已演出數月之久，兩週前住進卡格里史卓街的出租公寓。昨晚約莫十點三十分時，他被發現遭到槍殺，從現場情況研判，這名魔術師似乎死於不可思議的謀殺。現場並未遺留任何線索與足跡——三名目擊者皆可作證——雖然他們都清楚聽到有人說「第二顆子彈是賞給你的」。

卡格里史卓街全長兩百碼，街尾止於一片磚牆。街頭的地方有幾家商店，當時皆已打烊，但路燈仍散放著光芒，店面前的人行道上亦都打掃乾淨。此外在街頭數來二十碼內的地方，街道與人行道已連成一片完整無缺、毫無足跡的雪地。

傑西・修特先生和R・G・布雷溫先生，是從伯明罕來倫敦的遊客，當時他們正要去拜訪在街尾寄宿的朋友。兩人沿著右側人行道行走，背後即是街道入口。正在核對門牌號碼的布雷溫先生，轉身時注意到身後有一名男子，與他們相隔一段距離徒步而行。此人步伐緩慢、慌張，一面走一面環顧四周，像是在等待某人現身。他雖走在路中央，但因周圍光線昏暗，除了能辨識他是高個子、頭戴垂邊軟帽之外，修特先生和布雷溫先生都沒注意到其他的事情。就在這個時候，亨利・威瑟警官——他沿著藍伯康都街一路巡邏過來——剛好走到卡格里史卓街的入口。他看到那個人走在雪地上，但一眨眼間，人就消失不見。然後事情就發生了，前後只不過是三、四秒光景而已。

修特先生和布雷溫先生都聽到身後傳來近乎尖叫的呼喊聲，接著又清楚聽見有人說：「第二顆子彈是賞給你的」，然後那人大笑，緊跟著低悶的槍聲響起。他們急忙轉身，看到身後的男子步伐蹣跚、搖搖欲墜，而在尖叫了一聲後，隨即迎面倒地。

在他們視線所及的範圍裏，整條街從頭到尾都沒有其他人。此外，這名男子是走在路的中央，雪地上除了他的腳印絕無其他人的足跡。此事已經由威瑟警官予以證實，案發時他立刻從街頭跑到現場。藉著珠寶店窗户所散發的微光，他們看到死者俯面躺下，雙臂張開，鮮血從左肩胛骨下子彈穿過之處噴出。凶器是一把長管的點三八柯爾特左輪手槍，屬於三十年前的過時槍型，被扔在屍體後方十呎之處。

儘管他們都親耳聽到那句話，而且手槍也橫置在一旁，不過由於街上空無一人，因此這些目擊證人都認定他一定是舉槍自戕。他們發覺此人還有一絲氣息，連忙將他送往街尾的M・R・堅金斯醫師的診所，警官則在現場檢視，並確認了周遭沒有遺留任何足跡。然而受害人撐沒多久就死了，一句遺言也沒留下。

緊接著，最令人訝異的事情出現了。死者大衣被子彈射穿之處，有燃燒且呈焦黑狀的跡象，這顯示凶器必定是緊壓在他的背脊或者相隔不到幾吋之距射發的，然而堅金斯醫師提出他的看法——後來警方也證實此觀點——這絕對不可能是自殺。他說沒有人能夠以這個角度從背後持槍射殺自己，尤其是使用這種長管槍械。這是謀殺，不過卻是叫人難以置信的謀殺。如果此人是從一段距離之外被射殺，譬如說從窗戶或門口，那麼看不見凶手、甚至沒發現其他人的足跡就顯得不足為奇了。不過死者卻是被某個緊跟在他身邊、跟他說過話、而後又憑空消失的人所射殺的。

在死者的衣物上，找不到任何文件或識別的東西，似乎也沒人認識他。耽擱了一陣子後，他被送至太平間……

「海德雷不是派人去捉拿他？」藍坡問，「那個警員也無法辨認死者嗎？」

「那名警員的確認出死者的身分，不過那是後來！」菲爾博士咆哮道，「當警員趕到現場時，亂哄哄的場面已經結束。他遇上威瑟警官，海德雷轉述說，他正在挨家挨戶地打聽。於是他根據現場情況做出推斷。同一時間，被海德雷派去音樂廳找佛雷的警員回電報告，說佛雷已不在那裏，佛雷曾簡短地告訴劇場經理說他當晚無意演出，然後怪語呢喃地走出去。為了確定死者的身分，他們找來佛雷在卡格里史卓街寄宿的房東。而且為了確認他就是那個魔術師本人，他們也要求音樂廳的人來辨認。於是一個取了義大利藝名的愛爾蘭人自願前來認屍。他當晚原本也名列節目單上，卻因受了點傷，因此並未參與演出。哼，沒錯，那人的確是佛雷，而且已經死了。這下我們要人仰馬翻了，呸！」

「那麼，這件事，」藍坡大聲說道，「是千真萬確的囉？」

海德雷親自回答了這個問題。這位督察長按起門鈴來，簡直像是個即將上戰場廝殺的毛躁大兵。他踏大步走進讀書室，手上拎著狀似戰斧的公事包，嘴上嘀嘀咕咕抱怨個沒完，碰都沒碰那些培根和煎蛋。

「是真的，對極了，」他厲聲說道，啪答啪答的腳步聲移至爐火前。「我讓報紙把消息發佈出去，以便我們可以公開呼籲認得皮爾・佛雷──或他的兄弟漢瑞的人，提供線索給警方。我的天啊，菲爾，我完全昏了頭！你隨口取的那個死綽號，已經梗塞在我腦子裏，揮都揮不掉。我發現自己一提及漢瑞，就好像已經當它是個如假包換的真名字，我發現自己開始想像他的長相容貌。至少我們應該會很快知道他的真名。我已經發電報到布加勒斯特。漢瑞兄弟！漢瑞兄弟！我們原本已逮到他的狐狸尾巴，結果又讓他溜了。漢──」

「看在上帝的份上，放輕鬆點吧！」菲爾博士不高興地喘著氣說，「別在那裏語無倫次，情況已經夠糟了。我猜你昨晚都在忙這件事？有進一步的消息嗎？嗯，有？現在先坐下來祭祭五臟廟吧。然後我們才可以進入一種——哼，泰然自若的心靈境界，嗯？」

海德雷說他什麼也不想吃。然而最後他還是吃了兩份餐點，喝了好幾杯咖啡，再點燃一支雪茄，此時整個人才舒坦放鬆，回復至正常的身心狀態。

「我們現在就開始吧，」他說完便毅然挺直胸膛，並從公事包裏取出一些報紙。「逐項來討論這份報紙上所報導的——以及沒報導的。嗯！首先，來看布雷溫和修特這兩人。他們倆很可靠，而且可以肯定兩人都不是漢瑞喬裝的。我們拍電報到伯明罕去查證，發現他們在各自的生活領域中皆頗具盛名。他們事業成功、殷實可信，絕不會在這種事上失節做出偽證。至於警官威瑟，是完全可以信賴的人。事實上，他刻苦耐勞的工作態度，已經到了太過認真的地步。如果這些人宣稱他們沒看到任何人，除非是被矇騙了，否則他們絕對是實話實說。」

「矇騙……怎麼說？」

「我不知道，」海德雷大吼，深深吸了一口氣，然後頹喪地搖頭。「我只知道他們一定被騙了。雖然沒進入佛雷的房間，但我大略勘查過那條街。它沒有皮卡地里圓環那麼明亮，但也不致幽暗到讓人喪失辨識能力。陰暗處……我不知道！至於足跡，假如威瑟發誓沒有發現腳印，我絕對相信他。就這樣。」

菲爾博士只是咕噥了一聲，海德雷繼續說道：

「再來是關於那把凶器。使佛雷致命的那發子彈，是出自於柯爾特的點三八手槍，和射殺葛里莫的是同一把。彈匣內有兩個可拆卸的子彈套，總共只能裝兩顆子彈，而漢──凶手兩顆都用了。新式的左輪手槍，你們知道，可以全自動的退出彈殼；但是這把凶器是老型的左輪手槍，所以我們沒有機會追查它的下落。它的性能很好，可以射出新式的鋼鐵彈藥，不過有人把它偷藏了好幾年。」

「這個漢瑞，他可真是深謀遠慮啊！嗯。你查出佛雷的行蹤了嗎？」

「是的，他正要去找漢瑞。」

菲爾博士的雙眼猛然迸出精光。

「哦？喂，你是說，你們已經查到──」

「這是我們手上唯一的線索。而且，」海德雷的語氣中，流露出苦澀的滿足感。「兩小時過後，若沒查出個東西，我就把這公事包吃下去。你還記得吧，我在電話中告訴過你，昨晚佛雷拒絕演出然後離開劇場這件事？沒錯，我手下的便衣是從兩方面得知此事。一個是劇院經理伊沙史丹，另一個是特技表演家歐洛奇，這個人算是和佛雷比較熟，而且後來去認屍的也是他。

「對萊姆屋那個地帶而言，週末夜通常是他們的大日子。從中午一點開始，劇場推出各式的雜耍綜藝節目，一個接一個，一直表演至晚上十一點。劇場生意到了晚上最為熱絡興隆，而佛雷的首輪表演排在八點十五分出場。昨晚大約在八點十分時，歐洛奇因為日前摔斷手腕而沒上場表演，這時便偷偷溜到地窖抽菸。那裏有個連接熱水管的炭燒暖氣爐。」

海德雷打開一張寫滿字的紙。

「這是由歐洛奇口述，桑瑪斯抄寫的筆錄，後面還有歐洛奇的簽名：

那時候我正穿過石棉門往樓下走，忽然聽到有些聲響，像是有人在劈木燃柴。我嚇了一跳，因為我發現暖氣爐的閥門已被打開，而老路尼就站在一旁，手上拿著短柄小斧，朝他的一些私人物品猛砍，然後再將它們全塞入火爐。我說，「我的媽啊，路尼，你在做什麼？」他以一貫古怪的腔調回答，「帕格里奇先生，我正在摧毀我的道具。」（「帕格里奇大王」是我的藝名，你們知道的，但他就愛這麼稱呼我，我能怎麼辦！）嗯，他說：「我的任務已經結束了，我再也不需要它們了。」然後，媽呀，他又把他櫥子裏的道具繩索、空心竹棒全拿了出來。我說：「路尼，大魔術師啊，你清醒一下。再過幾分鐘就該你上場表演了，而你到現在連衣服都還沒換上。」他說：「我沒告訴過你嗎？我要去見我的兄弟。他要出面了斷我們倆過去的恩怨。」

唔，他走向樓梯，然後突然轉身。此刻路尼的臉就像白堊丘陵上的白馬雕塑一般死白——上帝請寬恕我這麼說——再加上暖氣爐的火光照在他臉上，特別顯得怵目驚心。他說：「在事情了結之後，萬一我發生了什麼事，你可以在我住的那條街上找到我兄弟。他不是真的住在那裏，只是在那地方租了一個房間。」就在這時候，四處找人的老伊沙史丹剛好走下來。他聽到路尼拒絕表演時，簡直不敢相信自己的耳朵，兩人便起了一場口角。伊沙史丹破口大罵：「如果你不演的話，你可知道會有什麼後果？」路尼像個發牌員似的平靜說道：「是的，我清楚後果是什麼。」接著他恭敬地舉起帽子說：「晚安，先生們，我要重回我的墓穴去了。」語畢，這個瘋子無言地走上樓梯離去。

海德雷再把紙折好，將它放回公事包。

「是的，他是一位傑出的藝人，」菲爾博士一邊說，一邊設法點燃他的菸斗。「有點遺憾漢瑞兄弟必須——然後呢？」

「就目前情況來看，不管在卡格里史卓街追捕漢瑞的行動有無成果，起碼我們可以揪出他暫時的藏身之處，」海德雷說，「我納悶的是，佛雷被槍殺當時究竟要到哪裏去？要前往什麼地方？絕對不是要回他住的地方。他住在2B棟，是位於街頭入口處，但他卻往另一個方向走去。他被射擊之時已經大約走過街道一半了，差不多介於右側門牌十八號與左側二十一號之間，就在街道的正中央。這是個好線索，我已經派桑瑪斯去案發現場。他的任務是查訪街道後半段的每間屋子，希望能找出任何新搬來的、可疑的、或值得注意的房客。女房東都是一樣難纏，我們說不定得處理上好幾十個，不過這不打緊。」

菲爾博士煩躁地弄皺頭髮，他彎腰一屁股坐入大型座椅裏，剛好把整個巨大的身軀塞進去。

「唉，沒錯，不過我不想讓思緒過分專注在那條街上。我是說，先別管這個。你們想想看，可不可能佛雷被射殺時，其實是正在躲某個人、嘗試擺脫某個人呢？」

「所以他逃往死巷？」

「錯了！我告訴你，大錯特錯！」博士大叫，整個人也跟著起身離椅。「不是因為我找不出此事的理路何在（這我大方承認），而是這件事根本就是瘋狂至極。這可不是發生於四面牆內的戲法。整個案件是：有一條街，有一個人沿著雪地走過，然後是驚叫聲，一句耳語，砰！目擊者轉身，跟著凶手不見了。消失到哪裏去了？那支手槍可不可能像擲飛刀一樣在空中飛過，然後貼到佛雷的背部發射，最後又繞飛回去？」

「胡扯！」

「我知道是胡扯。不過我還是要提這個問題，」菲爾博士點點頭，取下眼鏡，雙手在眼睛上方推壓按摩。「案情的新發展跟羅素廣場的那班人有何關聯？我是指，想想看，對警方來說人人都有嫌疑，但難道我們不能先剔除某些人？就算那一屋子的人全都說謊，但他們也不可能跑到卡格里史卓街中央來丟手槍吧。」

督察長的臉上浮現惡毒的嘲諷。

「幸獲高人再度指點，真是承蒙關照。我壓根兒忘了這件事！我們可以排除一兩位——如果卡格里史卓街案件晚一點發生，或是早一點也行，可惜天不從人願。佛雷被射殺的時間，是在十點二十五分，換句話說，就發生在葛里莫被殺的十五分鐘後。漢瑞兄弟絕對不敢冒險，他知道我們會怎麼做，知道我們會十萬火急地派人去抓佛雷。只有漢瑞或是某人，洞悉我們是雙管齊下。他人就在那兒，使出隱身消失的把戲。」

「或是某人？」菲爾博士重複著這句話。「你的思考邏輯真有趣。為什麼『或是某人』？」

「這就是我正在著手調查的事——亦即在葛里莫遭受謀殺後那倒楣、不知不覺的十五分鐘，發生了什麼事。在這個案子裏，菲爾，我學到一個教訓。如果你想要犯下兩件精巧的謀殺案，執行第一件之後切勿懸宕在半途中，千萬不要為了等待戲劇性良機的出現，才來完成第二件謀殺。必須一擊中的，然後迅雷不及掩耳地再度出手，當所有當事人都還愣在第一個案件時，自然不會有人，包括警方在內，能夠清楚記得什麼時間誰在什麼地方。我們能嗎？」

「此時此刻，」菲爾博士大聲吼道，以掩飾自己也無能為力。「現在要列出一個時間表應該很容易，試試看吧。我們抵達葛里莫的住處……是幾點？」

海德雷在一張細長的紙片上做摘要。

「那時曼根正跳出窗外，頂多是槍響兩分鐘後的事，算是十點十二分好了。我們跑上樓發現房門鎖著，先去拿鉗子，然後打開房門，就算花三分多鐘吧。」

「這麼短的時間夠用嗎？」藍坡插嘴。「對我而言，感覺上我們似乎昏頭轉向了好一陣子。」

「一般都會這麼以為。事實上，」海德雷說道，「我自己也是如此，直到解決了『凱納斯頓兇殺案』後（菲爾，記得嗎？）我的想法才改觀。在那樁案子裏，那位狡猾至極的兇手，便是利用證人習慣多估時間的傾向，來建立自己的不在場證明。這是因為我們估算時間的單位通常是分而不是秒。你自己試試，把錶放在桌上，閉起眼睛，然後在你估計過了一分鐘的時候睜眼看它。你會發現自己大約早估了三十秒。不行，沒什麼好討價還價，就是三分鐘整！」他的表情不悅。「曼根去打電話，接著救護車迅速抵達。菲爾，你知道療養所的所在位置嗎？」

「不知。這麼無趣的問題就留給你自己想吧，」菲爾博士的口吻神氣十足。「我記得有人說它就在附近不遠。」

「在吉爾伏特街，兒童醫院旁邊。事實上，」海德雷說道，「它背後就緊鄰卡格里史卓街，所以療養所的後院一定平行於……嗯，救護車衝到羅素廣場的時間，算是五分鐘好了。這時是十點二十分。那麼後來的五分鐘呢？這剛好是第二件謀殺案發生前的五分鐘。還有接下來那關鍵的五分鐘、十分鐘、十五分鐘呢？蘿賽特・葛里莫獨自一人在救護車裏陪伴父親，過了一段時間才回來。曼根自己一個人下樓去幫我打電話，而且直等到蘿賽特回來後才和她一起上樓來。我沒有認真考慮過這兩個人，不過為了避免產生爭議，還是把他們算進去好了。德瑞曼呢？案發前後好長一段時間都沒人看到他。至於米爾斯和杜莫太太……呃，好吧，恐怕這兩人都沒嫌疑。打一開始米爾斯就在和我們談話，至少談到十點三十分，而杜莫太太沒多久也加入討論，他們倆和我們在一起有好一陣子。沒輒了。」

菲爾博士低聲輕笑。

「搞了半天，」他回想道，「我們弄清楚的也只是當時我們做了些什麼事。只是把我們原本就認定清白的人給挑出來，搞清楚誰真說了實話——這還得看我們是否瞧出點門道才能判斷。海德雷，這案子可是相當棘手麻煩，不由我不佩服。對了，昨晚在德瑞曼房間，你有搜出什麼東西嗎？那血跡是怎麼回事？」

「喔，那是百分之百的人血，不過我們沒在德瑞曼房間找出可供參考的玩意。是有幾個厚紙板面具，但都是那種有鬍鬚、凸眼的精巧什物，是小孩子比較感興趣的東西。總之沒什麼特別的，一切都很平常。還有一些給小孩玩的魔術道具，譬如說舊的煙火、輪轉焰火諸如此類的，還有一個玩具舞台……」

「好一些花花綠綠的小玩意，」菲爾博士沉浸在往日歡樂中。「童年的歡樂，一去不復還。哇！偉大的玩具舞台！在我純真的童年時光裏，海德雷，我總是追逐雲彩美景而樂不思蜀。（這麼做，結果卻和我雙親起了嚴重爭執。）在我年少的歲月中，我擁有一個可變換十六種不同佈景的舞台玩具，其中有一半——我欣然地告訴兩位——都是監獄建築的模擬。為什麼我小小的腦袋瓜裏，會幻想著這如許多的監獄場景，真令人不解。為什麼——」

「你是怎麼搞的？」海德雷睜大雙眼質問他，「一下變得如此多愁善感？」

「因為我突然有個想法，」菲爾博士溫和地說道，「喔，我那神聖的帽子，這個想法真是棒呆了！」他對著海德雷不斷眨眼睛。「德瑞曼怎麼樣了？你要去逮捕他嗎？」

「不。第一，我看不出他如何下手殺人，這樣我拿不到拘捕令。第二——」

「你相信他無罪？」

「嗯，」海德雷嘟噥一聲，天生的警覺性，讓他無法不對人懷疑。「我沒這麼說，但較諸於其他人，他的可能性偏高。無論如何，我們總要有個開始。先是卡格里史卓街，然後再約幾個人個別談談，最後——」

此時，他們聽到門鈴聲響起，一個睡眼惺忪的女佣人慌張地去應門。

「先生，樓下有位先生，」薇妲把頭伸進讀書室說道。「表示想要見你或督察長。他的名字是安東尼・佩提斯。」

CHAPTER 12

油畫

菲爾博士發出低沉響亮的輕笑聲，隨手倒掉菸斗裏的灰燼，像是火山神靈拋灑火山灰一般，並且奮然起身，以誠摯的熱情迎接訪客，這般態度似乎讓安東尼•佩提斯先生寬心不少。佩提斯先生向三人略微彎腰致意。

「各位先生，請原諒我一大清早就來打擾，」他說道，「但我必須尋求解脫，否則我實在無法心安。我知道你們，呃……昨晚找過我。我可以告訴各位，昨天晚上我非常的心神不寧。」他微笑著。「我有過帶罪潛逃的冒險經驗——忘了換一張新的養狗許可證，所以良心一直忐忑不安。每當我帶著那隻可惡的小犬外出遛狗時，我總覺得全倫敦街上的警察都在惡狠狠地盯著我看，弄得我只能一路偷偷摸摸的東躲西藏。所以面對這個案子，我認為主動出面說明是最好的抉擇。而蘇格蘭場的人給了我這裏的地址。」

他話還沒說完，菲爾博士已急著剝下客人身上的大衣，讓佩提斯有點哭笑不得。下一刻，博士便將訪客推入椅內，佩提斯先生不禁露齒而笑。他的身形矮小，穿著端正整齊、舉動顯得拘泥刻板，頂上是光溜溜的禿頭，聲音卻驚人的宏亮。他的雙眼突出，眼神流露出睿智，有一股專注的力量。他的嘴形看來滑稽逗趣，下巴方正，中央凹陷。這是一張削瘦多骨的臉——富含表情，克己節慾，又略帶神經質。他開口說話時，肢體的習慣動作是傾身向前，雙手緊握，同時眉頭深鎖地朝著地面。

「葛里莫真是不幸，」他支支吾吾地說道，「當然，一般人總不免要客套地說句：有什麼用得到我的地方，請儘管說。但我這是說真的——對這個事件而言。」他再次微笑。

「呃——你們要我逆光而坐嗎？撇開寫小說時不談，這是我第一次和警察打交道。」

「別這麼說，」菲爾博士說道，接著介紹大家認識。「我老早就希望能認識你，咱們寫的東西是一路的。你要喝什麼？威士忌？白蘭地？或是蘇打水？」

「現在還早，」佩提斯遲疑地說道，「不過，如果你堅持的話——那就謝啦！博士，在英國小說中，我對你的超現實作品可算是相當熟悉。說到受大眾歡迎的程度，我是怎樣也比不上你。這是公平的，」他皺起眉頭。「非常公平。只不過，我不完全認同你（或詹姆斯博士），總是把故事中的鬼魂塑造得心狠手辣……」

「鬼魂當然是心狠手辣的。它越是心狠手辣，」菲爾博士聲如雷響，而且故意把自己的臉往上扭擠，以便露出凶惡的目光。「故事越是有趣。我可不願我的臥榻上只瀰漫著幽微的輕嘆，不需要伊甸園裏那到處可聞的甜言蜜語。我要的是鮮血！」他直視著佩提斯，讓這名訪客渾身不自在，彷彿博士要的就是他的血。「哈，先生，我送給你幾個做鬼的原則。鬼魂就該心狠手辣，它絕不可開口說話，它不能是透明的，但必須是個固體。它不能佔據太長的故事篇幅，但在短暫的出場中，必須留下深刻的印象，譬如說突然在角落裏伸出鬼臉。它不能出現在光線明亮之處，它必須在破舊古老或是宗教味濃厚的場景現身，要散發中古修道院及拉丁手抄本的味道。然而到了今天，一股不良的趨勢正在興起，有人開始對老舊的圖書館或古代的廢墟嗤之以鼻。他們主張真正恐怖的幽靈，要出現在糖果店或賣檸檬水的攤子，他們稱此為迎合『現代化的考驗』。好極了，好一個適用於真實生活的考驗。就是現實生活中的人，才會被古老的廢墟或墓園嚇得魂飛魄散！沒有人會否認這個事實。除非現實中真有人在賣檸檬水的攤子（當然，也可以是其他的飲料攤）看到什麼後，驚聲尖叫昏倒過去，否則除了說它是一堆垃圾外，也不知該怎麼說了。」

「有人可能會說，」佩提斯挑高一邊的眉毛發表意見，「去他的爛廢墟。難道你認為這個時代寫不出好看的鬼故事？」

「當然寫得出來，而且還有更多出色的作家投入──如果他們願意的話。問題是，他們害怕自己寫出來的東西被稱之為『甜蜜感傷的通俗劇』。因此若無法避開通俗劇的色彩，他們便運用拐彎抹角、顛三倒四的敘事手法，以試圖隱藏通俗的本質，結果弄得天底下無人看懂他們講的故事。他們不再平鋪直敘角色的所見所聞，只是一心想要營造出印象和感覺。這情況好比是在舞會中，領班前來通報有客人到達，只見他一把推開客廳的大門，然後大聲報告：『是高禮帽閃爍的亮光，不過我沒看清楚，說不定是我又犯了想當然耳的老毛病，把雨傘架發出的光芒看花了。』這樣一來，他的僱主一定深感不滿，因為其實他只想知道訪客究竟是誰。如果我們非要用算代數的方式來處理故事，那麼恐怖就不再恐怖了。假如有人在週六晚上聽到一個笑話，但他卻在第二天早晨上教堂做禮拜時，才猛然笑起來，這不是很叫人感到悲哀？不過更悲哀的是，某人在週六晚上讀了一則恐怖的鬼故事，但過了兩週後，他才突然打了個冷顫，明白自己當時就該嚇得毛骨悚然才是……先生，所以我說啊──」

在兩人對談的過程中，急躁的督察長早已氣得火冒三丈，並且不時地清喉嚨出聲示意。終於，他出拳重重擊在桌上，意圖擺平紛爭。

「你們有完沒完啊？」他的語頗調有指責之意。「現在我可沒有心情聽你們演講。既然佩提斯先生想要主動談談，所以——」看到菲爾博士鼓脹的雙頰咧了開來，他平靜地繼續說道，「事實上，我想和你談一談週六晚上，也就是昨天晚上的事。」

「想談鬼魂的事嗎？」佩提斯怪里怪氣地問道，菲爾博士那番滔滔議論，已讓他完全鬆懈下來。「拜訪葛里莫的那個鬼魂嗎？」

「是的。首先，在形式上，我必須請你仔細說明昨晚的行蹤，就說是九點三十分至十點三十分這段時間好了。」

佩提斯放下杯子。他的臉上再度浮現困惑的神情。

「海德雷先生，你是說……你是說，我有嫌疑嗎？」

「那個鬼魂自稱是你，你不知道嗎？」

「他自稱……老天啊，不會吧！」佩提斯一躍而起驚叫出聲，活像是魔術箱裏彈跳出來的禿頭小丑。「他說是我？我的意思是，呃……自稱他……該死的文法！你到底在說什麼？這是什麼意思？」

當海德雷開始向他說明後，他終於安靜坐下來，只是不停地猛找袖口、領帶的麻煩，而且屢次想要插話。

本。

「總之，如果你能說明昨晚的行蹤，藉此證實自己的無辜……」海德雷拿出他的筆記

「昨晚根本沒人告訴我這件事。葛里莫被槍殺之後，我去過他家，但沒人跟我提起。」

佩提斯一臉迷惑。「昨天晚上，我去了劇院，是帝王劇院。」

「你能證明這件事吧？」

佩提斯皺起眉頭。

「我不知道，我真希望可以。雖然我不認為那是一齣好戲，但我還是可以把劇情說給你們聽。哦，對了，我還留著票根和節目單。不過你們想知道的應該是我是否遇見什麼熟人吧，嗯？不，恐怕沒有——除非我能找到記得我的某個人。我是獨自去看戲的。你們知道，我的朋友不多，而且他們每個人都有固定的生活作息。大部分時候我們都清楚彼此的行蹤，特別是在週六晚間，而且也未曾想要改變目前的生活習慣。」他的眼睛流露出挖苦的神色。「這……這算是一種高雅的放浪生活，當然，說它是一種索然無味的放浪也不為過啦。」

「我敢說，」海德雷說道，「凶手對你們的生活模式一定很感興趣。是什麼樣的生活習慣呢？」

「葛里莫總是工作——抱歉，我還沒適應他已過世的事實——過去總是工作到晚上十一點。之後呢，你就可以隨心所欲地打擾他，他是個夜貓子，不過在這個時間之前千萬不

要造次。伯納比通常在他所屬的俱樂部玩撲克牌。曼根可以說是葛里莫小姐某種程度的助手。他們兩人通常是晚上在一塊。至於我嘛，不是上劇院就是去看電影，但也不很頻繁。我是這群人之中的特例。」

「我明白了。昨晚離開劇院之後呢？你幾點離開劇院？」

「接近十一點或十一點出頭吧。那時候我還不想睡，所以我想可以去葛里莫那裏坐坐，和他喝一杯。結果，嗯，你們都知道接下來的發展。米爾斯告訴我事情之後，我要求見你或是負責此案的人。我在樓下等了好久，都沒有任何人搭理我，」他說話的樣子有點憤憤不平。「所以我直接走到療養所去探望葛里莫的狀況，到那裏時他剛斷氣。從目前的情況看來，海德雷先生，我知道這是一樁可怕的案子，但我對你發誓——」

「為什麼你要見我？」

「佛雷公然口出威脅的那天晚上，我也在場，所以我想或許我可以幫得上忙。那時我當然認為是佛雷殺了他。不過今早我看了報紙——」

「且慢，先等一下！據我了解有某個人模仿了你慣用的說話方式，對嗎？好極了！在你的生活圈中（或生活圈外），你認為有誰可能模仿得來？」

「或是有誰想要這麼做。」佩提斯精明地說道。

他重新坐回椅子上，小心翼翼地避免弄皺褲子的褶縫。他茫然、困惑、充滿不解的腦袋經過一陣翻攪之後，原本緊張惶恐的情緒，如今已蕩然無存。現在，他心中只盤旋著一個抽象的問題。他雙手合掌，目光飄往窗外的遙遠之處。

「不要誤會我在迴避你的問題，海德雷先生，」他的話語夾雜著輕微的咳嗽聲。「說真的，我想不出有這麼一個人。這個謎團所令我困擾的，並不全然是我自身的安危問題。如果你認為我的看法過於不可思議、簡直是在胡說八道、根本不值一聽，那我只好找菲爾博士談了。這麼說吧，為了方便討論，就假設我是兇手——」

海德雷倏然起身，佩提斯只覺好笑地看了看他。

「別緊張！我不是真的兇手，這只是假設而已。好，我把自己喬裝成古里古怪的模樣去殺葛里莫（哦，對了，我寧可殺人也不願穿成那副德行）。哼！接著，我還自我陶醉在那些愚蠢的無聊舉動中。在這個時候，請問各位，我有否可能大剌剌地向那些年輕人自報姓名？」

他話聲暫歇，雙手指頭輕輕互拍著。

「這是第一種看法，一種眼光短淺的看法。不過，有些非常聰明的檢察官可能會說，『是的，一個狡猾的兇手是有可能這麼做。這種方法非常有效，可以騙過那些做如是想的人。他稍微改變了自己的聲音，剛好讓人事後回想得起來。他學佩提斯講話，因為他希望聽者反過來認定那不會是佩提斯。』你是這麼想的嗎？」

「沒錯，」菲爾博士泛起笑容。「這的確是我第一個反應。」

佩提斯點點頭。

「既然如此，那你一定也想出了替我開罪的答案。如果我真的要這麼做，我不會讓自己的聲音只稍微變了樣。因為假若聽者一開始就認定是我的聲音，他們事後不太可能會如我希望的再生懷疑。所以，」他加重了語氣。「我可能會做的，應該是在言詞中故意留下破綻。我應該說些反常的、怪怪的、不像是我個人風格的措詞，這樣事後大家就容易記起來了。可是這名訪客的作法不同。他的模仿根本是徹頭徹尾，簡直像是要為我開脫罪嫌。因為無論你是採用了簡單或是複雜的思考，我都可以拿我沒那麼傻或我根本是太傻的理由來辯稱無罪。」

海德雷笑了，他的眼神興致盎然地遊走於佩提斯和菲爾博士之間，而臉上表情也不再是愁容滿面。

「你們倆真是一丘之貉，」他說道，「我喜歡這種腦力激盪。但我以實際的經驗告訴你，佩提斯先生，如果一個罪犯真的試圖這麼搞，他會發現自己是在作繭自縛。警方不會放著工作不做而去思考他究竟是傻還是不傻，他們就憑直截了當的判斷——吊死他。」

「所以如果讓你找到一個關鍵性的證據，」佩提斯說道，「你就會吊死我？」

「沒錯。」

「嗯，呃……當然當然。總之，」雖然口中這樣說，但佩提斯看來對這個回答有些意外，顯得有些侷促不安。「嗯……我可以繼續說嗎？我還真是被你打亂了陣腳。」

「當然，請接著說，」督察長狀甚和氣地鼓勵他。「我們還是可以從一個聰明人的口中找到靈感。你還有什麼建議？」

不管這番話是不是蓄意的諷刺，反正沒有出現大家預料的反應。佩提斯微笑著，但眼神十分專注，臉龐彷彿變得更消瘦了。

「是的，我想你可以的，」他深表同意。「甚至可以激發你原本就潛藏著的想法。舉個例子來說，你，或是某人，引述了今早報上葛里莫謀殺案的某些報導。你仔細陳述凶手小心翼翼不破壞雪地而隱身遁逃的過程——不管用的是什麼妙計。此人可能算準昨晚勢必會下雪，於是他一一準備好全盤的計畫，然後跟老天爺打賭等待雪停，以便付諸行動。反正不管如何，到時總會多少下點雪，這點他可以確定。沒錯吧？」

「我也說過類似的話，沒錯。那又如何？」

「那我想你應該還記得，」佩提斯平靜地說道，「氣象預報會告訴他不應該有所行動。昨天的天氣預報說，當天根本不會下雪的。」

「哦，老天！」菲爾博士驚愕地看了佩提斯好一陣子，然後激動地一拳打在桌上。「說得好！我完全沒有想到這點。海德雷，如此一來，整個事件全改觀了！這——」

佩提斯的神情放鬆下來，取出一個菸盒並打開它。

「當然，這裏頭還是有個盲點。我的意思是，你可以提出一個顯而易見的疑點來反駁我：因為氣象預報說不會下雪，所以凶手知道一定會下雪。如果閣下真這麼想的話，那實在是令人有點啼笑皆非了。我個人是不會那麼離譜的。事實上，我認為氣象預報和電話轉接服務一樣，受到太多不公平的嘲弄。當然在我舉的這個例子中，氣象預報是犯了誤失，是的……不過這無關緊要。你不相信我說的話？把昨晚的報紙翻出來看看哪。」

海德雷齜牙咧嘴地罵了句粗話。

「抱歉，」他說道，「我不是故意要找你麻煩——但我很高興這麼做。是的，你的說法似乎改變了我們對整個案情的分析。真是見鬼了，假如有人意圖殺人，而且下手的時機和是否下雪密切相關，那麼他多少會將氣象預報列入參考。」海德雷咚咚咚地敲著桌子。「算了，我們繼續說。我現在真的需要徵求一些意見。」

「恐怕就只有這樣了。在犯罪學方面，伯納比研究得比我透徹多了。我只是偶爾才會注意一下天氣預報，」佩提斯以嘲弄的目光，看著自己身上的衣服。「以便決定是否該穿上套鞋。這是習慣使然……那位模仿我說話的人，為何要將我牽連在內？我只是個不會害人的怪老頭，我可以向你們保證。我不是那種不共戴天的復仇者。我唯一能想到的理由是，我是這群人當中，唯一一個週六晚上沒有固定去向、無法提出不在場證明的人。至於有誰能學這麼像……任何一個好的模仿藝人應該都可以。回到正題，有誰知道我是如何稱呼我們這夥人的？」

「會不會是瓦立克酒館聚會的成員？除了我們提到過的那幾位，不是還有些別的人？」

「喔，是的，還有兩位非固定參加的成員，但我不認為他們是可能的人選。一個是老莫寧頓，他在博物館工作了五十幾年。他是嘶啞的男高音，要模仿我的聲音太難了。另一個是史威爾，但我相信昨晚他人在廣播節目中開講，是關於螞蟻的一生還是什麼的專題，因此應該有不在場證明……」

「主講的時間是幾點？」

「我想是在九點四十五分或差不多這個時間，當然我無法確實保證。還有，這兩人從未去過葛里莫的住所。對了，酒館內不是都有些偶爾才上門的酒客？嗯，其中有些人可能曾坐在後面或聽到過我們談話，只是沒有參與我們的討論。我認為這對你們而言是條最好的線索，雖然稍嫌薄弱了些。」佩提斯拿出一根菸，然後啪的一聲闔上菸盒。「好了，我們最好做個抉擇，是乾脆認定此人是個神祕的人物，還是要將各種險狀設想一遍，嗯？伯納比和我是葛里莫僅有的親密朋友。我沒幹這件事，而伯納比在玩牌。」

海德雷盯著他看。

「伯納比真的在玩牌嗎？」

「我不知道，」佩提斯坦言承認。「不過我可以猜說他是，就跟平常一樣。伯納比不是傻子。一個人會選擇在與固定團體聚會的日子，不怕人知道地缺席跑去殺人，那他八成是個超級大豬腦了。」

佩提斯的這番話，顯然比他前面所說過的任何言詞都要刺激那位督察長，只見他皺著眉頭，不斷敲打桌面。而菲爾博士則完全陷入某種混亂的沉思狀態。佩提斯好奇地來回看著他們倆。

「先生們，我是不是說了什麼值得深思的話？」他問道。

海德雷突然變得生氣勃勃。

「對，對，太值得深思了！現在，我們來談談伯納比。你知道葛里莫帶回家當作防身之用的那幅畫是他畫的嗎？」

「防身？怎麼防身？拿什麼來防？」

「我不清楚。我還希望你能解釋這件事呢。」海德雷仔細端詳他。「葛里莫家的人似乎都喜歡說些神祕莫測的話。順便問一下，你對他的家庭了解多少？」

佩提斯顯然感到困惑。

「嗯，蘿賽特是個非常迷人的女孩。呃，我不會說她喜歡故弄玄虛，其實剛好相反，對我而言，她有點太現代感了。」他眉頭深鎖。「我對葛里莫的妻子一無所知，她好些年前就不在人世了。但我還是不明白——」

「別急。你覺得德瑞曼這個人如何？」

佩提斯輕笑了起來。

「胡柏·德瑞曼是我認識的人當中，最不會裝神弄鬼的。就是因為他太正常了，所以有人說他其實藏了一肚子壞水——抱歉。你們也把他列入考慮嗎？如果是的話，那你就當我沒說。」

「我們再回到伯納比身上。你知道他為何想要畫這幅畫、是什麼時候畫的等等事情嗎？」

「他是在一兩年前畫的。我會特別記得這件事，是因為這幅畫是他工作室裏最大一幅油畫。必要的時候，伯納比會將它筆直豎起來，充當蔽牆或隔板。有一次我問他，這幅畫想要表達什麼。他說：『一種我從未見過、僅存於想像中的構圖。』它有個像是這樣的法國標題：『鹽礦山的陰影下』。」他停止輕敲那根還未點著的香菸，那好奇心旺盛、永不歇息的大腦再度探索著。「啊哈！我想起來了，伯納比說過：『你不喜歡它嗎？葛里莫看到它的時候，簡直是嚇得魂飛魄散。』」

「為什麼會這樣？」

「我沒問，我只是把他的話當成玩笑或是吹牛罷了，因為他邊說邊笑，這就是伯納比的作風。不過，那幅畫擺在工作室裏有好一陣子，上面也積了一層灰，所以週五早上當葛里莫衝進來開口要它時，令我非常驚訝。」

海德雷倏然傾身向前。

「你當時在那裏？」

「在工作室？是啊，我一大早就去了，因為……我忘了原因。葛里莫走進來時，腳步非常急促……」

「是氣急敗壞嗎？」

「是的，呃，不，不，應該說是興奮異常。」佩提斯一邊回想，一邊偷偷注意海德雷的表情。「葛里莫以他連珠炮的快嘴說著：『伯納比，你那幅鹽礦山的油畫在哪裏？我要買下來，你出價多少？』伯納比滿臉不解地看著他，然後一跛一跛地走過去，指著油畫說：『如果你要的話，老兄，它就是你的了。拿去吧。』葛里莫說：『不行，這畫對我有用處，我一定要花錢買。』所以啦，伯納比說出一個十先令的可笑價碼，但葛里莫卻煞有其事地取出支票簿，開了一張十先令的支票。然後他沒再多提什麼，只說會把畫掛在他書房牆上的某塊地方。他拿著油畫下樓，我還幫他叫了一輛車來載運它……」

「你們有把畫包起來嗎？」

菲爾博士突然高聲問道，佩提斯因此嚇了一跳。相較於佩提斯前面所提及的任何話題，對於這段敘述，菲爾博士表現出來的就算不是全神貫注，也可以說是興致高昂了。博士這時緊握手杖，整個人也跟著傾身向前，佩提斯則以奇怪的眼神注視他。

「我很好奇你為何有此一問？」他說道，「我正要提到這件事。葛里莫非常小題大做，竟想要把畫包裝起來。他開口要紙，但伯納比說：『你叫我去哪裏弄一張這麼大的紙把它包起來呀？不好意思讓人家看見嗎？就這樣直接帶走吧！』但葛里莫非常堅持，他下樓到附近的商店，買了好幾碼的褐色包裝紙。這件事情似乎惹惱了伯納比。」

「你應該不知道葛里莫是否帶著畫就直接回家了？」

「是不知道……我想他應該是去找人給畫加了框架，不過我不確定。」

菲爾博士嘆了口氣重新坐下，也略過了佩提斯的回答，沒再提出相關的問題。雖然海德雷又盤問了一段時間，不過在藍坡看來，並未引出什麼重要的訊息。問到個人問題時，佩提斯的措詞非常謹慎，但他說他絕無保留。葛里莫家中沒有發生過摩擦、不和，親近的社交圈也都相處融洽，若要雞蛋裏挑骨頭的話，便是曼根和伯納比之間存有敵意。伯納比雖然也三十好幾了，但他卻深深愛慕著蘿塞特·葛里莫，只是態度既消極又太自我保護。葛里莫教授對此事沒表示過意見，可能的話，他應該會樂見其成吧。不過就佩提斯所知，教授對曼根也沒有什麼不滿之處。

「各位先生，我想你們將會發現，」當議院大廈的大鐘敲了十響時，佩提斯起身做勢離開，並且做了結語。「我們談了半天，都繞著旁枝末節的事情打轉。想要把嗜血的瘋狂犯罪和我們這群人聯想在一塊，其實是很難的。若要提及財務方面的情況，我沒有辦法告訴各位太多。葛里莫非常富有，我可以這麼說。我剛好知道他的律師是葛雷法學院的坦納特與威廉斯……對了，趁這麼個陰鬱的星期假日，你們是否願意與我共聚午餐呢？你們知道，我就住在羅素廣場的另一邊。我在那裏的帝國大廈有好幾間套房，都買了十五年了。你們正在那附近查案，應該滿方便的。再者，不知菲爾博士有沒有興趣和我一起討論鬼故事——」

他說得笑容滿面，博士搶在海德雷婉拒之前接受了這個提議。離去時，佩提斯臉上的神情比剛進門時顯得快活多了。

留在屋子的人，則彼此面面相覷。

「好啦，」海德雷咆哮。「對我來說事情是夠簡單明瞭了。當然我們還是會查證一下。重點是，最該注意的重點是：既然昨晚一旦缺席就會招人注意，那麼他們其中的某人，為何偏偏選擇在這個時機下手行凶？我們會去探探伯納比這傢伙的底，但聽起來他好像也沒什麼嫌疑，除非是為了那個理由……」

「氣象預報說不會下雪，」菲爾博士的語氣帶了點固執的味道。「海德雷，這事把一切都攪亂了，把整個案情都翻轉過來了，但我看不出……卡格里史卓街！我們趕快動身去卡格里史卓街。不管到哪兒去，都比在黑暗中摸索要好。」

菲爾博士的語調憤怒，他拿了披風和鏟形帽，蹣跚地走了出去。

CHAPTER 13

神祕的公寓

在這個陰霾灰暗的冬季週日早晨，倫敦猶如一座荒蕪的城市，街道上幾哩之內連個鬼影子也沒有。而卡格里史卓街，海德雷開車正要轉入的這條街，看起來更像是座沉睡不醒的異域。

正如菲爾博士所言，卡格里史卓街沿途擁塞髒污的小型商店與出租公寓。這條街位於藍伯康都街的偏遠地段——藍伯康都街是一條狹長的大街，街道本身就是當地的購物中心，向北伸至寂寥的吉爾伏特街，那裏盡是外觀簡陋的粗鄙營房，往南則是伸展到希歐博德路，那是主要的交通幹線。沿著吉爾伏特街走到街尾西側，便是卡格里史卓街的入口，在此可看到分據兩側的肉店和文具店。從外觀上來看，卡格里史卓街像是一條小巷子，如果走至這兒沒注意到路標，就有可能與它擦身而過。經過這兩家店面之後，眼前的視野立即令人意外地豁然開朗，而再下去便是長長兩百碼的筆直街道，直達盡頭的磚牆。

躲躲藏藏的小街所透出的陰森詭異，或是整排房子看似在耍弄你的真假莫辨，是藍坡在倫敦巡遊時始終尾隨不去的感覺。那種心情就像是你踏出家裏的大門時，不禁思忖著：會不會今天外面的街道，沒有一夜之間又全變了樣？可不可能不再有些陌生人，一早就站在門外對你露齒而笑？他和海德雷、菲爾博士並肩站在街道入口，三人睜大眼睛看著前方。街道兩旁擁擠的商店僅佔據了一小段路程。它們全都裝上了木板套窗，或是在窗子上面覆加一層有浮凸雕工的鋼絲，活像是一個個禦敵的堡壘，看似企圖拒顧客於門外。甚至連那些鍍金的店舖招牌，都有股蔑視眾人的味道。這些商家樓面的櫥窗，無一不是整潔井然，從右側最遠那家發出閃閃白光的珠寶店，到最近那棟陰沉黝暗的菸草店皆是如此。那家菸草店擺出來的貨色乾涸枯萎，似乎比傳統的老菸草還要粗糙劣質，它擠縮於一隅，還被新聞看板擋住，而看板上的那些頭條新聞，你壓根兒記不起來在哪兒看過。店鋪再過去是兩列普通的暗紅磚砌三層樓房，窗框顏色有白有黃，每一扇窗子的窗簾全都拉了下來，其中有幾個位於一樓的窗簾還看得到一截可愛的蕾絲。這些樓房的共同特色，是被煤煙燻成統一的暗黑色調。要不是各戶都有從地下室延伸至大門的鐵欄杆，它們看起來幾乎是連成一體的。房子上方聳立著烏黑煙囪，直入灰雲密佈的天空。蕭瑟的冷風由高處猛然灌入巷口，吹得棄置的報紙圍著路燈颯颯亂飛。至於地上的積雪，則早已融化為灰黑的殘渣爛泥。

「打起精神來！」菲爾博士嘟囔道，他搖搖晃晃地往前走，每一步都造成共鳴的回聲。「現在，趁著還沒引起別人注意的時候，我們趕緊把事情辦妥吧。告訴我佛雷被襲擊的位置。且慢！順便問一下，他住在哪裏？」

海德雷指著與他們鄰近的菸草店。

「就在這地方樓上。正如我所說的，剛好位於街道入口處。我們可以上去看看——雖然桑瑪斯已經來看過了，而且是一無所獲。我們現在就大概找一下街道的中心位置……」他領頭以一步一碼長的距離測量。「人行道和街道差不多就清掃到這裏，應該有一百五十呎。接下來便是連成一片的雪地，大約再過去個一百五十呎的距離……就是這裏，」他停下腳步，然後緩緩轉過身來。「一半的地方，街道正中央。你們也看得出這條路有多寬了吧。走在中間的話，離兩旁的屋子皆有三十呎的距離。假如他是走在人行道上，我們還可能假設一套天馬行空的理論，就是某個人從窗口或地下室外的通道探出身來，把槍固定在桿子或這類東西的前端，然後——」

「胡扯！」

「好吧，算我胡扯。但我們還能想出其他的可能性嗎？」海德雷用力揮舞公事包，並以激烈的口氣追問。「如你自己所說，我們人就站在這條街上，眼前的一切是那麼一目了然，清清楚楚，根本不可能變出什麼花樣！我知道不會有什麼裝神弄鬼的事，然而這裏究竟發生了什麼事？目擊者沒看到任何東西，如果真的有什麼東西出現，他們一定會看到。喂！停在原地，臉朝原來的方向別動。」他再次往前踱了幾步，然後停在某個定點回頭數算步數。接著，他便走至右手邊的人行道上。「這個位置的所在，是布雷溫和修特兩人聽到尖叫聲的地方。你沿著街道中央行走，我走在你的前頭。我急忙轉身……就是這樣，現在我離你有多遠？」

三人之中走在最後頭的藍坡，看見菲爾博士龐大的身影獨立於矩狀的空曠街道中。

「距離滿短的。那兩個男人，」博士邊說邊把帽子戴好。「走在佛雷前方最多不會超過三十呎！海德雷，情況比我想像的還要奇怪。當時他站在空曠雪地的正中央，而另外兩人聽到槍聲之後，便立即轉身……嗯……」

「正是如此。接著，我們來考慮燈光的問題。你來扮演佛雷的角色。在你的右側——稍微前面一點，也就是剛越過門牌十八號大門的地方——你可以看到一盞街燈。在你的後方不遠處，同樣是在右側，你可以看見珠寶店的窗戶吧？裏面有一盞亮著的燈，不是非常亮，但起碼點著。現在，請你告訴我，那兩個當時站在我現在這個位置的男子，有可能搞不清楚自己是否看到有人接近佛雷嗎？」

他的聲音揚起，街道內也盪出挖苦的回音。地上的廢報紙，又被冷風颳起的漩渦逮個正著，於是乍然驚起地倉促竄逃。凜風灌入煙囪引起呼嘯，如同吹進隧道時所發出的聲響。菲爾博士身上的黑披風順勢翻飛，而繫在眼鏡上的黑緞帶，也是隨風狂野起舞。

「珠寶店——」博士嘴巴唸著，眼睛凝視前方。「珠寶店！店裏頭有一盞燈……當時裏面有人嗎？」

「沒有。威瑟早已想到這件事，他也去檢查過了。那是一盞展示燈。有鐵條穿過窗戶和大門，就像是你現在看到的一樣。沒有人能進入或出來。而且，那個位置離佛雷也太遠了。」

菲爾博士引頸左右觀望，他伸長脖子像貓頭鷹似地看進備受保護的窗子。窗內陳列著絨布碟上的廉價戒指與手錶、一整排的燭台，擺在正中央的是戴弧形罩蓋的德國製大型時鐘，太陽圖案的鐘面上有對眼睛圖案的指針，此刻即將指向十一點整。菲爾博士緊盯著那對會移動的眼睛，那樣子給人一種不舒服的感覺，彷彿太過樂和的看著一個男人的喪命之地，而且也為卡格里史卓街蒙上一層恐怖的氣味。然後他又蹣跚地走回街道的中央位置。

「然而，」他說道，口氣非常正經，猶如正在發表某個論點。「它是位於街道的右側，而佛雷卻是從左後方被人射殺。如果我們假設——顯然我們應該這麼假設——凶手是從左側接近的。或者起碼那把飛來的手槍是從左側跑出來的……我也不知道！就算凶手能踏雪而來且不留下腳印，但我們至少總要先假設他是打哪裏蹦出來的。」

「他是從這兒出現的，」某個聲音突然響起。

話聲彷彿是憑空冒出來似的，伴隨著陡起的冷風旋繞在他們身邊。這一瞬間，藍坡嚇得差點失了魂，這個衝擊比上一次他在「女巫角事件」中所經歷的還要驚心動魄。恍惚之中，他的眼前出現了某物在空中飛舞的情景，耳邊也似乎響起昨晚無影凶手傳到兩位目擊者耳中的低語，他宛若被某種東西掐住了咽喉——不過他轉身一看後，整個情境突然急轉直下，因為他看到了原因。一個臉色紅潤、帽子壓低在頭上（這給人幾分邪惡的感覺）、身形矮胖粗短的年輕人，正從敞開的十八號大門走下樓來。年輕人對海德雷行禮，滿臉笑容。

「長官，他是從這兒出現的。我是桑瑪斯，長官，你還記得吧？你要我查出那個死掉的法國人遇害時正要往哪兒去？另外，還要問女房東有沒有我們要找的怪房客……唔，怪房客方面已經有著落了，要找到他應該不難。他是從這兒出現的。請原諒我打斷你們的談話。」

海德雷以熱烈之詞大聲回應，藉此掩飾桑瑪斯突然出聲所引發的驚嚇。他的眼睛往門口通道上下打量，那兒還站了一個傢伙，模樣有些躊躇猶豫。桑瑪斯沿著海德雷的目光焦點看去。

「喔，不是的，長官，他不是這裏的房客，」他說道，嘴角再度揚起微笑。「這位是歐洛奇先生，音樂廳的工作人員，你知道的，他昨晚來確認那個法國佬的身分。今天早上他來幫我的忙。」

此人從暗處走出，下了樓梯。雖然穿著厚重的大衣，但看得出他滿瘦弱的，不過瘦弱中仍顯有力。他的腳步輕快平穩，以拇趾著力行走，顯然是個高空盪鞦韆或走鋼索的高手。他的態度親切、從容不迫，說話時向後輕微仰身，彷彿需要較多空間來比劃手勢。就外觀上來說，他黑黝黝的膚色讓人想到義大利人，再加上鷹鉤鼻下那撇末梢抹了蠟的茂密捲髭，更強化了這種聯想。他黑髭下的嘴角，叼著一支彎曲的大菸斗，似正享受著吞雲吐霧的樂趣。吊著魚尾紋的眼睛，散發著詼諧的藍色光芒。當他自我介紹時，還抬手將精緻的黃褐帽往後推了一下。這傢伙是個有義大利藝名的愛爾蘭人，而說話的方式卻像美國人，但他自己強調說，他其實是像加拿大人。

「歐洛奇是我的姓氏沒錯，」他說道，「全名是約翰‧L‧蘇利文‧歐洛奇。有人知道我中間的名字是什麼意思嗎？你們知道，就是那個……」他挺直背脊，右手向空中猛力一擊。「那個天底下最偉大的名字？我不曉得。我老頭幫我取名時也不知道。我知道的唯有L這個字。希望你們不會介意我插嘴。你們明白，我認識老路尼……」他突然住嘴不語，只是露齒而笑，嘴上的黑髭跟著扭捲。「先生們，我看到了，你們都在瞧著我的大菸嘴。每個碰到我的人，都會這樣。這都是拜那首要命的歌曲所賜，你們知道，劇場的老闆認為，把我打扮成歌詞中那個傢伙的模樣，是個了不起的主意。哦，真的！你們看……」他從嘴邊抽出菸斗，「這真的可以用，看到了嗎？我要請各位再次原諒我的多嘴。我真的很為老路尼難過——」他的臉上蒙上一層陰霾。

「我明白的，」海德雷說道，「謝謝你來幫忙，這省得我跑一趟劇場去找你談——」

「反正我閒著也是閒著，」歐洛奇消沉地說道，從大衣袖子裏伸出左手，原來手腕用石膏繃帶包紮了起來。「假如我有點警覺的話，昨晚我一定會好好跟著路尼，結果也不會變成這樣！我不該再打擾你們了……」

「沒錯。長官，如果你可以移駕過來，」桑瑪斯嚴厲的聲音介入。「我有非常重要的東西要讓你瞧瞧，並向你報告。住在樓下的女房東正在更衣，她會告訴你那位房客的事。毫無疑問，他就是你要捉的人。不過我希望你先去看看他的房間。」

「他的房間裏有什麼？」

「呃，長官，裏面有血跡，這是頭一件，」桑瑪斯答覆。「還有，就是一條非常奇怪的繩子……」看到海德雷臉上的反應，他臉上出現滿足的表情。「你對那條繩子和其他一些東西一定會很感興趣。這傢伙若不是那種專事闖空門的小偷，就是個騙子之類的混蛋，這從他的佈置中可以看出來。他在大門加裝了特製鎖，因此哈克小姐（就是那位女房東）無法進去。但是我用了我自己的鑰匙——這完全是合法的行為，長官，這傢伙已經搬走了。哈克小姐表示，他租下這個房間有一段時日了，但他只來住過一兩回……」

「上去看看吧，」海德雷說道。

待眾人都進門之後，桑瑪斯關上了大門，引領他們穿過陰暗的走廊，並依序登上三層階梯。這屋子的格局相當狹窄，每一層樓從正面至背面，都只有配置一間套房。頂樓的出入門——緊靠著一個爬梯，而此爬梯可通往屋頂——已敞開著，在原來鎖孔的上方，可看到那把隱隱發亮的特製鎖。桑瑪斯帶著大家走入有三間小門並列的昏暗通道。

「長官，首先，」他一邊說，一邊指著左側的第一個門。「這裏是浴室。我得在電子儀表內投入一先令，這樣就會有亮光……行了！」

他按下開關。藉著燈光他們看到所謂的浴室，其實是由一個骯髒的儲藏室改建而成。牆壁上為了營造出瓷磚的質感，刻意貼上光滑的壁紙來以假亂真，地上則鋪著陳舊的油布。有燒水裝置的浴缸看來頭重腳輕，而且生銹得厲害。還有個波浪狀的鏡子掛在盥洗台上方，下面地上擺了個盆子及水壺。

「長官，你們看了就知道，這地方曾做過一番清理。」桑瑪斯說道，「然而，你們還是可以看得出來，雖然浴缸內的水全被倒掉，但仍有紅色的痕跡遺留下來，那是他洗手的地方。此外，在洗衣籃後面的上緣處，看……」

桑瑪斯戲劇化十足地將洗衣籃傾向一邊，伸進後面髒污的部分，再拿出一條依然潮濕的洗臉毛巾，上頭縫有補釘之處已轉為暗紅色。

「他用洗臉毛巾抹掉血跡。」桑瑪斯邊說邊頷首。

「幹得好，」海德雷平靜地說道，拿起洗臉毛巾玩弄著，隨即看了菲爾博士一眼，接著露出笑容，最後才把這毛巾放下。「現在，我們去瞧瞧別的房間。我對那條繩索非常好奇。」

這名房客的個人品味，例如黯淡的昏黃燈泡、瀰漫於室內的冰冷化學藥味，都在這幾個房間裏發揮得淋漓盡致。這股氣味之強烈，甚至連歐洛奇呼出來的濃郁菸草香也無法掩蓋它。此地怎麼看都像是一個藏身之窟。空間偌大的起居室裏，放下來的厚重布簾蓋過整個窗戶。一盞強而有力的燈泡照射著一張寬闊的桌子，桌面上擺著一些鐵或金屬製的小工具，都有著圓頭和鋸齒尾（海德雷吹著口哨說道，「開鎖器，欸？」），還有各種已拆解的鎖，以及一捆筆記。此外，還有一個功能極佳的顯微鏡，旁邊有個裝著玻片的盒子。房內還置放著一個化學製品的工作台，六根有標籤的試管被安插在台上的掛物架裏。四壁之中有一面牆堆滿了書，房內一角則放了一個小型鐵鑄保險箱。看到這樣東西後，海德雷忍不住發出感嘆聲。

「他若是個小偷，」這位督察長說道，「那麼，他就是我所見過最現代化、最科學化的小偷。我還不知道英格蘭有人熟悉這種作法。菲爾，你長期研究這玩意兒，看得出什麼苗頭嗎？」

「長官，鐵鑄保險箱的上方被挖出個大洞，」桑瑪斯插嘴。「假如他是使用吹管，那麼這即是我見過的乙炔切割技術中，最完美的傑作。他——」

「他不是使用吹管，」海德雷說道，「而是一種更為乾淨俐落的方法，他用了克魯伯（譯註：德國鋼鐵和軍火製造商之家族）調劑。我的化學不是很好，但是我想成分應該是粉末狀的鋁和氧化亞鐵。你把這兩種粉末混在一塊，放到保險箱頂部，然後再添加……添加什麼呢？哦，鎂粉，把它們攪在一起。它不會爆炸，只是自然地產生幾千度的高溫，穿透金屬熔解出一個大洞口……看到桌上的金屬管沒？我們的黑色博物館裏也有一支。那是一種監視器，有人稱它做魚眼透鏡，像魚的眼睛一樣擁有半個球體以上的折射率。你把它放進牆壁的洞孔裏，隔壁房間發生什麼事情，你都可以看得一清二楚。菲爾，我說的沒錯吧？」

「沒錯，沒錯，」博士說道，但他的眼神空洞茫然，彷彿這些事情都無關緊要。

「我希望你能明瞭它所代表的意義，這個謎團，這個……那條繩索在哪裏？我對那條繩索非常感興趣。」

「在另一個房間，長官，後面的房間，」桑瑪斯說道，「它的室內裝潢相當華麗，像是東方的……你們知道我的意思。」

他指的可能是那座東方情調的睡椅，甚至就是那間伊斯蘭式的臥房。房內的設計完全模仿土耳其風味的豔麗、神祕色調，包括五彩繽紛的臥榻、掛布、流蘇繐帶、小飾物，以及刀劍兵器。在這樣的地方看到這樣的東西，你只能嘆為觀止。海德雷用力拉開窗簾，布魯姆斯貝利區的冬日天光映入眼簾，更不祥地增添了它的虛幻。他們望向吉爾伏特街的房舍背部，望向底下鋪著地磚的後院，再落目於一條通往兒童醫院後門的蜿蜒小巷。海德雷沒耽溺於此，他一把拿起垂捲在睡椅上的繩索。

繩索很細但相當結實，每隔兩呎便打一個結，只是一條普通的繩子。較引人不解的是，繩子一頭的末端上有個掛鉤。這東西看起來像是個黑色橡膠杯，比一般的咖啡杯略大一些，杯口像車輪胎一樣硬實緊密。

「哇！」菲爾博士說道，「你們看，這是——」

海德雷點點頭說：

「我聽說過這玩意兒，但以前從未見過，我還以為這種東西根本不存在。瞧，這是一個吸力杯，你們可能在小孩的玩具裏看過類似的東西。像有一種彈簧玩具槍，玩的時候將小短棒射擊在平板上，那短棒的末端便套著軟橡膠製的迷你吸力杯。它撞擊在板子上時會將空氣擠掉，然後便附著於板子上。」

「你是指，」藍坡說道，「這個小偷可以把這東西強力附著在牆壁上，它的力量足以支撐繩索助他攀爬？」

海德雷仍然心有疑慮。

「看來是這麼回事。當然，我不是……」

「但是，他要如何將它從牆上鬆開？難道說，他就這樣逃之夭夭，任由它懸掛在那兒？」

「他需要一個共犯，這是理所當然的。如果擠壓底部的邊緣讓空氣跑進去，便會破壞其附著力。即使是這麼做，我還是不明白這個惡棍，是如何運用它來——」

歐洛奇的眼神困惑，他看著繩索好一陣子，這時才發出清嗓的聲音。他取出嘴邊的菸斗，再次清了清喉嚨，希望引起大家的注意。

「聽我說，先生們，」他以一種嘶啞、卻可讓人信賴的聲音說道，「我無意插嘴，但我認為這些的確是逃亡用的工具。」

海德雷猝然轉身：

「怎麼說？你對這些東西有所了解嗎？」

「我可以跟你賭，」歐洛奇點點頭，將手中的菸斗往空中揮了揮，藉此來加強語氣。「這玩意兒是路尼・佛雷的東西。請將它遞給我看一下。咦，有點奇怪，我不敢發誓說它是路尼的。接合點的地方有些古怪，但是……」

他拿著繩索，手指頭在上面輕柔滑動，直摸到繩索中央才停頓下來。他眨了下眼，帶著滿意的神情點點頭。接著他的手指快速轉動，突然間，他像魔術師施展法術似地兩手一分，繩索居然從中分成兩截。

「啊哈，沒錯。我相信，這的確是路尼變戲法用的繩索。看到了吧？這繩索是分接上去的，一邊是螺旋形狀，另一邊是直線形狀，你可以像調酒一樣將它們整條扭轉在一起，絕對看不到接合點。你可以任意檢查這條繩索，反正怎麼拉扯它們也不會分開來。明白了嗎？表演時，有些觀眾或某個人會上台幫忙捆綁魔術師，把他綁緊在櫥櫃裏，繩索的接點會捆在魔術師的雙手中。櫥櫃外的監視者從兩邊拉緊繩索，以確保魔術師無法逃脫。然而，魔術師先以膝蓋拉直繩索，再用牙齒咬開接合點，這些動作全在櫥櫃內瞬間完成。真是不可思議呀！叫人看得目瞪口呆！這是世界上最偉大的演出！」歐洛奇沙啞地說道。他友善地看著大家，重新將菸斗放入嘴內，然後深深地猛吸幾口。「是的，我敢和你們賭任何東西，這絕對是路尼的繩索。」

「這我倒是沒什麼懷疑，」海德雷說道，「不過，那個吸力杯有何作用呢？」

歐洛奇再度傾身向後做出誇張的手勢。

「呃，當然，路尼自己也神祕兮兮地不肯透露。而且魔術演出時我沒辦法一直待在現場，也不會去注意觀察其他的道具是如何操作的……等一下，你們可不要弄錯我的意思！路尼的確是有幾把刷子，我是說真的。剛才所說的只是一般人都知道的戲法，嗯，他自己特別致力於一種……你們有沒有聽過印度繩的幻術？托缽僧往上空擲出一條繩索，繩子便筆直聳立於半空中，小男孩沿著繩索往上爬——然後，呼，男孩就消失不見了。聽過嗎？」

在他誇張的手勢揮舞下，一層層濃密的菸霧向上迴旋散去。

「但我也聽說，」菲爾博士不予置評地說道，「根本沒人親眼目睹過這套幻術表演。」

「當然，確實，正是如此！」歐洛奇以迫不及待的口氣回答。「所以路尼才會絞盡腦汁想要找出表演的方法。天知道他到底成功了沒。我想那個吸力杯的作用是在繩索被往上拋時，將繩索固定於某個地方。不過別問我是怎麼操作的。」

「然後某個人就會沿著繩子往上爬，」海德雷的聲音非常沉重。「往上爬，之後就不見了？」

「呃，是某個『小孩』——」歐洛奇跳過這個話題。「不過我可以再告訴各位，你們手上那個東西，無法支撐一個成年人的重量。好吧，先生們，我這就把自己懸掛到窗外去證明給你們看，只不過我可不希望因此摔斷脖子。更何況我受傷的手腕尚未復原。」

「不用了，我想我們已經取得足夠的證據了，」海德雷說道，「桑瑪斯，你說這傢伙早就開溜了？有什麼個人的資料？」

桑瑪斯得意地點頭。

「長官，想要把他給揪出來，應該沒什麼困難。他自稱是『傑若米・伯納比』，這八成是個假名。而且，他有個非常明顯的特徵——他有隻畸形足。」

CHAPTER 14

教堂鐘聲的提示

下一秒鐘所爆發出來的巨大聲響——簡直讓天地為之一動——竟是菲爾博士的笑聲。博士不只是咯咯地發笑，他根本是狂笑不已。在開懷暢笑聲中，博士的手杖不斷敲打地面，甚至連他所坐的紅黃相間睡椅，都發出令人心驚地咯吱咯吱搖晃聲。

「裝神弄鬼！」菲爾說道，「裝神弄鬼，我的小朋友！嘿嘿嘿。去他的鬼魂，去他的證據，全是鬼話連篇！」

「你這是什麼意思，『裝神弄鬼』？」海德雷質問。「我可不覺得馬上逮捕那個人有什麼不對的。難道這個發現還無法說服你伯納比有罪？」

「這個發現告訴我的，是他根本無罪，」菲爾博士說道。當狂喜的情緒平息時，他掏出紅色大手帕擦拭眼睛。「剛才在察看另一個房間時，我就擔心會發現這樣的事。這簡直是完美得令人難以置信。伯納比是個毫無祕密可言的人面獅身怪物，是個沒有犯下罪行的罪犯（至少就這樁怪案而言）。」

「你是否願意解釋……」

「非常樂意。」博士恭敬有禮地說道，「海德雷，看看你四周這個地方，然後告訴我你的想法。你可曾見過哪個盜賊或罪犯，會將藏匿之處裝飾得這麼浪漫，佈置成這種氣氛？還把那些個開鎖器、座式顯微鏡、犯罪的化學藥物排放在桌上？真正的盜賊和罪犯，都會把自己的巢穴照顧得比教會執事的住所還要莊嚴。實際上，這樣的擺設要把它想做是在玩假扮盜賊的遊戲都很難。只要你再略加思索，就會知道它真正讓你聯想到的是什麼，那從很多的故事與電影中都找得到。我之所以這麼肯定，」博士解說著，「是因為我自己也喜歡這種氛圍，即使是種誇張而戲劇化的氛圍……它看起來倒像是有人在扮演偵探。」

海德雷止步停下，手撫摸著下巴，若有所思地環視著周遭。

「當你還是個小鬼頭的時候，」菲爾博士說得興致盎然。「難道不曾希望家裏有個祕密通道？而且總把閣樓上面的某個小洞假想成祕道，還拿著蠟燭爬進去，結果差一點就把整個屋子燒掉？你難道不曾玩過大偵探的遊戲，不曾巴望在某個神祕的巷道裏隱藏著一個神祕的賊窟，好讓你用假名進行你致命的追蹤調查？不是有誰說過，伯納比是個狂熱的業餘犯罪學家？也許他正在寫一本書。總之，他有錢有閒，可以用較講究的方式進行他的興趣，這都只是一些童心未泯的大人想要嘗試的事。他創造了第二個自我，他不聲不響地暗中進行，因為若讓他的朋友得知他的行為，一定會換來一番爆笑嘲弄。只是很諷刺的，蘇格蘭場的冷血警探們竟查出他的最高機密，而且這最高機密還只是個玩笑之作。」

「但是，長官——」桑瑪斯以近乎尖叫的聲音抗議。

「稍安勿躁，」海德雷沉思道，做勢要桑瑪斯安靜。然後帶著餘怒和質疑，再次檢視這個地方。「我承認說這地方是賊窟的確不具說服力，沒錯。我也承認它看起來的確像是個電影場景。不過那些血跡和這條繩索是怎麼回事？別忘了，繩索是佛雷的，還有血跡……」

菲爾博士點點頭。

「嗯，沒錯。不過別誤會我的意思了，我可沒說這個地方和案情完全扯不上關係。我只是提醒你，切勿過於篤定伯納比過著邪惡的雙重生活。」

「這事我們很快就會知道了。而且，」海德雷咆哮。「假如這傢伙就是凶手，我才不管他是不是個兼做小偷的雙面人。桑瑪斯！」

「長官？」

「你去一趟傑若米・伯納比先生的住所——沒錯，我知道你一頭霧水，但我指的是他的另一個住所。我身上有他的地址……嗯，布魯姆斯貝利廣場十三A二樓。記住了嗎？帶他來這裏，隨你用什麼藉口都行，非把他帶過來不可。不要回答有關這個地方的任何問題，也不要問他任何事，明白嗎？還有，待會兒你下樓時，催一催女房東動作快點。」

困惑氣餒的桑瑪斯匆匆離去，海德雷在房裏昂首闊步地走著，並起腳踢著家具邊緣。至於在一旁靜坐的歐洛奇，則以友善關注的眼神看著大家，他揮動菸斗示意。

「嗯，各位先生，」他說道，「對於這個案子，我真心希望能看到警探發現凶手的蹤跡。我不曉得誰是伯納比，但他似乎是你們已經知道的人。還有什麼事你們想要問我的？關於路尼的事，我知道的都已經告訴那位叫桑瑪斯的巡佐或什麼的了，但如果還有需要……」

海德雷深吸一口氣，重新挺直肩膀。他從公事包內取出一些文件來翻閱。

「這是你的陳述，沒錯吧？」督察長大略地讀過一遍。「你還有什麼要補充？我的意思是，你真的確定他說過，他的兄弟在這條街上租了個房子？」

「是的，他是這麼說的，先生。他說，他看過他兄弟在這附近出沒。」

海德雷目光往上一挑，銳利地盯著他。

「這是兩碼子事，不是嗎？到底他是怎麼說的？」

歐洛奇似乎認為這是在雞蛋裏挑骨頭。他換了種說法：

「喔，那麼，他是這樣說的。他說：『他在那裏租了一個房間，我看過他在那裏出沒。』大概是這樣吧。我絕對是說真的，不蓋你！」

「但不是十分確定，對嗎？」海德雷逼問。「再給我好好想清楚！」

「真是見鬼，我正在想啊！」歐洛奇滿腹委屈地回嘴。「沒關係，只不過是有人滔滔不絕地告訴了你一堆事情，然後又有人來問你這些事情，只因為你無法逐字逐句重複每句話，他們便懷疑你撒了大謊。抱歉，老兄，我能說的就只有這樣。」

「關於佛雷的兄弟，你對他了解多少？既然你認識佛雷，他應該有告訴你一些什麼吧？」

「什麼都沒說！連個屁也沒有！你可別誤會我的意思。雖然我說與其他人比起來，我算是和路尼混得最熟，但這不代表我對他瞭若指掌。沒有人摸得清他。你若是看過他就會知道，就算你灌了幾杯黃湯下肚，也不太可能會對他推心置腹，或把心裏的事全向他傾訴，那等於是請吸血鬼德古拉公爵喝啤酒嘛——等一下，我只是說長得像德古拉，僅此而已，別無他意。路尼可是個相當有風度的人。」

海德雷思索他的回答，然後才提出下一個問題。

「我們現在最大的難題——也許你已經猜到了——是那個不可能的現場。我想你應該看過報紙了吧？」

「看過了。」歐洛奇的眼睛瞇成一條窄線。「幹嘛問我這個？」

「有人運用某種幻覺或是舞台技術，殺了那兩個男人。你說你認識一些魔術師和脫逃專家，你是否想得到哪一種戲法，可以用來解釋它的運作？」

歐洛奇笑了，精心修整的黑髭下露出閃亮的牙齒，調皮而線條分明的皺紋聚攏在眼窩周圍。

「哦，那個啊，那不一樣，那非常地不一樣。聽著，我就坦白告訴你們吧。剛才我說自願吊在窗外做示範時，我曾注意到你們的反應。我很擔心你們會多心了，懂嗎？我是指對我。」他輕輕發出笑聲。「唉，算了！即使是一個神乎其技的人，即使他手中真有一條繩索、可以行走不留痕跡，若說要用一條繩子做出這麼高難度的動作，也不是那麼容易的事。不過，另外那件事……」歐洛奇皺起眉頭，手中的菸斗木柄拂過嘴上的鬍鬚，眼神望向對面。「這麼說吧，我不是這一行的權威，我知道的內幕並不多。而且對於知道的部分，通常我都三緘其口。這是一種……」他做了個手勢。「一種行規吧，希望你們明白我的意思。同樣的，像從密封的箱子中逃脫、消失等等的戲法，嗯，這些事情我早就絕口不談了。」

「為什麼？」

「因為，」歐洛奇煞有其事地說道，「一旦得知其中的祕密，很多人都會失望死了。第一，這種表演的設計非常聰明而簡單，簡單到令人發噱，因此他們可能無法相信自己居然這樣被愚弄了，他們會說：『哦，去你的，不要告訴我這些廢話！我剛剛一眼就看穿了。』第二，這套表演其實需要有個內應來協助，這種事會讓觀眾覺得更加沮喪，他們會說：『哦，好嘛，既然是有人幫忙……』好像以為只要有人幫忙，任何腐朽都可以化為神奇。」

他沉浸於菸霧繚繞之中。

「這是個很有趣的人性反映。好，人們專程來看魔術，你告訴他們這是一種幻覺，他們也甘願掏腰包付錢看場幻覺。可是只要知道那不是真正的魔法，他們就會莫名其妙地生氣惱火。一旦理解魔術師是如何從封閉的箱子或繩索捆緊的粗布袋裏脫困，尤其這些道具是經過他們親手檢查時，每個人都會惱羞成怒，因為他們覺得那只是個騙人的花招。得知自己是如何被矇騙時，他們就說它設計得太牽強了。我告訴你們，任何一種簡單的魔術戲法，都得靠聰明的腦袋來發明。想成為一位優秀的脫逃藝術家，必備的條件是冷靜沉著、堅決果斷、歷練豐富、動作敏捷、快如閃電，但從沒有人想到，他們還得具有當眾騙過每一對眼睛的巧智。我想他們都期望脫逃術是種厲害高超的奇門遁甲，像真的魔法一樣，地球人是無法練成的。告訴你們吧，古往今來，從沒有人真能把自己壓縮成明信片那麼薄，然後從裂縫中滑出去；也沒有人能穿過鑰匙孔爬出去，或從一截木管中鑽進鑽出的。需要我舉個脫逃術的例子嗎？」

「說吧，」海德雷充滿好奇地注視他。

「沒問題。先舉比較次等的技術吧！就說捆紮密封的布袋魔術。變戲法的祕訣是（作者註：請參照J・C・康乃爾先生那本備受推崇、震驚世人的著作），」歐洛奇說得津津有味。「魔術師出場——你也可以要求他站在群眾中央——手上拿著一個黑棉布或綿毛織緞製成的輕盈布袋，大小可以容納魔術師站立其中。魔術師跨進布袋之後，助手把整個布袋往上拉，然後在布袋口下方六吋之處握緊，並且用一條長手帕層層環繞地緊密捆綁。觀眾還可以在捆緊的手帕上再多打幾個結，封上蠟、蓋上印等等，怎樣都可以。然後，砰！拉起一面幕簾圍繞著魔術師，三十秒後，他跨步而出，手臂上掛著那個大布袋，上頭的死結、封蠟、印跡仍原封未動。嗨呵！」

「然後怎麼樣？」

歐洛奇一邊微笑，一邊習慣性地玩弄自己的鬍鬚（他好像無法停止捻扭它們），並在睡椅上左右搖晃。

「好吧，各位先生們，我這就要自暴其短了。事實上有兩個布袋，幾乎一模一樣。魔術師將其中一個摺好，塞進自己的襯衣裏面。當他進入第一個布袋時，他便開始拉動布袋，然後助手會接手將布袋拉過他的頭頂——以便魔術師拿出第二個布袋。第二個布袋會被推出第一個布袋開口約六吋左右，外面看起來以為是第一個布袋。接著，助手抓住第二個布袋口，而且結結實實拿繩索捆綁，第一個布袋會有一小段邊口被綁進去，所以你們看不到兩個袋口相接的痕跡。砰！然後死結和蠟印一樣就緒。待魔術師隱身至幕簾後，他所要做的是用力拉開第一個布袋，讓布袋滑落下來，然後把它摺好塞入襯衣內，最後再拿著繩索緊紮的第二個布袋，堂而皇之地走出來。懂了嗎？明白嗎？事情就這麼簡單，這麼易如反掌，但觀眾可是拚了命想一探究竟。然而，一旦知道是怎麼一回事之後，他們會說：『喔，好嘛，原來是有內應……』」說著，他還做出表情。

儘管仍保持著謹慎的職業訓練，但海德雷也不禁聽得入神，而菲爾博士始終都像孩子似地張大嘴巴。

「是的，我明白了，」督察長的口吻，像是要挑起一場爭辯。「但是，這個我們要捉的人，這個犯下兩起謀殺案的人，是絕不可能有共犯的！更何況，那也不是一種憑空消失的魔術……」

「好吧，」歐洛奇邊說邊將帽子斜推到一側。「我再為你們講解一個極高明的消失魔術，這是一種利用舞台的幻術表演。注意聽啦，戲法的構思非常地奇幻巧妙。如果觀眾要求的話，也可以在露天劇場進行演出，在那種地方可就沒有舞台的活板門，沒有頂棚上的鋼絲，也沒有道具或一些奇奇怪怪的裝備。有的只是延亙連綿的一片平地。好，穿著鮮藍戲服的魔術師，騎著雪白的駿馬出場。接著，一群穿著白色戲服的隨從，像馬戲團似地耍著各式圈環魚貫登場。他們在平地上圍成一個圈圈，然後有兩個隨從跳出來揮舞一把大扇子——就那麼一瞬間，懂嗎——剛好掩蓋住馬背上的魔術師。扇子放下後——會拋給觀眾檢查以示未動過手腳——馬背上的人卻不見了。他就這麼當著大家的面，直接從十畝大的平地中央消失了，嗨呵！」

「你要怎麼解釋？」菲爾博士追問。

「簡單！那魔術師根本一步也未曾離開過。但是你看不見他。看不見他的理由是因為鮮藍色的戲服是紙做的——它套在一件白色的戲服外面。當扇子舉起來的時候，說時遲那時快，魔術師趕緊撕掉藍色戲服，然後把它塞進白色的戲服裏面；接著他跳下馬來，混入那一群穿白色戲服的隨從之中。重點是，之前沒有觀眾會費事去計算隨從的人數，因此當他們一起退場時，也不會有人看出端倪。這是一般魔術的訣竅所在。它們弄得你要不是對眼前的事物視若無睹，就是發誓自己看到了其實不存在的事物。嘿，電光石火之間！砰！史上最偉大的演出！」

一時這個色調庸俗又不通風的房間，陷入了一片寂靜。只有室外的冷風撞擊著窗戶。遠方隱隱傳來教堂的鐘聲，以及計程車呼嘯而過的喇叭聲。海德雷搖搖手上的筆記本。

「我們明白了，」他說道，「這個招數實在夠巧妙的。但是說實話，它適用於我們的問題嗎？」

「不適用，」歐洛奇坦承相告，甚至有點竊喜。「我之所以告訴你們——嗯，是因為你們問了我。當然我也是想讓各位知道，你們面對的是什麼樣的難題。事已至此，我就不客氣的直說了：督察長，我不是要打擊你們的信心，不過假如你們的對手是一個聰明絕頂的魔術師，想要逮到他的機會恐怕是微乎其微。你們不可能抓到他的。」他用手指打了一個響拍。「這些人都經過嚴格的訓練，他們是靠變戲法吃飯的，世界上沒有任何一所監獄能將他們監禁起來。」

海德雷緊繃著下巴。

「到時再走著瞧。很奇怪，我一直覺得奇怪，為何佛雷讓他的兄弟來執行殺人任務？佛雷自己就是魔術師，他就是最佳的人選啊！但出手的不是他。他這個兄弟也在做這一行嗎？」

「我不知道。至少，我沒在任何節目單上看過他的名字。不過——」

菲爾博士突然插嘴。他喘著氣從睡椅上笨拙地站起來，急急說道：

「準備迎戰吧，海德雷。兩分鐘後我們就有訪客了。你們看窗外——但別離窗口太近。」

博士用手杖指著窗外。下面那條由平窗樓房之間蜿蜒而出的小巷，有兩個人影逆風逐步趨近。他們剛從吉爾伏特街轉入此巷。幸運的是，這兩個人只顧低頭走路。藍坡認出其中一人是蘿賽特·葛里莫。旁邊則個是瘦高的男子，他拿著拐杖，走起路來搖搖擺擺，肩膀搖晃地特別明顯。此男子的右腿歪扭變形，長靴異常高厚。

「把其他房間的燈全關掉，」海德雷明快地指示，並轉身面向歐洛奇。「我需要你的幫忙。你趕快到樓下去，阻止女房東在這個節骨眼上樓，也別讓她說什麼話。除非聽到我的指示，否則別讓她上樓。出去後把門帶上！」

說著他走進狹隘的走廊，並且啪地一聲關掉燈光。菲爾博士的表情看來有些困惑。

「喂，你該不會是要我們躲在這裏偷聽人家的隱私吧？」他追問。「我才不會為了得到米爾斯所謂的『解剖樣本』而做出那種無聊的舉動。何況，他們很快就會發現我們的存在。這地方簡直是菸霧瀰漫——都是歐洛奇的菸味。」

海德雷嘀咕抱怨了幾句粗話。他將窗簾放下來，只剩一絲鉛筆桿粗的光束斜射入屋內。

「你能不能幫幫忙，這個機會一定得好好把握。我們只需安靜地坐在這裏。如果他們心中存著某些想法，一旦進入屋內、關上房門，可能會馬上脫口說出。一般人都會如此。對了，你覺得歐洛奇這個人怎麼樣？」

「我認為，」菲爾博士精神勃勃地說道，「在這個如夢魘般的案件裏，歐洛奇是我們見過最能啟發、最具建設性、最有貢獻的證人了。我對自己的自信心，都是靠他一手挽回。事實上，他幾乎像是教堂鐘響似地使我茅塞頓開。」

海德雷透過窗簾裂縫往外凝視，聞言後立即轉過頭來。穿透的光線橫照在他眼睛上，有種野性的味道。

「教堂鐘響？什麼教堂鐘響？」

「任何一種教堂鐘響，」菲爾博士的聲音，充滿了一掃陰霾的自信樂觀。「我告訴你，對我這種不信神的死腦筋來說，那些鐘響的意義無異於一線曙光和某種慰藉，它幫助我免於犯下嚴重的錯誤……是的，我的神智十分清醒。」手杖的金屬箍敲打地板的聲響揚起，他的聲音也變得緊繃起來。「靈光一閃，海德雷！它終於點亮了我，原來神聖輝煌的訊息就藏在鐘樓之中。」

「你確定鐘樓之中不是藏了其他的東西，啊？好了，你可不可以看在老天爺的份上，就別再故弄玄虛了。告訴我怎麼回事吧！我猜教堂鐘聲告訴了你，那個消失術是怎麼進行的吧？」

「哦，不是的，」菲爾博士說道，「很可惜不是。它們只不過是對我說了凶手的名字。」

房內倏然瀰漫著一股凝重的氣息，一種肉體的壓迫，彷彿呼吸都被禁止了。菲爾博士平板、毫無說服性的聲音，徒使自己的聲明顯得無力。此時，樓下的一扇後門關上了，他們隱約聽到一點樓梯間的腳步聲迴盪在靜寂的屋中。其中一組腳步聲是急促、輕盈、不耐；另一組先是緩慢費力地拖著步伐，接著是沉重的頓步，並伴隨著拐杖碰撞欄杆的噪音。只聽到噪音是越來越響，卻未傳出任何人說話的聲音。然後是鑰匙喀嚓喀嚓插入大門鎖孔，大門開了又喀噠讓彈簧鎖關上。最後仍是一聲喀噠，廊廳的燈被點亮起來。旋即——顯然他們已看得到彼此——這一男一女便迫不及待地一吐為快，好像他們才是那幾個憋氣憋到快窒息的人。

「看來，我給妳的鑰匙，妳已經弄丟了，」男人說，他的聲音細薄、刺耳、平板，語調帶著嘲弄卻也含有壓抑。「妳說妳昨晚到最後還是沒來？」

「不單是昨晚，」蘿賽特・葛里莫平靜的回話中，隱藏著憤怒的語氣。「任何一晚都不會來。」她笑了。「我從來就沒想過要到這裏來。你讓我有點害怕。好吧，到底是什麼事？既然我人就在這兒了，我得說，你這個別居實在不怎麼樣。昨晚你等得還開心吧？」

那裏起了些動靜，似乎是她向前走了幾步，然後被擋下來了。緊接著，男人的聲音響起。

「哦，你這個小魔女，」他的語調依舊沉著鎮定。「為了不讓妳感到良心不安，我得告訴妳一些事。昨晚我不在這裏。我壓根兒沒想要來。如果妳只想把別人當猴子耍，那麼，我昨晚沒來，明白了嗎？要的話，妳要自己就好了。我昨天不在這裏。」

「你說謊，傑若米，」蘿賽特不動聲色地說道。

「是嗎？為何這麼說呢？」

兩個人走到房門半掩的透光處。海德雷伸手將窗簾嘰嘰嘎嘎地拉開。

「我們也想聽聽你的說法，伯納比先生。」他說。

突然被一股腦兒湧入的陰霾日光照個滿臉，他們頓時嚇得失了魂，表情一片空洞呆滯，宛若閃光燈出其不意地亮了一下，教人來不及反應。蘿賽特・葛里莫忍不住叫出聲來，雙臂隨即舉高，像是要做勢避開。但此刻之前，她臉上所掠過的惡毒、警覺以及可怕的得意神色，都已被眾人捕捉到了。傑若米・伯納比則站著不動，胸口上下起伏。經昏暗的電燈一襯托，他的黑色側影輪廓浮了出來，加上頭戴老式的寬邊黑帽，看來酷似廣告中那身形瘦削的古怪瞌睡神。然而，他終究是比黑色側影還要真實。他有一張佈滿深刻皺紋的臉，通常這張臉多是直率友善的，就像他的姿態一樣。他的下顎突出，雙眼似因震怒而茫然失神。他取下帽子，以一種虛張聲勢的表情將它拋至睡椅上，這個架式使藍坡覺得他像是在演戲一般。他的兩鬢點綴著斑斑灰鬚，而一頭剛硬的棕髮則直直豎起，猶如從整人玩具裏滿懷喜悅地解放出來。

「哦？」他的口氣中有股明顯的戲弄，語畢，畸形的右腳蹣跚跨前一步。「你們這是打劫，還是想幹什麼？我想，得三個對一個了。我的確是帶了根藏劍的拐杖，但……」

「那倒不必了，傑若米，」女孩說道，「他們是警察。」

伯納比頓時語塞，並用巨大的手掌抓抓嘴唇。雖然再發言時仍不脫戲謔，但看得出有些緊張了。

「哦，警察啊，嗯？這真是我的榮幸。侵入民宅，了解了。」

「你是這層公寓的房客，」海德雷亦好言相向。「而非屋子的房東或擁有人。假如你這些可疑的行徑被人發現……我是不覺得有什麼大不了的啦，伯納比先生，不過我猜你的朋友一定會被這些……東方情調的設計逗得十分開心，是不是？」

海德雷的笑意和口氣，深深戳刺到伯納比的痛處，他的臉色慌張煩亂起來。

「你這該死的混蛋，」他說著，半舉起拐杖。「你們來這裏做什麼？」

「趁我還記憶猶新，首先，要請教的是你們進門時所談之事……」

「你偷聽了我們的談話，啊？」

「沒錯。很不幸地，」海德雷神色自若地說道，「我們偷聽到的還不夠多。葛里莫小姐說你昨晚待在這公寓裏。是真的嗎？」

「我沒有待在這兒。」

「你沒有……他有嗎，葛里莫小姐？」

蘿賽特的臉色已恢復正常，正常過了頭，因為她氣得竟用平靜的微笑應對。她說起話來上氣不接下氣，細長的淡褐色雙眸，又浮上那種無動於衷、十分不自然的表情，像是想隱藏自己的情緒。然而從她在指間擠壓手套的小動作，以及急急的喘氣聲來判斷，她心裏的畏懼恐怕是大過於憤怒。

「既然你已經偷聽到了，」她眼睛掃過在場每一個人，然後回答，「就算我想要否認也無濟於事，是吧？我不明白你幹嘛這麼好奇。這件事和……我父親的死完全無關，真的。無論傑若米是什麼樣的人，」她露齒顫抖地微笑。「他絕對不是一個兇手。不過既然你對此事這麼有興趣的話，我也想趁現在把整個事情講清楚。我知道，有些話以後一定會傳到波依德的耳中——最好傳出去的都是真話……我要說了，沒錯，昨天晚上傑若米待在這間公寓裏。」

「妳如何得知此事，葛里莫小姐？昨晚妳人也在這裏嗎？」

「不是。但是在十點半的時候，我親眼看到這房間內的燈光是亮著的。」

CHAPTER 15

亮著燈的窗戶

伯納比不停撫摸著自己的下巴，表情全然僵硬地望著她。藍坡敢發誓說，這個男人看來是真的嚇了一跳。由於太驚訝了，以致不太聽得懂她說的話，他凝視著她，像是以前從未見過一般。然後他一反先前戲謔的口吻，以一種鎮靜、毫無異樣的語氣開口說話：

「我說，蘿賽特，」他說道，「說話小心點。妳真的清楚自己在說些什麼嗎？」

「是的，我非常清楚。」

這時海德雷精神奕奕地插進話來。

「十點半？葛里莫小姐，妳怎麼會碰巧看到這裏有燈光？當時妳和我們一起待在妳家啊！」

「喔，不，我沒有和你們在一起——如果你仔細回想的話。不是那個時間。那時候我人在療養所，和醫生還有我瀕死的父親在病房裏。我不知道你曉不曉得，療養所的背面就正對著這棟屋子的背面。當時我碰巧離窗口滿近的，所以注意到了。我看到這個房間裏有燈光，而且，我猜浴室也開著燈，雖然我不是很有把握……」

「妳怎麼知道這幾個房間的位置？」海德雷厲聲發問，「妳不是從未來過這裏嗎？」

「剛才我們進來時，我就仔細好好觀察過一番，」她帶著泰然自若的冷靜笑容回答問題。不知為何，那副樣子讓藍坡想到了米爾斯。「昨晚那個時候，我的確對這裏的格局毫無概念，我只曉得傑若米租了這一層套房，也知道窗戶的位置而已。那時窗簾並未全部拉下來，這就是為何我會注意到燈光的原因。」

伯納比還是滿肚子狐疑地注視著這女孩。

「等一下，呃，這位……警探先生……」他的肩膀像洩了氣似地垂下來。「蘿賽特，妳確定妳沒看錯房子？」

「絕對沒錯，親愛的。就是這棟在巷口靠左邊的樓房，你租的是頂樓。」

「妳說妳看見我本人？」

「那倒沒有，我說我看到了燈光。但是知道這間套房的，只有你我兩人。何況，你昨天邀請我來這間公寓，而且說你也會來這裏……」

「我的天！」伯納比說道，「我真想知道妳究竟多會扯！」

他笨拙地跛行，每一回當拐杖向前推進一步時，他的嘴角便會習慣性地往下牽動。他一屁股重重地坐在一張椅子上，蒼白的雙眼仍不停端詳著她，那頭向上直豎的頭髮，讓他看來有點機靈古怪。

「請繼續說呀，妳讓我很感興趣了。是的，我很想瞧瞧妳有膽子扯到什麼程度。」

「你真是——」蘿賽特的聲音含糊不清，她猛地轉過身來，然而她的信心似乎已經開始動搖，眼神泛著落寞哀傷，泫然欲泣。「我也希望知道自己在幹嘛！我……我希望能夠了解你！我說過我們應該把事情攤開來講，」她轉向海德雷傾訴。「但現在我不曉得自己要不要這麼做了。如果我拿得準他，那不管他是不是真那麼體貼善良，是不是我們家一個忠誠的世……世……」

「千萬別說是『世交』！」伯納比厲聲斥責。「看在老天爺的份上，別稱呼我『世交』。我自己才希望知道妳在想什麼。我希望我知道妳是否真認為自己說了實話，或者妳根本是個（請原諒我暫時忘卻騎士風度！）——撒謊的壞女人。」

她不為所動地接續自己還未說完的話：

「還是一個斯文的勒索者。哦，他的目的不是為了錢！」她再度激昂起來。「壞女人？是的。你高興也可以叫我是爛貨。我承認，這兩種角色都是我——但是，為什麼會變成這樣？那是因為你已放出暗示，破壞了一切……如果我能確定它們是一種暗示，而非只是我的想像。甚至，如果能確認你是一個誠實的勒索者……」

海德雷連忙插嘴：

「暗示什麼？」

「喔，如果你非得知道的話，那些暗示都是關於我父親的過去。」她緊握雙手。「譬如說我的身世問題；譬如我們是否找不到比『爛貨』更好的詞彙。不過這不是重點，我絲毫不會為此而困擾。我擔心的是，這些暗示牽涉到某件很可怕的事——牽涉到我父親——而我竟不曉得！當然，也許那些根本不是什麼暗示，可是……不知怎麼的，我一直覺得老德瑞曼就是那個勒索者。然後，昨天晚上傑若米邀我過來這裏……為什麼，究竟是為了什麼？我原本認為，嗯，可能因為那是我平常和波依德碰面的日子，而傑若米為了充分滿足他的虛榮心，所以偏偏挑了昨晚跟我約會？不管是以前還是現在，我都不願認為——請了解我的心意——傑若米會耍什麼勒索的手段。我真的喜歡他，我情不自禁，而糟糕的地方就是在這裏……」

「事情終究會理出個頭緒，」海德雷說道，「伯納比先生，你真的有在『暗示』什麼嗎？」

接下來是一段冗長的沉默，其間伯納比只是盯著自己的手掌。他的頭微微傾斜，呼吸聲遲緩而沉重，整個人的姿態像是難以抉擇而不知所措，所以直到他抬起頭來後，海德雷才忍不住敢催促他回話。

「我從沒存心要……」他說道，「暗示。是的，沒錯，嚴格說起來，我想我是做了暗示，但我發誓絕不是故意的。我從沒存心——」他盯著蘿賽特。「那些事都是無意中說出來的。妳會這麼在意，或許是因為那對妳而言，是個敏感的問題……」他自暴自棄似地嘆了口氣，隨即肩頭一聳。「但對我來說，那只是個好玩的推理遊戲，僅此而已，我甚至沒想到我是在探人隱私。我發誓我沒料到會有人在意，更別說是為這想不開了。蘿賽特，假如這是妳對我產生興趣的唯一原因——猜測我是個勒索者，甚至因而怕我——那麼，我很難過我終於了解了。否則，我還能怎麼辦？」他再次低頭望著自己的手，看著它們展開又握緊，接著，目光緩緩環顧房間周遭。「各位先生，你們看看這個地方，特別是最前面的那個房間……你們八成已經瀏覽過了，所以你們應該知道答案。偉大的偵探——這是一個腳部殘疾的可憐蟲，其畢生最大的夢想。」

海德雷猶豫了一會兒，說：

「這位偉大的偵探，有沒有查出葛里莫教授的什麼舊底？」

「沒有……就算有，你想我會願意告訴你們嗎？」

「那就得看我們是不是能說服你了。你可知道，你那間浴室，也就是昨晚葛里莫小姐看見有燈光的那個房間，裏面留有許多的血跡？你知不知道昨晚將近十點半的時候，皮爾・佛雷在你家門外被人給殺害了？」

蘿賽特・葛里莫驚叫出聲，伯納比則是猛然抬頭。

「佛雷，被殺……血跡！不！在哪裏？老兄，你這是什麼意思？」

「佛雷在這條街上租了一個房子。我們認為他一命嗚呼的時候，人正走在這條街上。總而言之，他就在外面的街道上被射殺。凶手就是那位謀害葛里莫教授的人。伯納比先生，你能否證明你的身分？譬如說，你可否證明自己絕不是佛雷和葛里莫教授的兄弟？」

伯納比瞪著海德雷，搖搖晃晃地從椅子上爬起來。

「豈有此理！老兄，你瘋了嗎？」他鎮定地質問，「兄弟！我現在終於明白了……不，我不是他的兄弟。我若是他的兄弟，那你們想，我有可能會喜歡上……」他突然噤聲，目光朝蘿賽特瞥了一眼，然後臉上表情變得相當激動。「我當然可以證明。我手上應該有我的出生證明書，我……我還可以提供幾個對我生長背景相當熟悉的證人，兄弟！」

海德雷走到睡椅附近，然後拿起那捲繩索。

「這繩索是怎麼回事?它也是你大偵探培訓計畫裏的一個項目嗎?」

「那東西?不是,這是啥玩意?我從來沒有看過它,兄弟!」

藍坡瞥了蘿賽特・葛里莫一眼,發現她正在哭泣。她動也不動地站著,雙手各放在兩側,臉部表情僵硬,但淚水已是溢滿眼眶。

「此外,你也能證明,」海德雷毫不放鬆地追問,「昨晚你不在這間公寓裏?」

伯納比深深地呼了一口氣。心情放鬆使他嚴肅的面孔緩和下來。

「是的,幸好我可以證明此事。昨天晚上從八點鐘開始——差不多是這個時間,或許還要再早一些——我就待在我的俱樂部裏,一直待到過了十一點才離開。有一大堆人能為我作證。如果你要我特別指定幾個人,你可以去問問那三個整晚都和我一起玩撲克的牌友。需要我的不在場證明嗎?行!我有個你打燈籠也找不到的鐵證。我人不在這裏,我也沒留下任何血跡,管你說你是在哪個鬼地方發現的。我更沒有殺害佛雷、葛里莫,或是任何人。」他越說口氣越重。「怎麼樣,現在你意下如何?」

督察長迅速轉換攻擊陣式,將目標指向蘿賽特,動作之快,連伯納比的話都還沒聽完。

「妳還是堅持昨晚十點半的時候,看見這裏有燈光?」

「是的……但是,傑若米,說真的,我不是故意——」

「今早我的手下到達這裏時,電表開關是切掉的,電燈也沒亮。即使是這樣,妳還是堅持自己的看法？」

「我……是的，事實就是事實！然而，我要說的是——」

「就假設伯納比先生昨晚的行蹤如他所言。妳說他邀妳來這裏。可是，他有可能邀請妳到這裏來，但自己卻打算一直待在俱樂部嗎？」

伯納比舉步維艱地走向前去，並將一隻手搭在海德雷的臂膀上。

「別急！督察長，讓我來澄清此事。我的確有這個打算。這是一個卑鄙無恥的伎倆，不過……我就是這麼做了。這事需要我做解釋嗎？」

「好了，好了，好了！」菲爾博士平靜而低沉的制止聲突然響起。他拿出紅色大手帕震天價響地擤著鼻涕，引來眾人的目光。他不管他們，臉上還有些許不耐。「海德雷，你還嫌我們現在不夠混亂嗎？讓我來緩解一下吧。就如伯納比先生自己說的，他這麼做是為了要讓她自己送上門來嚐嚐苦頭。哈，請原諒我這麼挑明說了，親愛的小姐。但其實也無所謂吧，因為妳這隻小母豹並沒有真的跳進陷阱，是不是？至於今早燈光沒亮的問題，也不是什麼大不了的事。你們看，電表是投幣式的儀器。有人昨晚在這裏，有人打開燈光，說不定還讓它亮了一整夜。瞧，電表耗費面值一先令的電力後，燈光便會熄掉。最先趕到這裏的是桑瑪斯，所以電燈開關轉在什麼位置，我們現在不得而知。真是該死，海德雷，我們擁有足夠的證據確定昨晚這裏有人。問題是，這個人是誰？」他目視著眾人。「伯納比先生，姑且相信你的說法是真的，否則你就是天下第一等的大傻瓜，居然捏造一個輕易被人識破的說法。既然你們兩個都說，絕無其他人知道這個地方，所以想必是有人從別的管道得知此處。」

「我只能說，我自己是不可能洩漏出去的，」伯納比撫摸著下顎，口氣非常堅持。「除非有人看到我來這裏，除非……」

「我替你說，除非我向某人透露這個地方？」蘿賽特再次驟然發怒，銳利的牙齒緊咬著下唇。「可是我沒有！我──我不懂為何我沒這麼做，」她的神情異常困惑。「但是我從未向任何人提起這個地方，信不信由你！」

「妳手上有進入這間屋子的鑰匙？」菲爾博士問道。

「本來有，但我弄丟了。」

「什麼時候丟的？」

「噢，我怎麼會知道？我沒特別注意。」她環抱雙臂，頭部輕微擺動，並繞著房間漫步。「我把鑰匙放在手提袋裏，今天早上要過來這裏時，我才發現它不見了。不過有件事我一定要知道。」她停了下來，面對著伯納比。「我……我不知道自己究竟是喜歡你還是討厭你。如果你玩的偵探遊戲，純粹是個無聊的小癖好，根本別無他意，那麼請大聲說出來吧！你對我父親了解有多少？告訴我，我不會在意。這些人是警察，他們早晚都會查出來的。說吧，就是現在，別再演戲了，我恨透了你的裝模作樣！告訴我，那些兄弟是怎麼回事？」

「她這個提議很好，伯納比先生。你畫了一幅油畫，」海德雷說道，「待會兒我就要問你這件事。你知道葛里莫教授多少底細？」

原本瀟灑倚窗而立的伯納比，聳了聳肩膀。他那雙蒼灰的眼睛、那對圓釘大小的黑瞳孔，正快速轉動著，並閃現挖苦的意味。終於，他說話了：

「蘿賽特，如果我知道、或曾經猜測我的偵查行動會被妳解釋為……好吧！早知妳一直為此困擾，我會將現在要說的話早點告訴妳。妳的父親曾被囚禁於匈牙利的鹽礦山監獄，後來他逃獄了。不是什麼嚴重的事嘛，對不對？」

「囚禁在監獄！為什麼？」

「聽說是試圖發動一場革命，告訴我的人是……不過，我自己猜測是因為偷竊罪。妳看，我夠坦白吧。」

海德雷很快地插嘴：

「你從何處知道此事？是德瑞曼告訴你的？」

「這麼說來，德瑞曼是知情的，是嗎？」伯納比的表情僵硬，兩眼瞇成一條窄線。「是的，我早就猜到了。嘿！沒錯。這也是我想追查的另一件事。照這個情況分析起來，似乎是……對了，你們這些傢伙究竟知道了些什麼？」他的情緒變得激昂起來。「喂，我可不是愛管閒事的人！為了證明這點，我乾脆告訴你們吧。我是莫名其妙被牽扯進來的，葛里莫一直來吵我。你們提到那幅畫，與其說那幅畫是最終的結果，倒不如說是開始的源頭。整個事件都是意外——雖然我花了很大的力氣說服他相信我。事情的發生都要怪罪於那場幻燈片演講。」

「那場什麼?」

「一場用幻燈片講解的演說。那一晚外頭下著大雨，為了躲雨，我一頭栽進了那個演說會場。時間大概是在十八個月前，地點是在北倫敦某個偏僻的教區會堂。」伯納比訕訕地撫弄自己的拇指，臉上第一次露出誠摯溫暖的感情。「我很想把故事說得浪漫點，但是你們要的只是真相。行!當時有個男人正講到匈牙利這個國家，幻燈片的投影以及鬼影幢幢的氛圍，令在場的教徒無不悚然。然而對我而言，它竟觸動了我的想像力。天啊，真是深深觸動!」他的眼睛洋溢著光采。「其中有一張幻燈片的內容，就像是我畫的那幅油畫。影像本身一點也不特別，但它的典故，也就是三座淒涼孤寂的墳墓矗屹在一個瘴癘之地的故事，給了我表現『夢魘』的創作靈感。演講者表示，那都是些吸血鬼的墳墓。你們了解了吧?我回到家後，便滿腔激情地把靈感展現個淋漓盡致。這下好了，我很老實地告訴每一個人，畫中的景物我從未親眼目睹，它只是某種想像中的概念，但是沒有人相信我。後來葛里莫看到它……」

「佩提斯先生告訴我們，」海德雷僵硬地說道，「那幅畫讓葛里莫嚇得魂飛魄散。或者應該說，你形容他嚇得魂飛魄散。」

「嚇得魂飛魄散?那倒真是!他把頭深深地縮進肩膀裏，像個木乃伊似的呆呆站著，眼睛直愣愣地盯著它。當時我把這種反應視為一種讚美。然後，我很要命的不知死活，」伯納比斜瞅著大家。「竟這麼說了：『你會發現，裏面有一座墳墓就要裂開了，他正準備要跳出來喔。』當然，那時在我心中盤桓的其實是那些吸血鬼，但葛里莫並不知道。接下來他的反應便是——我以為他拿了一把調色刀要來攻擊我。」

伯納比把這故事敘述得簡單扼要。他說葛里莫問他這幅油畫的事；問了又看，看了又問，反覆到連一個毫無聯想力的人都要疑神疑鬼了。此後有感於遭受監視的惶恐，伯納比基於自衛的本能，便開始明察暗訪，調查這個謎團，深究葛里莫書上的手寫字跡、壁爐架上的兵器盾牌，還有不經意間所流露的話語……伯納比望著蘿賽特苦笑一下。然後又接著說，在這樁謀殺案發生的三個月前，有次教授強留他下來談話。在讓他發誓保密後，教授終於向他透露所有的實情。所謂的「實情」，其實和昨晚德瑞曼告訴海德雷和菲爾博士的故事如出一轍：像是黑死病，兩個死去的兄弟，還有逃獄。

在這段時間裏，蘿賽特一直看著窗外，她臉上的表情充滿著不敢置信，半是出神半是清醒。最後有如好好放聲痛哭過一番似的，她終於打起了精神。

「就這樣子？」她叫喊著，喘息聲顯得有些吃力。「所有的內幕不過爾爾？這就是長久以來讓我煩惱擔憂的隱情？」

「這就是全部，親愛的，」伯納比回道，同時環起雙臂。「我告訴過妳，事情沒那麼嚴重。原先我不想讓警方知道這些事。可是，妳就硬是要……」

「海德雷，待會兒說話小心點，」菲爾博士壓低聲音嘟噥著，並且碰了碰督察長的臂膀。他清了一下喉嚨。「哇哈！是的，葛里莫小姐，我們也認為這個說詞是可以相信的。」

海德雷另起爐灶，提了新話題。

「就算這些都是事實好了，伯納比先生。佛雷首度現身的當晚，你也在瓦立克酒館嗎？」

「是的。」

「哦，那然後呢？既然你已知道葛里莫的往事，難道你當時沒把它和佛雷聯想在一起？特別是在他提到三口棺材的時候？」

伯納比躊躇不語，然後下意識地揮了揮手。

「不瞞各位，我有。那天晚上我陪著葛里莫走回家——就是週三晚上。我沒開口說話，但我猜他會有事相告。我們分坐在他書房的壁爐兩旁，他給自己倒了一大杯威士忌，這個舉動其實不太尋常。我還注意到他面色凝重地直直盯著壁爐……」

「對了——」菲爾博士突兀地打岔，讓藍坡不禁嚇了一跳。「他那些祕密與私人文件，都藏在哪裏，你知道嗎？」

伯納比猛然轉頭朝他一瞥，眼神中透著精警。

「這件事米爾斯應該比我更清楚，」他如此回答（這裏似是有些事被隱瞞著、防護著、見不得光？）。「他應該有個保險櫃。據我所知，大辦公桌裏有個上鎖的抽屜，他的文件都放在裏頭。」

「說下去。」

「我們倆沉默了很久。只要我們有人想要引發一個話題，就會產生一股令人窒息的沉重壓力，腦子納悶著不知對方是否也做如此想。總之，打破僵局的是我。我說：『他是誰？』他先發出一種聲音，像是狗吠叫前所發出的低悶聲響，然後在椅子上調整姿勢。最後他說：『我不知道。那是很久以前的事了。他可能是那位醫師。他看起來像是那位醫師。』」

「醫師？你是說，那個證明他死於黑死病的獄醫？」海德雷問道。

此言教蘿賽特・葛里莫全身打顫，倏然雙手掩面。伯納比越來越不自在。

「是的。喂，我一定得說下去嗎……好吧，好吧！『回來勒索些金錢，』他說。歌劇〈浮士德〉中唱魔鬼角色的那位胖歌手，你們看過他嗎？葛里莫當時轉過身來的樣子就和他很相像。他雙手放在椅臂上，手肘彎成鉤狀，一副像是打算起身的模樣。在爐火的照耀下，他全身火熱通紅，整齊的鬍鬚、懸宕在空中的手肘，每個地方無不泛著紅光。我說：『好，但事實上他又能怎麼樣？』你們知道，我是試圖要套出他的話。我猜這件事一定比政治犯罪還來得嚴重，否則事隔這麼久之後，他怎還會在乎。他回說：『喔，他不會怎麼樣的，他沒這個膽。他不會怎麼樣的。』」

「既然，」伯納比突然大聲起來，並看看四周。「你們想知道一切，我就告訴各位。

我本人是不介意的，因為大家都心知肚明。接著葛里莫用他那粗率的吼叫聲說：『你想娶我女兒，是嗎？』我承認了。他說：『很好，你會如願以償的。』然後開始一邊點頭，一邊咚咚咚敲著椅臂。我笑著表示……表示蘿賽特可能另有所愛。他說：『呸！那個毛頭小子！我來搞定他。』」

蘿賽特盯著伯納比看，她的凝視嚴厲、明亮又莫測高深，而且眼皮幾乎快閉上了。她說話的口氣神祕得教人無法辨識情緒。她說道：

「這麼說來，你們將所有的事情都安排好了，是嗎？」

「哦，天啊，別發火！妳應該明白的。你們問我事情的經過，我就照實說呀。最後他交代了一件事，說不管他發生什麼事情，我都必須對所知之事守口如瓶——」

「難道你沒有……」

「針對你這個問題，我的答案是：沒有。」他轉向在場其他人。「那麼，各位先生，我能告知的就是這些了。週五早上他匆匆忙忙跑來找我要油畫的時候，我也被搞得莫名其妙。不過他先前曾要求我不得涉入，所以我照辦了。」

海德雷一語不發地振筆記錄，直到行文至最末一頁才抬起頭來。他看著蘿賽特，她正靠回睡椅，手肘下墊著靠枕。在毛皮大衣內，她穿著一件深色洋裝，臉上照例是脂粉未施，以致那頭耀眼的金髮和稜角分明的方形臉，似乎與紅黃交錯的俗麗睡椅十分輝映。她伸出手來，腕關節仍兀自顫抖不已。

「我知道，你們就要問我對此事的想法，問我關於我父親……以及所有的事情……」她瞪著天花板。「我不知道該怎麼說。它卸下我心中偌大的負擔，它順利地令人幾乎不敢相信！正因為如此，我反而擔心是否有人並未說出實情。不過這下我對那老小子可真得另眼看待了——他太厲害、大駭人了，我很高興他身上有這麼邪惡的一面。所以囉，如果原因是來自於他是一個賊，那倒是情有可原的。」她神情愉悅地綻放笑容。「你們不能責怪他想保持緘默，對不對？」

「我想問的不是這件事，」海德雷說道，對於蘿賽特坦白又寬容的開明心態，他似乎非常訝異。「我想知道的是，既然妳總是拒絕伯納比先生，不願來這個地方，今天早上為什麼突然改變了心意？」

「當然是為了和他做個了斷。而且我——我想喝點東西。然後情況突然變得很不對勁，你知道的，就在我們發現一件染有血跡的大衣掛在衣櫃裏……」

她看到眾人的臉色大變，不由得停下話來，身體向後退了一下。

「就在你們發現什麼？」海德雷站在靜默的眾人中間問道。

「一件內裏沾有血跡的大衣，而且血跡全都滴落在正下方的衣襬襯裏上，」她的回答語帶哽塞。「我，呃，我剛才沒跟你們提起過嗎？啊，那是因為你們根本沒給我說話的機會！我們才一走進這裏，你們就迎面撲來，像是，像是……反正，就是這樣，那件大衣就掛在走廊的衣櫃裏。是傑若米發現的，當時他正要掛自己的大衣。」

「大衣是誰的？」

「沒有人的！它是平白多出來的！我以前從未見過它。我們家裏也沒有人穿得下它。對我父親來說，它尺寸太大了，而且還是輕浮的花呢套裝，他最厭惡這種款式的大衣。換史都・米爾斯穿起來，整個人會像是被它吞沒似的。但若讓老德瑞曼來穿的話，卻又顯得太小。它是一件新大衣，似乎還沒被穿過……」

「我明白了，」菲爾博士說道，鼓起他的雙頰。

「你明白什麼？」海德雷大聲打岔。「這下子可好！你跟佩提斯說你要血腥，好啦，現在你有的是血腥——多到該死的血腥——而且全都出現在一些離譜到家的地方。現在你的腦袋瓜裏在想什麼？」

「我明白了，」菲爾博士答道，一邊舉起手杖。「昨晚德瑞曼身上的血跡是怎麼來的。」

「你是說他穿過那件大衣？」

「不，不是！好好回想一下。記得你的手下怎麼說的嗎？他說睡眼惺忪的德瑞曼，莽莽撞撞跑下樓後，便在衣櫃裏瞎摸亂抓地拿起帽子和大衣。海德雷，他正巧在血跡還沒乾的時候，擦身碰觸到那件大衣了。難怪他自己也搞不懂血跡是怎麼沾上去的。我這樣解釋夠清楚了吧？」

「不，照你的解釋，我更糊塗了！澄清了一處，卻換來了叫人一個頭兩個大的疑點。

一件憑空冒出來的大衣！快點走吧，我們得馬上趕過去。如果你們想要一塊同行的話，葛里莫小姐，還有你，伯……」

菲爾博士搖搖頭。

「海德雷，你們先過去吧。有件事我必須現在就弄清楚。這件事可以完全翻轉案情，它已成為本案最攸關大局的重要關鍵！」

「是什麼？」

「皮爾・佛雷的寓所。」菲爾博士說完，便穿上披風揚長而去。

第三口棺材

——七座塔的難題

從發現了新大衣一事之後，一直到與佩提斯約定的午餐時間之前，菲爾博士的心情一路跌落至谷底，這看在藍坡眼裏幾乎感到無法置信，當然更是不知其所以然了。

一開始，博士堅持海德雷應當趕去羅素廣場，但他自己卻拒絕同行。他認為本案的關鍵線索一定就留在佛雷的房間裏，他說他要讓藍坡支援他做某些「吃力不討好的下流勾當」。最後，博士開始痛心疾首地咒罵自己，連平時鐵定會應聲附和的海德雷，也忍不住出言相勸。

「你在那裏會找到什麼嘛？」海德雷力勸。「桑瑪斯早把這地方翻遍了！」

「我沒有特定的目標。我只是希望，」博士發著牢騷。「能找到有關漢瑞這個人的線索，像是他的特徵、他的毛髮、他的……哦，天啊，去你媽的漢瑞兄弟！」

海德雷表示，他們可以不去理會那些西班牙修道院裏的人都在喃喃自語些什麼，但他一點也想不通，他的老友為何會被那個無從捉摸的漢瑞激怒，甚至已達瀕臨失心瘋的狀態，畢竟眼前並沒有出現足以刺激他的新線索啊！離開此地之前，博士把大家攔下來做一番查問哈克小姐——就是這裏的女房東——的演練。歐洛奇秀出他演藝生涯的往事回顧，早已稱職地在樓下絆住女房東。不過這兩人都擁有長舌健談的功力，因此誰的回憶史篇幅較長，這就很難說了。

針對哈克小姐的質詢，結論是全無斬獲，這一點菲爾博士也同意。哈克小姐是個年華老去而容易相處的老處女，雖然熱心幫忙，但她的思考脈絡有些不著邊際，潛意識裏會把古怪的房客與小偷、殺人犯視為一丘之貉。當她終於願意相信伯納比絕非貪贓枉法之徒後，她才透露了一點口風。昨天晚上她不在家，八點至十一點之間在電影院，然後在葛雷法學院路的朋友家坐到近午夜時分才走。她想不出誰有可能去使用伯納比的房間，甚至到了今天早上，她才知道街上發生了凶殺案。至於其他房客，一共還有三位：一樓住的是一名美國學生和他的妻子，二樓則是一位獸醫外科大夫。這三個人在還沒天黑之前就已出門了。

無功而返的桑瑪斯，這時已從布魯姆斯貝利廣場回來，遂接手這段查問工作。海德雷、蘿賽特和伯納比三人一同回到葛里莫的住所。至於菲爾博士，一直執意要再找一位容易溝通的女房東探問，卻不巧碰上了一名惜話如金的男房東。

門牌二號的所在地，是一家菸草商店連住家的樓房，其外觀看似單薄，像是音樂喜劇佈景中，從舞台一側突出去的半面道具屋。只是它們看來寒酸破舊、漆色暗沉，到處充斥著菸草店中發霉陳腐的氣息。在鈴聲叮噹叮噹的催促下，終於將詹姆斯・杜勃曼逼出場。這位菸草商人暨報刊經銷商，遲緩地從店舖後頭陰影處現身。他是個身形矮小、嘴巴緊閉的老頭子，手上帶著碩大的指節銅套，身上穿著一件黑棉布大衣。穿梭於屋中堆積如山的二流小說和風乾的薄荷糖堆中，他看來簡直如徽飾紋章般耀眼。他對整個案件的觀點是：這干他何事？

老頭的眼光越過他們直盯著窗口——好像在巴望著有人走進來，好讓他找到藉口中斷談話——心不甘情不願地透露一丁點兒口風。是的，他是有一名房客。是的，房客的名字叫佛雷沒錯，是一個外國人。佛雷租了頂樓那個臥室兼起居室的房間。他住在這裏兩個禮拜，房租已經先付清了。不，房東對他一無所知，而且也不想知道，只曉得他從不惹麻煩，習慣用外國話喃喃自語，僅此而已了。房東對他完全不熟，因為他們很少打照面。這裏沒有其他房客了，因為詹姆斯・杜勃曼不提供熱水給樓上的人。佛雷為何選擇住在頂樓？他怎麼會知道，他們最好去問佛雷本人。

他不知道佛雷死了嗎？是的，他知道。已經有個警察來過這裏，問了一些愚蠢的問題，還帶他去認屍。那根本不關他的事啊！關於昨晚十點二十五分發生的槍擊事件，他有何看法？詹姆斯・杜勃曼看起來似乎有話要說，但他只是緊閉著下巴，目光甚至更堅定地緊盯著窗口。他當時人在地下室的廚房裏，收音機還開著，所以什麼都不知道，就算知道，他也不會出去瞧上一眼。

佛雷曾有訪客來過嗎？沒有。是否看過形跡可疑的陌生人或誰在附近與佛雷碰頭？

結果答案出人意表。房東的嘴巴仍像夢遊似地蠕動著，但話匣子幾乎全被打開了。很好，警察人員是應該警醒一點，別再浪費納稅人的錢！他曾看過有個人在這地方鬼鬼祟祟、東張西望的，有一次甚至還和佛雷交談，然後一溜煙就跑掉了。是個長相齷齪的傢伙，很可能是個罪犯！他最討厭這種偷偷摸摸的人。不，他沒有辦法描述那個人的相貌——那是警察的工作。更何況，這種情形總是在晚上發生。

「難道沒有任何一件事，」菲爾博士說道，拿著大手帕拭臉，他的容忍度幾乎已達到極限。「你還特別記得？他的穿著，或是其他什麼的，啊？」

「他好像，」杜勃曼死盯著窗口默默掙扎一番後，終於勉強讓步。「他好像穿了一件十分花俏的大衣。是那種淺黃色的花呢外套，上面還有許多紅點，可能就這樣吧。那是你們該自己去查的事，和我無關。你們要上樓嗎？鑰匙在這裏。門在外頭。」

雖然這屋子的外觀相當單薄，但穿過陰暗又狹隘的樓梯間時，藍坡卻意外發現它的結構挺結實牢固。他怒氣沖沖地說道：

「你說對了，先生，」他說道，「整個案情已經翻轉過來了。的確，牽涉到那些大衣，這案子更要令人想不通了。我們本來要找的是一個穿黑色長大衣的邪惡人物。現在呢，又有一個傢伙穿了簡直是用色大膽的花呢大衣跑出來，上面竟也有血跡。到底哪件才是哪件？那些大衣會是破案的關鍵嗎？」

菲爾博士一邊喘氣，一邊吃力地往上爬。

「這個嘛，我倒不這麼認為，」他的語氣不是很確定。「雖然我的確說過整個案子已經翻轉過來——也許我的說法應該改為：咱們走錯路了。不過在某種程度上，此案能否有所突破，是得依賴這件大衣。嗯，一個有兩件大衣的傢伙。沒錯，即使他穿衣服的品味不太一致，我還是認定兩件案子的凶手是同一人。」

「你剛剛說過，凶手的身分你已經心中有數了？」

「我知道他是誰！」菲爾博士咆哮。「你知道為何我有個衝動想踢自己一腳？因為他一直在我面前，而且從頭到尾說的每句話都是實話，但我卻始終沒有看出苗頭。他一直那麼地誠實，一想到我始終未曾採信他的話、始終認定他是清白無辜的，我就感到心痛！」

「你是指消失術的部分？」

「不是，我還不清楚他怎麼辦到的。我們來到頂樓了。」

這棟屋子的頂樓只有一個房間，骯髒的天窗透進一絲昏暗的光線照在地板上。房門是塗上綠漆的無花紋木板。它半開著，推開之後可看到室內是宛如低矮洞穴的房間，顯然窗戶已有段時日沒打開過。在這陰暗的地方摸索了一陣子，菲爾博士發現有個煤氣燈燃罩蓋在傾斜的地球儀上。微弱的光線照射下，博士看得出來這是一個整齊但非常骯髒的房間，室內擺著一張鐵床，牆上的壁紙是藍玫瑰的圖樣。寫字台上放了一罐墨水瓶，瓶底下頭壓著一張對折的字條。整個房間裏只有一樣東西存留了皮爾．佛雷那怪誕荒謬的特質：褪色的晚禮戲服和高禮帽，立於寫字台旁。這個情景給觀者一種看見佛雷本人的錯覺。鏡子上方掛著一副裱字，黑紅金箔混在一起的筆跡，彎彎曲曲地寫了一句老式格言。那有著渦形圖案的細長字體寫著：「這是我的復仇，神如是說；我將給予懲罰。」不過裱字卻上下掛反了。

寂靜之中，菲爾博士氣咻咻地慢步走近寫字台，拿起折疊著的字條。藍坡湊近一瞧，筆跡還真是龍飛鳳舞，短短的幾行字卻有著宣言文告的架勢。

詹姆斯先生：

我這幾樣私人物品全都留給你，以感謝你這一週來的殷勤款待。我不再需要它們了。我即將回到我的墓穴中。

皮爾・佛雷

「為什麼，」藍坡說道，「『我即將回到我的墓穴中』這句話一再反覆出現？聽起來它應該有某種含意才是，即使它不……我想，大概真有佛雷這號人物吧，他是存在的。該不是某人假扮成他吧？」

菲爾博士沒有回答這個問題。從博士蹲在地板上檢查灰色的破地毯開始，他的心情便陷入低潮再低潮。

「一點線索也沒有，」他呻吟著說道，「連公車票之類的東西也沒有。通通沒被挪動，沒有清掃過的跡象，什麼都沒有。他的家當呢？不，我對他的家當可沒興趣。桑瑪斯應該搜過一番了。走吧，我們回去和海德雷會合。」

一路走回羅素廣場，他們的心情就像烏雲蔽日的天空一樣陰霾憂鬱。當他們跨上門前階梯時，海德雷已從起居室窗口目睹老友的歸來，並且前去開大門迎接。確定起居室房門關緊之後——裏頭傳來嘟囔的抱怨聲——海德雷站在裝潢華麗的昏暗走廊上看著他們倆。

他身後那套日本武士的魔鬼面具，襯得他那張臉十分滑稽突梯。

「我看啊，事情越來越棘手了，」菲爾博士的聲音一派溫和。「嗯，沒搞頭了，無事可奉告。恐怕我這趟探險考察得空手而回了，幸虧本人的志願不只有成為偉大的先知而已。發生什麼事了？」

「那件大衣——」海德雷話聲暫歇。他的憤怒情緒已達飽和的極點，他將心中的怒氣轉向，改以冷笑的方式來發洩。「菲爾，先進來再說。也許你弄得清楚是怎麼回事。如果是曼根在扯謊，我實在不懂他有什麼理由要騙人。但是那件大衣……我們已經檢查過了，是件新大衣，全然嶄新的大衣。口袋裏沒有任何東西，甚至連只要套一下便會殘留下來的沙礫啦、汗毛啦、菸灰啦，一概沒發現。不過我們得先面對的，是兩件大衣的難題。或許你可以把這個案子稱作變色龍大衣之謎……」

「那件大衣到底怎麼了？」

「它的顏色變了。」海德雷說道。

菲爾博士眼睛亮了起來，他又興致重燃地詢問督察長：

「真是萬萬沒有想到，」他說道，「本案竟會讓你燒壞腦袋了。是這樣嗎？變了顏色，啊？接下來你是不是要說，它現在又變成一件光鮮亮麗的翡翠綠大衣？」

「我說它變了顏色，是因為……跟我來！」

海德雷一把推開起居室的房門時，現場正籠罩在一股草木皆兵的氛圍中。這間起居室裏所有的家具皆是體積沉重、樣式保守的高級品，燈具都嵌於青銅製品上，沿牆與天花板之間的嵌線塗滿了金箔，昂貴的窗簾用了過量的蕾絲裝飾，一眼望去像是結凍的瀑布。室內的每一盞燈都大放光明。伯納比懶洋洋地靠在沙發上，蘿賽特帶著怒氣隨意疾走，厄奈絲汀・杜莫站在角落的收音機旁，雙手放在身後，下唇抿蓋過上唇。臉上的表情，不知是覺得有趣，還是備感嘲弄，抑或是兩者兼備。最後一個是波依德・曼根，他背對壁爐而站，爐火正熊熊燃燒，他不禁從一側移到另一側，看似深恐火燄就要燒到自己身上一般。然而此刻真正燒著他的，其實該是某種激動還是什麼樣的情緒。

「我知道這該死的東西很合我身！」他口氣非常激烈。「我知道，我也承認這大衣我穿起來很合身，但它不是我的！首先，我習慣穿的是防水的大衣，它現在就掛在走廊上。再者，我根本買不起這種大衣。如果說防水大衣值一便士（譯註：面值十二分之一先令的錢幣），那麼這件大衣起碼要索價二十基尼（譯註：相當於二十一先令的英國昔日金幣）。第三——」

海德雷擊掌出聲以吸引眾人的目光焦點。菲爾博士和藍坡接連入室，他倆的出現緩和了曼根激動的情緒。

「可否麻煩你，」海德雷說道，「把剛剛說過的話再重複一次？」

曼根點燃一支香菸。在火柴棒燃起的火花照耀下，可看到曼根陰沉的眼裏充滿血絲。他扔掉火柴棒，先猛吸一口菸，再吐出白茫茫的煙霧，表情像是個翻案無望而即將重刑定讞的罪人。

「我自己是不太明白，為什麼每個人都跳出來指責我，」他說道，「它可能是另外一件大衣，雖然我想不透有人幹嘛喜歡把衣服往這裏丟……喂，泰德，我來告訴你怎麼回事。」曼根抓著藍坡的手臂把他拉到壁爐前面，一副安排展覽的模樣。「昨晚我來這裏赴晚餐，進門後我就直接把我的大衣——提醒你，是防水大衣——掛在走廊的衣櫃裏。一般情況下，任何人都懶得去打開電燈。你會在黑暗中摸索，然後把大衣吊在順手摸到的掛鉤上。那時候我也是如此，不過因為我手上還拎了一小包書，想把它們放在架上，所以便開了燈。那時我看見一件大衣，一件多出來的大衣，就掛在另一頭的角落裏。它的剪裁尺寸和你們找到的黃色花呢大衣差不多。其實我應該說，大小是一模一樣，只不過它是黑色的。」

「一件多出來的大衣，」菲爾博士重複這句話。他觸摸著下巴，好奇地凝視曼根。「小夥子，為何你會稱它是一件『多出來的大衣』？假如你在別人家中看到一排大衣，你會有『多出一件』的想法嗎？以我的經驗來說，要說在一個屋子裏最不容易注意到的東西，就是衣櫃裏的衣服。你會大概知道其中有一件是自己的，但有時甚至都不能確定是哪一件，不是嗎？」

「隨你怎麼說，反正這裏每個人的大衣我都很清楚。而且，」曼根辯駁，「我會特別注意到那一件大衣，是因為我猜想它是伯納比穿來的。他們沒告訴我他也要來，我還懷疑他是否……」

面對曼根暗示性的指控，伯納比擺出一副寬大為懷的態度。那位適才攤坐在卡格里史卓街公寓睡椅上的男人，那位敏感易怒的男子，現在已不復見了。當下他變成了一位年歲稍長的狂傲青年，正揮動誇張的手勢。

「曼根這小子，」他說道，「觀察力相當敏銳。菲爾博士，他的確是個觀察入微的年輕人。哈哈哈！特別是有我在場的時候。」

「這你有意見嗎？」曼根反唇相譏，盡量壓低他的音量，以保持冷靜。

「讓他說完故事吧。蘿賽特，親愛的，要來根菸嗎？對了，我得先聲明，它不是我的大衣。」

曼根莫名其妙地火冒三丈。但他隨即轉身面向菲爾博士。

「總之，我留意到了。然後就是今天早上，伯納比到達這裏的時候，發現了那件襯裏沾有血跡的大衣……顏色比較淺淡，卻掛在同樣的位置。想也知道唯一的解釋是：有兩件大衣。不過這情形實在有夠詭異吧？我敢說昨晚那件大衣，絕不屬於這裏的任何一個人。而你可以看得出來，這件花呢大衣也不是我們的。凶手到底是穿了一件、兩件，或者兩件都沒穿？還有，那件黑色大衣看來很怪異——」

「怪異？」菲爾博士赫然插嘴，因此曼根不自覺地轉過身來。「怎麼說它怪異呢？」

此時，站在收音機旁的厄奈絲汀・杜莫突然挺身而出，腳上的平底鞋發出吱吱嘎嘎的聲響。她今天早上的容貌看起來衰老了些。隆起的顴骨更加顯眼，相形之下鼻樑變塌了，眼睛周遭也腫了一圈，看來半張半閉、鬼鬼祟祟的。儘管如此，在倔強的眼神之外，她的黑眼眸仍是十分閃耀懾人。

「哼，呸！」她嘴巴不留情，雙手擺動的姿勢既誇大又粗魯。「憑什麼又要問這種蠢問題？為何不來問我？這種問題我可是比他清楚多了。不是嗎？」她凝視曼根，額頭皺起來。「別誤會，別誤會，我真的認為你很努力要道出實情，這點你應該了解。但我認為你有點混淆事實了。實際狀況很簡單，就像菲爾博士所說的。沒錯，昨晚這裏的確有件黃色大衣，時間在傍晚的時候，大概在晚餐前。它好端端地吊在衣櫃裏的掛鉤上，所在位置就是曼根說他看到黑色大衣的地方。我親眼瞧見它了。」

「但是——」曼根叫道。

「別激動，別激動，」菲爾博士低沉的嗓音，有撫慰人心的效果。「咱們就來看看這事是否那麼難以理清。太太，既然妳也親眼看到那件大衣了，難道當時妳心中不覺得奇怪嗎？總有那麼一點納悶吧，因為妳都知道它不是屋內任何一個人的東西了。」

「不，一點也不會。」她朝著曼根頷首。「他到達的時候我不在場。所以我以為大衣是他的。」

「請問，是誰開門讓你進來的？」菲爾博士略顯疲倦地問道。

「安妮。但大衣是我自己親手掛上去的。我可以對天發誓！」

「海德雷，如果安妮人在這裏的話，最好按鈴把她找來，」菲爾博士說道，「這個變色龍大衣的難題勾起了我的好奇心，哦，天啊，我真為它著迷！嗨，太太，關於咱們朋友曼根的事，我可不是在懷疑妳的說詞。不久前我才對泰德・藍坡表示，某某人簡直是誠實過了頭。哈！你和安妮聊過了嗎？」

「喔，是的，」海德雷答道，此時蘿賽特・葛里莫越過他面前去按鈴。「她的說詞很簡單。她昨晚外出，直到十二點多才回來。不過我沒問她曼根的事。」

「我不懂你們幹嘛這麼大驚小怪！」蘿賽特的聲音相當不滿。「這麼做到底有什麼用？除了問出大衣是黑色或黃色這種蠢事之外，你們沒其他有意義的事可做嗎？」

曼根轉向她。

「當然大大有用，妳自己也知道。我是不明白當時的情況，但我認為她也清楚不到哪兒去！不過總有一個人是對的。雖然我猜安妮恐怕也不知情。天啊！我簡直是一無所知！」

「說得好，」伯納比說道。

「幫我個忙，」曼根罵道，「去死吧你！」

海德雷連忙跨立於他倆之間，好聲好氣地調解紛爭。臉色已氣得發白的伯納比，只好重新坐回沙發。起居室裏騷動和緊繃的壓力相互拉鋸，當安妮現身時，眾人都是一副渴望平靜的模樣。安妮的氣質沉靜，鼻子稍長，看起來像是個自律甚嚴的女孩，在她身上找不到荒唐愚蠢的特質。她看來能幹而且勤奮。她彎腰站在門口，一頂便帽穩穩戴在頭上，像是黏上去的。她棕色的眼睛平視著海德雷，表情有些煩躁，但還不至於膽怯害怕。

「關於昨晚，有件事我忘了問妳，是……呃，」督察長的語氣不太自在。「嗯，是妳開門讓曼根先生進來的，是嗎？」

「是的，先生。」

「那時候是幾點？」

「先生，我無法回答。」她似乎感到困惑。「大約是晚餐前半小時。我無法說出精確的時間。」

「妳看到他掛上帽子和大衣？」

「是的，先生！他從不將它們交給我處理，否則我一定會——」

「那妳有沒有看到衣櫃裏面的樣子？」

「哦，我明白了……是的，先生，我看到了。是這樣的，讓他進門後，我就直接走回餐廳，但是我突然想到，我必須下樓到廚房一趟。因此我折回來並經過大廳走廊。這時我發現他已經不在了，而衣櫃裏的燈還亮著，所以我就走過去把它關掉……」

海德雷傾身向前。

「現在注意聽好！妳知道今早在衣櫃裏發現的淺色花呢大衣吧？妳知道吧？好！妳還記得吊著大衣的位置吧？」

「是的，先生，我記得。」她的雙唇緊閉。「今天早上伯納比先生發現它的時候，我剛好在走廊，沒多久其他人就靠過來了。米爾斯先生說我們不可以動它，像是血跡和所有東西通通都不要動，因為警察……」

「沒錯。安妮，我要問的是關於那件大衣的顏色。昨晚妳往衣櫃裏頭看的時候，那件大衣是黃色，還是黑色？妳記得嗎？」

她眼睛直直盯著他。

「是的，先生，我記——黃色或黑色？先生，你是這麼說的嗎？嗯，先生，嚴格來說，兩個都不是。因為那個掛鉤上面根本沒有掛著大衣。」

剎那間，嘈雜聲此起彼落，整個房間變得鬧哄哄：曼根破口大罵，蘿賽特幾乎是歇斯底里地放聲大笑，伯納比則是樂不可支。只有厄奈絲汀・杜莫靜默不語，神情是既疲憊又輕蔑。海德雷足足打量了安妮一分鐘之久，這名證人的表情專注認真，一副嚴陣以待的模樣：她握緊雙拳，頸項高揚。海德雷移向窗口，動作粗暴但不發一語。

菲爾博士輕聲笑了起來。

「嘿，別氣餒，」他試圖鼓舞士氣。「最起碼它沒有又變成另外一種顏色。雖然可能連椅子都會笑我傻，但我堅信它是一個非常具有啟示性的事實。嗯，哈，沒錯。海德雷，走吧，我們現在需要的是享用一頓午餐。去吃午餐吧！」

CARR

CHAPTER 17

密室講義

在佩提斯居住的旅館內，偌大的餐廳裏燈光已轉暗，咖啡擺在桌上，酒瓶是空的，雪茄煙霧裊繞。海德雷、佩提斯、藍坡和菲爾博士等四人，繞著桌燈散放的紅色光芒團團圍坐。在這冬日午後酒足飯飽的悠閒時光，溫暖的爐火教人感到無比舒暢，雪花開始如篩落般掠過窗戶，此刻其他桌子的客人屈指可數，他們四人算是待得最久的了。在盔甲與盾牌徽章閃爍的微光下，說菲爾博士像是一位封建貴族一點也不為過。博士睨視著小咖啡杯，彷彿一張口就會將它整個吞下。他手持雪茄，做出一個率直且不容反駁的手勢。說話前他先清了清嗓子。

「我要開始講課了，」博士以委婉但堅定的語氣聲明，「主題是偵探小說中所謂的『封閉密室』，我要談的是情節的鋪陳，以及概括性的技巧。」

海德雷聞言不禁哀號。

「改天吧，」他提議，「在如此令人讚嘆的午餐之後，尤其是還有活要幹的情形下，我們可無心聽什麼演講。就如我剛才說到的——」

「我要開始講課了，」菲爾博士不為所動。「主題是偵探小說中所謂的『封閉密室』，我要談的是情節的鋪陳，以及概括性的技巧。啊哈，有反對意見的人，就自行跳過這一章吧。啊哈，首先，各位先生們，請聽！過去四十年來，煽情小說的閱讀讓我的心智成熟不少，我可以這麼說——」

「既然要分析不可能的現象，」佩提斯打岔，「為何是從偵探小說下手？」

「因為，」博士坦白說道，「我們所處的情境，就是一個偵探故事，我們不能欺騙讀者說事實並非如此。我們也不必為了討論偵探故事，便捏造一個冠冕堂皇的藉口。在故事中追緝一個可能的疑凶，是一種最高尚的消遣娛樂，我們應該直言無隱，以此為自豪。

「繼續原本的話題：在討論的過程中，我無意制定任何規則，以免引發爭議。我要談的，純粹是個人的品味和偏好。我們可以將吉卜齡的說法改成這樣：『要建造一座謀殺迷宮，共有六十九種方法，而每一種方法都是對的。』現在我若說，每一種方法對我而言都同樣有趣，那麼我一定是——態度上我盡量謙恭些——睜眼說瞎話。但這不是重點。我認為在偵探小說裏，最有趣的故事莫過於封閉密室，這全然是我個人的偏好。我喜歡凶手嗜血成性、邪惡古怪，而且殺紅了眼還不罷手。我喜歡情節生動鮮明，充滿想像力，因為在現實生活中我找不到如此教人目眩神迷的故事。我承認，這些想法是一種理性的偏見，但它們讓我心滿意足、興高采烈，而且毋需把半吊子（或較具份量的）的評論加諸其上。

「這一點絕對重要，因為有些見不得任何流血事件的人，會堅持依他們自己的嗜好來界定規則。他們會用『大不可能』這個字眼做為譴責的標記。因此，不清楚狀況的人就被他們唬住了，以為『大不可能』等同於『拙劣』。

「我想這麼說並不為過：拿『大不可能』這個字眼來咒罵偵探小說，可說是最不恰當的事。我喜歡偵探小說，有很大的原因是喜歡書中大不可能之事。A被謀殺，B和C是最大的嫌疑犯，在這種情況下，一臉無辜的D卻是凶手，這就是大不可能之事。但他偏偏是凶手。G有完美的不在場證明，而且還有其他人的擔保作證，但他卻是幹下此案的真凶，這叫做大不可能之事，結果他竟然是。偵探在海邊拾起零星的煤灰，這些瑣碎的小東西居然隱藏著重要線索，這也是大不可能之事，但實情卻是如此。簡單說，你會發現『大不可能』這個字眼，隨著故事的發展將逐漸失去意義，甚至可說是個笑話了。反正在事件落幕之前，什麼事都是大不可能。如此一來，如果你希望凶手人選非得是某位可能性極小的角色（咱們這些守舊派都會這麼想），那麼倒是沒得抱怨了，因為在所有嫌疑犯當中，他的動機的確最不可能、最沒有必要、也最不明顯。

「埋怨『這種事情不會發生！』，或對只露出半邊臉的惡魔、戴頭巾的幽靈，和美豔懾人的金髮美女心存不滿時，你在表達的只是：『我不喜歡這種故事』。這種反應是非常正常的。既然不喜歡它，當然可以理直氣壯地說出來。不過，若是拿這種喜好與否的問題，當作評斷故事價值、甚至可信與否的標準，那麼你等於在說：『這一連串的事情不能發生，因為我無法從中獲得樂趣。』

「那真實的情況究竟是如何呢？既然密室的故事情節最常遭人抨擊，指責其難以令人信服，那我們就來徹底檢驗它吧。

「我很高興地告訴各位，大部分的人都喜歡上鎖的房間。但是——這裏有個麻煩的爭議點——連這一類的書迷都時常心存質疑。我樂於承認自己也是如此。所以就目前情況而言，我和各位是站在同一陣線上，讓我們來看看其中有什麼道理。一旦上鎖房間的祕密解開後，為什麼我們還會半信半疑？這絕非是疑心病太重在作祟，而單純只是我們會莫名所以地大失所望。在失望之餘，這樣的感覺自然而然地發展出一種不客觀的想法，然後便說這整個故事不可信、不大可能，或是太荒謬了。

「簡言之，這的確是事實。」菲爾博士舉起雪茄，大聲說道，「今天歐洛奇所告訴我們的魔術戲法，的確是在現實世界中上演著。天啊！各位先生，連真實事件都被我們嘲笑了，那麼虛構的故事會得到何種待遇呢？每一件發生過的事實，每一次魔術師又巧計得逞，都使得這類騙術更無所遁形。這種情形若放到偵探故事裏，我們會說它無法教人相信。但若發生在真實生活中的話，我們雖仍勉強相信，只是也不免會高呼『答案太令人失望』！其實說穿了，兩種失望之情，原因卻是一樣——我們期望的太高了。

「你們想想看，由於呈現出來的效果太過神奇，我們不知不覺也期待它形成的過程充滿驚異。於是當我們知道那根本不是魔法時，我們就大罵其無聊透頂。這種心態實在不公平。再者，對於故事中凶手的部分，我們最不該譴責的是他怪異的行徑。整件事該檢驗的重點是，這殺人詭計真能執行嗎？假如可以，那它以後會不會真的執行便不需列入討論。某人從某個上鎖的房間逃出來，是嗎？既然他可以為了娛樂我們而違反自然的法則，那他當然有權利行為暴戾乖張！如果有人自願表演全身倒立，那我們實在很難強求他一定得乖乖站在地上。各位，當你們要出言批評時，請記住我說過的話。你們盡可根據個人品味，提出『結局乏味無趣』等等的感想，然而如果要責備故事情節大不可能、胡扯一通時，就得三思而後行了。」

「好了，好了，」海德雷挪動坐姿。「對於你的講課主題我個人沒太多意見。不過如果你還要堅持講解下去，看來是因為主題可適用於本案……」

「沒錯。」

「那你為何舉封閉的密室為例？你自己也說過葛里莫謀殺案並非最大的難題。目前最困擾我們的是空巷中央的槍殺事件……」

「喔，那個啊？」菲爾博士一邊說，一邊擺出輕蔑的手勢，此舉叫海德雷瞪大眼睛。「那個部分啊？我一聽到教堂鐘聲就明白怎麼回事了。嘖，嘖，那是一種信號！我講真的，現在逃離房間之事反而困擾著我。既然一絲端倪都沒有，乾脆我先來區分幾個不同類型，再為各位粗略描述密室殺人的各種方法。本案的犯罪模式，必定屬於其中一種類型。這是必然的！或許形式上有些出入，但不管相異處的差別有多大，它勢必為某些類型的變體。

「嗯！哈！現在，你的包廂有一個門，一扇窗戶，以及堅固的牆壁。在門窗皆關閉的前提下，要討論逃脫的方法之前，所謂有祕密走廊通往密室這類的低級伎倆（而且，現在已經很少見了），我就不提了。這種故事設計讀者是無法接受的，因此凡是自重的作者甚至不需聲明絕無祕密通道之事。至於一些犯規的小動作我們也不討論了，像是壁板間的縫隙，寬到可伸進一隻手掌；或是天花板上的拴孔居然被刀子戳過，塞子也神不知鬼不覺地填入拴孔，而上層的閣樓地板上還撒了塵土，佈置成似乎無人走過的樣子。這動作雖小，卻同樣是犯規行為。無論祕密洞穴是小到如裁縫用的頂針，或大到如穀倉門，基本準則絕不改變，通通都是犯規。關於合理的類型，你們隨便抄下來就好，佩提斯先生……」

「很好，」露齒而笑的佩提斯說道，「請繼續。」

「首先！有一種密室殺人，案發現場的房間真的是完全緊閉，既然如此，凶手沒從房間逃出來的原因，是因為凶手根本不在房裏。解釋如下：

一、這不是謀殺，只是一連串陰錯陽差的巧合，導致一場看似謀殺的意外。首先，房間尚未上鎖之前裏面可能發生了搶劫、攻擊打鬥，有人掛彩受傷，家具也遭到破壞，情況足以讓人聯想到行凶時的掙扎拚鬥。後來，受害人因意外身亡，或是昏迷於上鎖的房間內，但所有事件卻被當作發生於同一時間。在這種例子中，致命原因通常是腦部破裂。一般的推測是棍棒造成的，實際上卻是家具的某個部位，也許是桌角或是椅子突出的邊緣，不過最常見的物件，其實是鐵製的壁爐罩。總之，自從夏洛克・福爾摩斯的冒險故事〈駝者〉問世以來，這個殘忍的爐罩著實殺害了不少人，而且在某種程度上，這些死亡事件都貌似謀殺。此類型的情節中，包括解開凶手之謎在內，解答部分最令人滿意的作品，要屬卡斯頓・勒胡的《黃色房間的祕密》，堪稱是史上最佳的偵探故事。

二、這是謀殺，但受害人是被迫殺他自己，或是誤打誤撞走入死亡陷阱。那可能是一間鬧鬼的房間所致，也可能被誘引，較常見的則是從房間外頭輸入瓦斯。不管是瓦斯或毒氣，都會讓受害人發狂、猛撞房間四壁，使得現場像是發生過困獸之鬥，而死因還是加諸於自己身上的刀傷。另一種從中延伸的變體範例，是受害人將樹枝形燈架的尖釘穿進自己的腦袋，或是用金屬絲網把自己吊起來，甚至用雙手把自己勒死。

三、這是謀殺，方法是透過房間內已裝置好的隱藏機關，它藏在家具上頭某個看似無害的地方。這個陷阱的設計，可能是某個死去多年的傢伙一手完成，它可以自動作業，或是由現任使用者來重新設定。它可能是現代科技所延伸的邪惡新發明。譬如說，話筒裏面藏著手槍機械裝置，一旦受害人拿起話筒，子彈就會發射貫穿他的腦袋。還有一種手槍，扳機上面繫著一條絲線，一旦水結冰凝固時，原先的水就會膨脹，如此隨即拉動絲線。我們再舉鬧鐘為例，當你為這種鬧鐘上緊發條時子彈便會射出來；或者（鬧鐘是受人歡迎的凶器），我們有另一種精巧的大型掛鐘，上端安放了可怕的鏗鏘鈴聲裝置，一旦吵鬧聲響起，你想要靠近去關掉它時，一觸碰便會擲出一把利刃，當場劃破你的下腹。此外，有一種重物可從天花板擺盪下來，只要你坐上高背椅，這個重物的威力包準把你的腦袋瓜敲得稀巴爛；另有一種床，能釋放致命的瓦斯；還有會神祕消失的毒針、會——

「你們明白了吧，」菲爾博士以雪茄指著每個人。「當我們研究了這些五花八門的機關陷阱之後，才真正的進入了『不可能犯罪』的領域，而上鎖的房間可就算是小兒科了。這種情況可能會永續發展，甚至還會出現電死人的機關。置於一排畫像前的細繩可以接上電；棋盤可以充電；甚至手套也可以讓人通電致死。家具之中的任何物件，包括茶壺在內，都能置人於死地。不過這些伎倆現在似乎沒人用過。所以，我們接著說下去：

四、這是自殺，但刻意佈置成像是謀殺。某人用冰柱刺死自己，然後冰柱便融化了！由於上鎖房間裏找不到凶器，因而假定是謀殺；或者，某人射殺他自己，所用之槍縛繫於橡皮帶尾端——當他放手時，槍械被拉入煙囪而消失不見。此伎倆在非密室的情況下，可改成槍枝繫著連接重物的絲線，射擊後槍枝被迅速拉過橋樑欄杆，隨即墜入水中；同樣的方式，手槍也可以猛然拂過窗戶，然後掉入雪堆裏。

五、這是謀殺，但謎團是因錯覺和喬裝術所引起。譬如房門有人監視的情形下，受害人被謀殺橫屍於室內，但大家以為他還活著。凶手裝扮成受害人，或是從背後被誤認為受害人，匆忙地走到門口現身。接著，他一轉身卸下所有偽裝，搖身一變換回原本的面貌，並且立刻走出房間。由於他離去時曾走過別人身邊，因而造成了錯覺。無論如何，他的不在場證明已成立，因為後來屍體被發現時，警方推定的案發時間是發生在冒牌受害人進房之後。

六、這是謀殺，凶手雖是在房間外面下手的，不過看起來卻像是在房間裏犯下的。

「為了方便解釋，」菲爾博士中斷分類的話題。「我把這種犯罪歸類，通稱為『長距離犯罪』或『冰柱犯罪』，反正不管它們怎麼變化，都是基本雛形的延伸。我剛說過冰柱的案例，你們應該都明白了。門是上鎖的，窗戶小到凶手無法穿過去；但受害人顯然是在房間內被刺殺，而且凶器也下落不明。好啦，冰柱仿如子彈一般從房間外面發射進來——和之前提過的神祕毒氣一樣，我們在這裏不討論其可行與否——然後它融化地無影無蹤。我相信，安娜・凱瑟琳・格林在其偵探小說《僅有簡寫字母》中率先使用此詭計。

「順便一提，某些詭計會發展成各支流派，她的確是居功厥偉。五十多年前，她發表的首部推理小說中，就創造了凶殘祕書殺死僱主的故事，而且我認為從今日的統計資料可以證明，祕書仍是小說中最常見的凶手。以佣人、領班做凶手已經過時很久了；輪椅上的殘障者太可疑了；為了成為偵探，沉著的中年未婚女子也很久不當殺人狂了。醫師也是同樣情況，到了今天，他們的行為益發循規蹈矩，除非是因聲名大噪而轉變為狂人科學家。律師永遠是狡猾陰沉，只有在某些案例裏才會擁有積極主動的殺傷力。然而，萬物是循環不已的！八十年前，愛倫・坡洩漏了祕密，他以『好傢伙』（Goodfellow）這個名字做為筆下凶手的稱謂；而當今最受歡迎的推理作家，正是有樣學樣，也以『好人』（Goodman）來稱呼他的凶手角色。不過這些時日以來，只要有大宅存在，祕書仍然是最危險的人物。

「繼續冰柱的話題。它的實地運用，得拜麥第奇（譯註：十五至十六世紀中，義大利佛羅倫斯市望族，對文藝、美術的保護頗有貢獻）之賜，在一篇令人讚賞的〈佛朗明石〉故事裏引用了一首關於戰爭的諷刺詩，內容提及西元第一世紀的羅馬衰亡錄，冰柱在其間提供了亡國的原因。藉由十字弓的助力，冰柱被發射、投擲、拋出；在漢米頓・柯里克（《四十張臉孔》書中的迷人角色）的冒險故事裏，也有異曲同工的元素：可溶解的投射彈、鹽塊子彈，甚至還有凍結血液所製成的子彈。

「冰柱犯罪理論證明了我的觀點：屋內的凶案可以是屋外的某人幹的。這裏還有一些其他可能。受害人被刺，凶器可能是內藏薄刃的手杖，它可以穿過夏季別墅周遭盤繞的編織物，一擊得手就收回；或者，受害人可能被刀刃所刺，由於刀身過於細薄，因此他毫無知覺自己受傷，然後當他走入另一個房間時才猝然倒地斃命；抑或是受害人被引誘探頭出窗，從下面無法爬到這扇窗戶，但是從上方呢，冰塊卻能夠下墜，並狠狠重擊他的頭。腦袋被砸得開花，但凶器卻找不到，因為它老早就融化了。

「在這個標題之下（其實放到第三項標題之下，也很合適），我們還可以列舉出利用毒蛇或昆蟲來殺人的手法。蛇不但能隱匿於衣櫃和保險箱，也可以靈巧地藏躲在花盆、書堆、枝形吊燈架以及手杖中。我記得一個非常誇張的個案——把琥珀製的菸斗柄，刻成古怪的蠍子形狀，受害人正要把它放入嘴裏，雕刻物居然活過來，變成一隻活生生的蠍子。不過若說到上鎖房間命案中最驚人的長距離謀殺手法，各位，我向你們推薦一篇偵探小說史上最精采的短篇故事，（事實上，還有幾篇非常出色、同樣齊名的第一流傑作，如湯瑪斯．柏克的〈歐特摩之手〉、卻斯特頓的〈走廊上的男人〉、傑克．福翠爾的〈十三號囚房的難題〉。）它就是梅爾維爾．大衛森．卜斯特的〈都多爾夫殺人事件〉——這位從長距離之外行凶的刺客即是利用太陽。太陽光穿過上鎖房間的窗戶，照射在都多爾夫擺於桌上的酒瓶，由於瓶內裝的是未加工的白酒，因而形成了火鏡（即集中陽光而生熱的凸透鏡），而掛在牆上的槍經由光線一射，正好點燃了雷管。因此躺在床上的可憎傢伙，胸膛自然被轟得血肉模糊。還有……且慢！啊哈，我最好適可而止了。現在，我就以最後一個標題，來為分類工作劃下完美的休止符吧：

七、這是謀殺，但其詭計的運作方法，剛好和第五項標題背道而馳。換句話說，受害人被推定的死亡時間比真正案發時間早了許多。受害人昏睡（服了麻醉藥，但沒有受傷）在上鎖房間裏。所以用力撞門也叫不醒他。這時凶手開始裝出驚恐的模樣，先強行打開門，接著一馬當先衝進去，刺殺或切斷被害人的喉嚨，同時讓其他在場的人覺得自己看到了其實沒看到的東西。發明這種詭計的以色列・詹格威應可獲得無上的榮耀，因為後人仍舊在沿用他的創意，只是形式各有不同。這種詭計（通常是刺殺）曾用在船上、陳年老屋、溫室、閣樓，甚至是露天戶外。在這些地方，受害人先是失足絆倒，然後昏迷不醒，最後才是刺客俯身靠近他。所以……

「慢點！等一下！」

海德雷連忙插嘴，並重拳打在桌上以引起大家注意。志得意滿的菲爾博士，正是一副口若懸河、欲罷不能的神情，他堆滿笑容，和氣地轉身看著督察長。海德雷接著說：

「你的分析或許非常棒。上鎖房間的所有可能情況，你全都研究了——」

「所有的情況？」菲爾博士睜大眼睛，哼著鼻子說，「還差得遠哩。有一些很特殊的類型我還未將它們一網打盡，並且找出其中的玄機。這只是一份即席發表的粗略大綱，不過有朝一日我會全部整理出來的。我正要說到其他的類型：為了要讓門窗從房間內上鎖，所以手段上得運用各式各樣會騙人的門窗。哼！哈！因此，各位先生，接下來我——」

「還不行，」督察長頑強地說道，「我要對你所說之事提出質疑。你說從這些不同類型的花招噱頭中我們可以得到一點端倪。你陳述了七個要點，但是根據你提出的類型，能適用於本案的一個也沒有。你下了整個標題：『凶手沒從房間逃出來的原因，是因為案發時間凶手根本不在房裏』，這完全不符合本案！除非米爾斯和杜莫兩人都撒謊，不然我們唯一能確認的事情，就是凶手真的在房間裏！這你怎麼說呢？」

佩提斯的坐姿挪前了些，當他俯身靠近信封袋時，桌燈所散放的紅色燈光照在他的禿頭上也反射出微光。他以純金的鉛筆抄寫整齊端正的筆記。現在他張開突出的眼睛，凝視著菲爾博士，臉上的眼球似乎是更加突出，更像蛙眼。

「呃，是的，」他短咳了一聲。「但第五項確是能引人聯想，我是這麼認為——利用錯覺！可不可能米爾斯和杜莫太太其實沒看到有人走入房內，他們只是不知為何一時被愚弄了。或者，當時整個情景，像是幻燈機打出來的錯覺？」

「想用錯覺的理由絆住我，」海德雷說，「抱歉！這一點我也考慮過了。昨晚我已經逼問過米爾斯，今早又找他盤問了一兩回。反正無論凶手是何方神聖，他絕不是一個錯覺，他真的走進了房間。他是那麼貨真價實，活蹦蹦的影子投射在地上，走起路來都快讓走廊擺盪動搖起來。他真實到能說、能動、能用力關門。菲爾，你同意吧？」

博士鬱悶地頷首。他在熄火的雪茄上噴出一口空菸。

「喔，是的，我同意。確實是真有其人，而且他真的走入房內。」

「實際上，」佩提斯召喚侍者再添加咖啡，而海德雷接著說道，「就算我們聽來的是謊言，就算那是幻燈機投射的陰影所造成的，但影子總不會殺了葛里莫吧。凶器是一把堅硬的槍，被握在有血有肉的手中。至於其他方面，老天爺知道，葛里莫挨的槍絕非機關所致，甚且他也不是開槍自殺、更沒有讓槍迅速穿過煙囪，如你所舉的例子一樣。首先，一個人不能在幾呎之外開槍射殺自己。第二，槍也不可能穿過煙囪之後，橫越一排屋頂來到卡格里史卓街，然後射擊佛雷，最後大功告成地摔落於地。媽的，菲爾，我說話的方式越來越像你，太像你習慣的思考方式！我在等一通局裏打來的電話，我得恢復清醒……你怎麼啦？」

菲爾博士的小眼睛全然睜開，緊盯著桌燈不放，隨即拳頭緩慢地落在桌上。

「煙囪！」他說道，「煙囪！哇！莫非……天啊！海德雷，我真是個大笨蛋！」

「煙囪怎麼了？」督察長問道，「我們已經證實，凶手不能從煙囪爬出去。」

「是的，那是當然。但我不是這個意思。我的腦袋閃過一個念頭，雖然可能只是小小的靈光一閃……那座煙囪，我必須再察看一次。」

佩提斯輕聲笑了出來，並用金筆敲打他的筆記本。

「無論如何，」他提議，「你還是將我們的討論做個總結吧。我同意督察長剛才的說法。如何在門窗、煙囪上面動手腳的詐術，你最好略述一下吧。」

「煙囪嘛，抱歉得很，」菲爾博士繼續說道。一旦專注精神，他便恢復原本的神氣模樣。「抱歉，在偵探小說中，煙囪是不受到青睞的逃脫途徑。當然祕密通道除外。我來舉一些重要的例子。例如中空的煙囪後頭有個祕密房間；壁爐的背面可以像帷幔一樣展開；或是壁爐可以旋轉打開；甚至在砌爐石塊下藏著一間密室。此外，許多帶有強烈毒性的玩意兒都能穿過煙囪管掉下來。不過凶手爬上煙囪而逃亡的案例倒是少見。一來是幾乎不可能辦得到；二來是這種舉動比起在門窗上面動手腳，還更加卑鄙無恥。在門和窗這兩種首要類型中，門顯然是較受歡迎的。我們來舉一些經過變造，以使門像是能從內反鎖的詐術範例：

「一、將插於鎖孔裏的鑰匙動些手腳。這種傳統方法相當受到歡迎，但是到了今天，由於其各種變化的手法都廣為人知，所以很少人真去使用。可以拿一支鉗子夾住鑰匙柄，並且轉動它。我們就用過這種方法打開葛里莫書房的門。還有一種非常實用的小技巧，只需一根兩吋長的細薄金屬條，某一端繫上極長的結實細繩。在離開房間前先將金屬條插入鑰匙頭的小洞，一端朝上，另一端朝下，如此便可行使槓桿作用。細繩垂落於地，然後從門底下拉至房間外頭。接著從門外關起房門，只消拉動細繩，在槓桿原理的作用下，鑰匙轉動而將房門上鎖，這時再抖動細繩使金屬條鬆脫，等它落地後你就可以從門底下把它拉出來。於相同的原理下，可以有各種不同的應用，但細繩絕對是不可或缺。

「二、不破壞鎖和門栓的情形下，輕鬆移開房門的鉸鏈。這種手法乾淨俐落，大部分男學生都熟悉箇中技巧，尤其是想偷上鎖櫥櫃裏的東西時便可派上用場，不過，前提是鉸鏈得裝置在門外才行。

「三、在門栓上動手腳。細繩再度出場：這一回用到的技巧是衣夾和補綴用針，衣夾附著於房門內設計成槓桿裝置，藉此在門外關上門栓，這時再從鎖孔拉出細繩即可。我得向菲洛・凡斯舉帽致敬，他為我們做了最佳示範。還有一些手法比較簡單但效率不高的方式，但一條細繩是少不了的。你可以在長細繩的一端打個不牢固的結——只要猛然一拉，繩結就會鬆脫——並且扣成一個環套。此環套纏繞於門栓的握柄，細繩部分則向下垂落，且穿過門底下。此刻房門已被關上，這時往左右兩邊任一方拉動細繩，即可閂上門栓。接著再使勁抽動細繩，繩結便從握柄上鬆脫，然後就可以拉出細繩。艾勒里・昆恩也曾示範了另一種手法，他利用死人玩了這一招。但是他的謎團解說過於單調枯燥，聽起來又太離奇古怪，因此對精明的讀者來說，此詭計的安排著實不公平。

「四、在可滑落的栓鎖上動手腳。通常的作法是，於栓鎖的下方墊著某樣東西，然後從門外關上房門，再抽掉墊在裏頭的支撐物，讓栓鎖滑落且上鎖。說到這個支撐物，隨時能派上用場的冰塊顯然是最佳工具，用冰塊撐起栓鎖，等它溶解之後栓鎖便會掉下來。另外在某個案例中，光憑關門的力道夠大便足以讓門內的栓鎖自己滑落。

「五、營造出一種錯覺，簡單卻有效。凶手殺了人之後，從門外將房門上鎖，並把鑰匙帶在身上。然而大家還以為鑰匙仍插於房內的鎖孔裏。凶手就是第一個裝出驚慌失措並且發現屍體的人，他打破房門上層的玻璃鑲板，把鑰匙藏於自己手中，然後『發現』鑰匙插在鎖孔上，再藉此打開房門。若需要打破普通木門上的壁板時，這種伎倆也行得通。

「總之，還有很多種方法，例如從門外把門上鎖，再利用細繩將鑰匙送回房內。但你們都看得出來，在本案中這些方法沒一個被派上用場。我們發現房門是內部上鎖的。好了，凶手雖然有許多方法能讓內部上鎖，但卻一個也沒有用，因為米爾斯一直監視著房門。所以門就是照一般的技術原理上鎖的。它被全程監看，所以咱們全都沒輒了。」

「我不喜歡老生常談的陳腔濫調，」佩提斯皺起眉頭。「不過現在看起來，所有的不可能性似乎都排除了，剩下的不管可能性多小，卻必定是最後的真相。房門已經不予考慮了，煙囪也被排除在外嗎？」

「是的。」菲爾博士咕噥地說道。

「該回過頭來考慮窗戶吧？」海德雷追問，「你費了這麼多唇舌，顯然沒一個手法範例用得著。不過在這些聽來相當聳動的方法中，凶手運用的唯一逃脫手段，你卻忽略掉……」

「那不是一扇上鎖的窗戶，你看不出來嗎？」菲爾博士怒斥，「只要窗戶上了鎖，我就可以說出好幾種有趣的範例。譬如早期的假釘頭，到近代用來唬人的鋼製窗套，都能在窗戶上面動手腳。你還可以打破窗戶，小心地扣住窗子的鎖鉤，然後離去的時候只需換上一塊新的窗玻璃，再以油灰填塞接合即可。由於新的窗玻璃和舊有的非常相似，使得窗戶像是從內部反鎖。但是葛里莫書房的窗戶既未上鎖，也沒有關起來，根本教人無機可乘。」

「我好像在哪裏讀過，人會飛行……」佩提斯暗示著。

菲爾博士搖搖頭。

「會飛的人類能否在滑溜的直牆上走動，這事我們不予討論。對於飛行逃脫這種手法我非常樂見其成，而且只要有地方可以起飛升空，我倒是相信此事可行。也就是說，他必須從某處升空，然後在某地降落。但是他沒有。屋頂和地面上都沒有起飛、降落的痕跡……」菲爾博士苦思不已。「不過在這方面，如果你們想聽聽其他的建議，我可以告訴你們——」

他突然語塞，並抬起頭來。在那安靜且杳無人跡的餐廳盡頭，附著於整排窗戶上的雪花正閃爍著微弱的光芒。就在這時候，他們前方有條人影倏然闖了進來，此人模樣有些遲疑，眼光四處搜尋著，然後才迅速走向他們。當眾人看清來者是曼根時，海德雷不禁發出低沉的嘆息聲。曼根的臉色看來蒼白不振。

「沒發生什麼事吧？」海德雷以一貫的冷淡口氣發問。他把椅子往後推了些。「大衣沒再變色了吧，或是——」

「沒有，」曼根站在桌子旁邊喘息，一副上氣不接下氣的樣子。「但你們最好過去一趟。德瑞曼出事了，好像是突然中風。不，他還沒死，不過情況不太樂觀。他剛發作的時候，正試圖和你們聯絡……他盡說些瘋話，說什麼他房間裏有人，煙火，以及煙囪。」

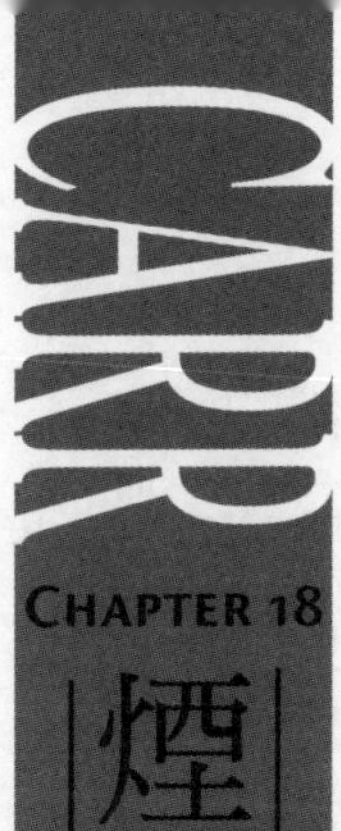

CHAPTER 18

煙囪

再度又有三個人——這三人已是緊張得心力交瘁——在起居室裏等候。即使是背靠壁爐而站的史都·米爾斯，都一再地清嗓子，幾乎快把蘿賽特逼得發狂。曼根帶進菲爾博士、海德雷、佩提斯以及藍坡之時，厄奈絲汀·杜莫正沉默地坐在爐火邊。電燈已經關掉，屋內只剩下穿透厚重蕾絲窗簾的午後陰暗雪影，而米爾斯的身影正好擋住壁爐的寥寥星火。伯納比則已不見人影。

「你們不能見德瑞曼，」杜莫太太說道，她的眼睛怔怔地盯著影子。「醫師正在檢查。事情一下子全來了，也許他是瘋了。」

雙臂環抱的蘿賽特，以她輕盈優雅的姿態漫步而出。她面對著新來者，嘴裏突然迸出刺耳的聲音。

「告訴你們，我無法忍受了。事情還會拖得很久，而且……到底發生什麼事你們知道嗎？我父親是怎麼死的？是誰殺了他？看在老天的份上，請你們說些話吧，就算要指責我也行！」

「妳可不可以告訴我們他到底發生了什麼事，」海德雷沉穩地說道，「還有發生的時間。他隨時有一命嗚呼的危險嗎？」

杜莫太太聳了聳肩膀。

「很有可能。他的心臟……我實在不清楚。他忽然崩潰，現在是不省人事，最後是否能撐過來我也不確定。至於他到底發生了什麼事，我們完全不曉得原因……」

米爾斯再次清清嗓子。他的腦袋迎向前來，僵硬的笑容看來更加詭異。他說道：

「先生，假如您心存——嗯——事出必有詐的想法，或者懷疑德瑞曼是被人殘忍地暗算，您最好打消這個念頭。說起來還真奇怪，您已從我們這兒確認實情——我該怎麼說呢——『連著兩回』？我是指，今天中午和昨天晚上聚集在一塊的都是同一批人馬。女祭司和我，」他莊嚴地向厄奈絲汀・杜莫彎腰行禮。「一同在我樓上的小工作室裏。我也得知葛里莫小姐和咱們的朋友曼根，又在這裏獨處了一……」

蘿賽特猛然轉頭。

「你們最好從頭開始聽。德瑞曼先生下樓來這裏的事情，波依德說了嗎？」

「沒有，我什麼也沒告訴他們，」曼根略帶難堪地回答。「發生了大衣事件之後，得有人願意幫我證實我才敢說話。」他力圖解釋，臉上太陽穴的肌膚因此而緊繃。「事情大概是發生在半個小時前，當時只有蘿賽特和我在這個房間。之前我和伯納比發生了一場口角——這是常有的事。為了那件大衣，每個人都大吼大叫、爭論不休，鬧得不歡而散。伯納比拂袖而去，我也壓根兒沒注意到德瑞曼，整個早上他都在自己的房間。總之，後來德瑞曼走進來，問我如何可以聯絡上你們。」

「你是說他發現了什麼嗎？」

蘿賽特嗤之以鼻。

「或是說他希望我們這麼想。這太不可思議了！他還是一樣舉步蹣跚地走進來，正如波依德所言。他詢問我們在何處可以找到你們。波依德反問他怎麼了……」

「他表現出來的樣子，是否像是……嗯，發現了重要的事情？」

「是的，他的神情確實如此。我們倆雀躍不已……」

「為什麼？」

「你也會有同樣的反應，」蘿賽特冷漠地說道，「如果你是無辜的。」她的肩膀突然顫抖，雙臂仍然環抱，彷彿身子發冷。「所以我們問他：『到底發現了什麼？』他搖搖擺擺走了幾步，然後說：『我發現我房間裏掉了幾樣東西，這使我記起昨晚的某件事。』他說得語焉不詳，反正都是一些在潛意識裏追憶的廢話，聽起來真像是一種幻覺，說什麼他昨晚服了安眠藥躺下來後，有人潛入了他的房間。」

「在……案發之前？」

「是的。」

「是誰進入他的房間？」

「問題就在這裏！他可能不知道，可能不肯說，或者這根本是一場無聊的夢——當然非常可能就是這麼一回事。我不認為，」蘿賽特的口氣依舊淡然。「還有別的可能。我們逼問他，他只是輕敲自己的頭，態度有所保留，回答的口吻還是一樣讓人火大，『我真的不能說。』老天！我多麼痛恨這些人，總是不肯花腦筋想一想，把話說清楚！我們倆都有點懊惱——」

「哦，他倒是好得很，」曼根說道，他的痛苦不安顯然正在高漲。「媽的，要是我沒說……」

「你說了什麼？」海德雷急忙追問。

彎腰駝背的曼根，悶悶不樂地盯著爐火。

「我說：『既然你斬獲那麼多，何不上樓去瞧瞧那個可怕的犯罪現場，搞不好還能發現更多線索？』是的，當時我非常生氣。但他卻認真地思索我的話。他看了我有一分鐘之久，然後說：『沒錯，我相信我辦得到。我最好上去確認一下。』說完他就轉身離去！大約過了二十分鐘後，我們聽到一種噪音，像是有人摔下樓梯。你們看，我們倆沒離開過起居室，雖然——」他突然住嘴。

「你還是接著說吧，」蘿賽特以出人意表的冷淡語氣告訴他。「我不怕別人知道。是這樣的，我本來想偷偷跟在後頭監視他，但是我們沒這麼做。那二十分鐘之後，我們聽見他摔下樓的聲音，那時顯然他已經摔到最底層，我們聽到一種透不過氣的窒息聲，以及重擊聲——拍打吧，好像是。波依德打開房門，我們看到他就蜷身躺在那裏。他的面容因充血而紅脹，額頭上也青筋浮腫，看來真是怵目驚心！我們當然趕緊通知醫師。他沒說什麼，只是不斷叫嚷著『煙囪』和『煙火』。」

厄奈絲汀．杜莫仍處於神智麻木的狀態，她的目光死盯著爐火。米爾斯往前跳了幾步。

「各位若容許我接手的話，」他歪著頭說道，「我自認可以補足他們不知情的部分。當然，必須先得到女祭司的准許……」

「呸！」女士大叫出聲。她抬起頭來，一層陰影正好蒙在臉上，線條如鯨骨般頑強不屈，但讓藍坡嚇一跳的是她眼中閃射的精光。「你非得這樣耍寶嗎？女祭司長、女祭司短的。很好，我得告訴你，我就是英明的女祭司，能洞察出你不喜歡可憐的德瑞曼，我的小蘿賽特也討厭他。老天啊！你們懂得什麼叫人情世故、憐憫同情嗎？德瑞曼是個好人，雖然他可能有些瘋癲，有點老糊塗，甚至吃了太多藥，但本質上他的確是個好人，如果他就這樣走了，我會為他的亡魂祈禱。」

「我可以，呃，繼續說嗎？」米爾斯泰然自若地說。

「行，你可以繼續說，」女士模仿他的口吻，隨即閉嘴不再吭聲。

「女祭司和我在我頂樓的工作室裏，你們都知道的，就在書房的對面。這一次房門仍是敞開，而我正在搬移文件，然後我看見德瑞曼先生上樓來，走進了書房……」

「你知道他在那裏幹什麼嗎？」海德雷問道。

「真是遺憾，我不知道，他關上了門。我甚至無法揣測他的舉動，因為我沒聽到任何聲音。過了一會兒他走出來。我只能這麼形容，他一副氣喘吁吁、不太穩定的樣子——」

「這是什麼意思？」

米爾斯皺起眉頭。

「抱歉，先生，我無法說得更精確了。我只能說，我當時的感覺是，他好像是做了一陣激烈的運動。他病發時有很明顯的中風癥狀，所以我可以確定是此運動造成或加速他的發作。若真要在我們女祭司的話裏挑毛病，那就是：德瑞曼的中風，和他的心臟好壞全然無關。呃，我補充一件剛剛沒提到的事。德瑞曼中風被抬到樓上時，我注意到他的手和衣袖都沾了煤灰。」

「又是煙囪。」佩提斯低聲私語。

海德雷則轉身朝著菲爾博士，藍坡赫然發現，原來博士這時已不在房間內。一般來說，像他這樣噸位和體型的人，很難神不知鬼不覺地告退，但他的確已不見蹤跡，而藍坡也知道他人在何處。

「跟著他上去，」海德雷急忙對這美國佬說，「看他還能搞出什麼神祕把戲。聽著，米爾斯先生——」

藍坡衝進幽暗走廊時，海德雷如連珠炮般的查問聲猶然依稀可聞。此時屋子相當靜寂，因此當他爬著樓梯，聽到樓下走廊突然響起尖銳的電話鈴聲時，著實教他心頭一凜。路過德瑞曼房門之際，裏面傳來嘶啞的呼吸聲，以及如蜻蜓點水般行走的腳步聲：透過門隙，他看到椅子上擱著醫師的藥箱和帽子。頂樓尚未有人打開電燈，靜默之中，安妮在樓下接電話的聲音清清楚楚地傳進他耳裏。

書房也是一片昏暗。殘剩的雪片、幾許慘白的光線以及日落的暗紅光芒，透過窗戶一閃一爍。在書房裏這微光激盪出更壯盛的光與熱，它使得壁爐上的盾牌耀眼發亮，交叉對劍寒光搖曳，但書櫃上的白色半身像，卻籠罩於巨大的陰影中。查爾斯・葛里莫死後，他的幽靈也以書房這半文明、半粗鄙的格調，陰魂不散地四處遊走、暗自發笑。藍坡的面前是一大塊空無一物的壁板牆，原本是用來掛畫，現在卻成了笑話。身穿黑披風的菲爾博士扶著手杖站在窗前，文風不動地望著夕陽。

房門咯吱咯吱作響，博士卻充耳不聞。藍坡說話的聲音像是回音似地響起：

「你已經……」

菲爾博士的目光閃爍不定。他疲倦地吐了一口氣，在冷冽的空中凝成一層薄霧。

「啊？哦，我怎樣？」

「有收穫嗎？」

「嗯，我想，我明白真相，我明白真相了，」他回答的語氣，帶著某種意味。「或許今晚我就可以證明一切。嗯，哈，沒錯。你知道，我一直站在這裏思索著要怎麼處理這件事。孩子，這是個老問題了，年復一年，問題變得越來越棘手。日子越過越愜意，老椅子越坐越安逸，而人心也許——」他舉手拂過額頭。「什麼是正義？凡是我插手的案子，到最後我都會思考這個問題。我看見幾張臉浮起，緊接著邪惡的心靈以及病態的夢想……算了。我們要下樓了嗎？」

「壁爐是否內藏蹊蹺？」藍坡仍問道。

他走到壁爐旁，一邊檢查一邊搥打，卻仍未發現不尋常的東西。爐邊倒是散佈著一些煤灰，壁爐背部有一條煤灰塗成的扭曲斑紋。

「這裏到底哪裏不對勁？真有一條祕密通道嗎？」

「喔，沒有，沒有你想的那樣。沒有人從那裏爬出去，沒有。」當藍坡把手伸入煙道口摸索時，他說，「恐怕你是在浪費時間；那裏面是找不到任何東西的。」

「但是，」藍坡沮喪地說，「假如那個漢瑞——」

「是的，」門口傳來沉重的聲音。「漢瑞兄弟。」

這聲音和海德雷根本不像，因此一時之間他們沒認出他來。海德雷就站在門口，手中捏著一張被揉皺的紙。他的臉籠罩在陰影中，說話的語調隱約帶著平和之氣，但藍坡明白那是代表了絕望。海德雷輕輕關上身後的門，佇立於黑暗之中，平靜地繼續說道：

「這是我們自己犯的錯，我知道，我們被三兄弟的存在理論迷惑了。我們兜了好長一段路。現在我們必須重新來過。菲爾，今天早上你曾說過，這件案子已經翻轉過來，但當時我不相信你真的弄清楚了。這豈止是翻轉過來？它根本就無法成立。我們所憑藉的線索完全沒用。他媽的一點機會也沒有，這真叫人不爽……」他瞪著手上的紙，像是要將它揉成一個球。「警場剛來過電話。布加勒斯特那邊已經有了回音。」

「我想我知道你要說什麼，」菲爾博士頷首。「你要說，漢瑞兄弟——」

「沒有漢瑞兄弟這個人。」海德雷唸道，「『侯華斯三兄弟中的老三，三十多年前已身亡。』」

黯淡的紅光益發暗沉，在冰冷寂靜的書房裏，他們聽見遠方傳來倫敦的喧譁，提醒人們夜幕就此低垂。海德雷走向大辦公桌，並將揉皺的紙攤平在桌上以便大家閱讀。黃玉水牛雕像的影子像是挖苦似的壓在紙上。在房間另一邊，三座墓穴油畫上的刀痕歷歷可見。

「不可能出錯的，」海德雷接著說道，「這案子似乎相當轟動。傳送過來的電報很長，但我已根據他們在電話中的口述，逐字抄下最重要的段落。看看吧！」

貴單位所需求的資料極易取得〔見下文〕。敝人服務的行政部門中，有兩名員工曾於一九〇〇年在賽班特曼擔任守衛，他們可證實這項記錄。查證結果是：卡洛里・葛里莫・侯華斯、皮爾・佛雷・侯華斯，以及尼可拉斯・瑞非・侯華斯等三人，他們是卡洛里・侯華斯教授（克勞森堡大學）的兒子，其母是西索兒・佛雷・侯華斯（法國人）。一八九八年十一月，三兄弟搶劫布拉松的庫納銀行，於一八九九年一月被宣判處以二十年的勞役刑罰。搶案中的銀行警衛傷重身亡，贓款則不知下落。據信這筆鉅款被藏於某處。一九〇〇年八月的黑死病恐慌時期，兄弟三人在監獄醫師的協助下，企圖詐死而利用外埋瘟疫區的計畫大膽逃亡。一個小時之後，雷納與喬治兩名守衛返回欲將木製十字架插於墓穴，卻發現卡洛里・侯華斯之墓已遭破壞。他們趨近勘查，看見棺材已打開且裏面空無一物。兩名守衛隨即挖開另兩座墓穴，見到皮爾・侯華斯渾身是血，失去知覺，但一息尚存。尼可拉斯・侯華斯則已窒息而死。真實確認其人已死亡無誤後，尼可拉斯再度下葬，皮爾則重新入獄。這項醜聞被掩蓋下來，對逃獄者並未展開追緝行動，一直到大戰結束前此案從未外洩風聲。皮爾・佛雷・侯華斯的心智狀態從未恢復正常。他服滿刑期後，於一九一九年一月被釋放出獄。敝人向您擔保，毫無疑問地第三個兄弟已然身亡。

布加勒斯特區警察總長　亞歷山大・庫扎　上

「喔，沒錯，」他們看完摘錄後，海德雷說道，「它充分證實了我們的假設，差別只在一件微不足道的小事：我們一直在追索一個鬼凶手。漢瑞兄弟（或者，應該說是尼可拉斯兄弟）從未離開他的墓穴，這會兒他還在那裏。這整個案子……」

菲爾博士以指關節輕敲桌上的紙。

「海德雷，這是我的錯，」他坦承說道，「今天早上我說過，我幾乎犯下我畢生以來最大的錯誤。我被漢瑞兄弟催眠了，我幾乎無法思考其他的事情。所以你現在應該明白，為何我們對於第三個兄弟的了解如此貧乏，為何我那狂妄的自信，鮮少在這件事上妄加揣測？」

「嗯，承認錯誤已經於事無補了。現在針對佛雷那些奇言怪語，我們要如何解釋？私人仇殺？報復？如今這些可能已不復存在，我們已沒有任何線索來著力。一絲線索也沒有！排除掉報復葛里莫和佛雷的動機，我們手上還剩什麼？」

菲爾博士面露幸災樂禍之色，用手杖指向督察長。

「你看不出來還剩什麼嗎？」他大聲咆哮。「這兩件謀殺案告訴我們，我們必須接受眼前的事實，不然鐵定又會回到混亂狀態，你還不懂嗎？」

「你是說某人謀畫了整個事件，使它看來像是個復仇者的行動？我現在，」督察長自行解釋著，「差不多明白了。但是這實在教我難以想像。真正的凶手為何料得到我們會在陳年往事中挖掘線索？要不是一連串的機緣巧合——就甭提你在現場——我們還不會往這條線追查呢。真凶是如何得知，我們會試圖找出葛里莫教授和匈牙利罪犯或佛雷等人之間的關聯？這條可以誤導查案的線索實在隱藏得太巧妙了。」他來回踱步，邊走邊以拳擊掌。「這事我越想越覺得奇怪！我們有他媽的充分理由相信是老三殺了其他兩位兄弟，而且，考慮到這個可能性，我越想就越懷疑尼可拉斯死了沒。葛里莫自己也說是第三個兄弟開槍殺了他。人之將死，人知將死，還會有什麼理由能教他撒謊騙人？或者……等一下！莫非你以為葛里莫指的是佛雷？難道是佛雷先來這裏射殺了葛里莫，然後另外又有人開槍殺了佛雷？這個推測倒是可以解開許多謎團。」

「但是，」藍坡說道，「請原諒我打岔，我要說的是，這無法解釋佛雷為何一直把老三掛在嘴邊！漢瑞非死即生。如果他已在地下安眠，是什麼原因教這兩個受害者總要撒謊把他牽扯進來？如果他真的已死，那他必定是從地獄活過來的幽靈。」

海德雷晃晃他的公事包。

「我知道。我也不滿意自己的推測！不過我們必須採信某個說法，與其相信電報的訊息，相形之下，漢瑞殺了這兩人的說法似乎更具說服力。也許出於某些因素電報發生了錯誤。或者……嗯，假設他真的死了，而凶手假稱是那死而復生的兄弟？」他話聲乍歇，一邊點頭，一邊凝視著窗外。「這下子我認為我們更加逼近真相了。這個假設可以解釋所有的矛盾，不是嗎？真凶假扮的那個角色，近三十年來都未和另外兩個兄弟碰過面，然後呢，凶手犯下謀殺案，接著我們抓到他的狐狸尾巴——如果真的逮到他的尾巴——然後把動機歸因於復仇。菲爾，聽起來怎麼樣？」

菲爾博士眉頭深鎖，並且繞著桌子遊走。

「還不壞……不壞，這個偽裝的說法還可以接受。但是動機呢？葛里莫和佛雷為何被殺？」

「什麼意思？」

「其中一定有條貫穿全局的線，不是嗎？要殺葛里莫的動機或許很多，有顯而易見的，有模糊隱匿的。米爾斯、杜莫、伯納比，或者……是的，任何人都可能謀殺葛里莫。同樣的，任何人也都可能殺了佛雷。我必須聲明，所謂的任何人，後者和前者不會是同圈子裏的人。葛里莫圈子裏的成員，為何必須殺佛雷？想必他們之中沒有人曾見過他吧？兩個受害者若是被同一人所殺，那麼連接兩樁謀殺案的環節在哪裏？一個是住在布魯姆斯貝利受人敬重的教授，一個是有入獄前科的流浪藝人。排除與過去相關的牽連，在凶手心目中，是什麼樣的心理動機會將這兩個人扯上關係？」

「我想到有個人，從過去到現在和這兩人都有關係。」海德雷說。

「誰？你是指杜莫那女人？」

「是的。」

「那麼請問你，是誰來扮演漢瑞呢？不管你怎麼想，最後的結論鐵定沒她一份。不，老弟，在所有的嫌犯中，若要猜出誰是凶手，挑上杜莫不只是最差勁的選擇——她根本不可能是凶手。」

「我可不這麼想。聽我說，你認為杜莫沒殺葛里莫的理由，是因為她愛著老教授。不要強辯，菲爾，不要再強辯了！記得一開始她敘述了一個荒謬至極的故事……」

「她和米爾斯搭檔敘述，」菲爾博士的聲音低沉，他嘲諷似地斜瞅海德雷，隨即又喘了口氣。「你能否想像一下，在夜黑風高的晚上，兩個最不可能合作的同謀者，聯手編出一套莫須有的謊言來欺騙警方？她可能戴了副面具——我是比喻她裏外不一。米爾斯也可能戴了面具。然而要將兩張面具和他們的行動結合起來，顯然難度是太高了。我的想法比較實際：只有一張假面具而已。而且厄奈絲汀・杜莫絕非雙屍命案的凶手，這個說法是其來有自。怎麼講呢？因為佛雷喪命的時間，已獲三名可靠證人的確認，而那段時間她人就在這間書房裏與我們交談。」他略作沉思，然後眼神突然閃閃發光。「或者，你想把年輕的第二代拉扯進來？蘿賽特是葛里莫的女兒，那就假設身分曖昧的史都·米爾斯其實是漢瑞的兒子？」

海德雷正要辯駁，卻及時煞住不還嘴，他反過來打量著菲爾博士。博士正坐在辦公桌的邊緣。

「我了解這種心情。我非常能體會，」海德雷的口氣也承認此為不當之懷疑。「再這樣討論下去，事情只會越扯越叫人迷惑，這會兒我們再怎麼辯論，也辯不出什麼所以然。為何非要我相信你的說法？」

「首先，」菲爾博士說道，「因為我希望能說服你相信，米爾斯說的全部是實話……」

「你的意思是，你把事情說得如此錯綜複雜，是為了待會兒要證明他不是凶手？你現在賣弄的小把戲，就是在『死亡之鐘』命案中使過的那一招？」

博士不理會督察長的質問，他暴躁地繼續咕噥說道：

「第二，因為我知道誰是真凶。」

「是我們見過面，而且談過話的人嗎？」

「喔，是的。此人與我們密切接觸。」

「所以，我們有機會……」

菲爾博士瞪著桌子好一會兒，在他紅通通的臉上，變換了好幾種表情。時而茫然失神，時而咬牙切齒，時又憐憫悲嘆。

「是的，上帝會幫助我們大家，」他的語氣非常怪異。「你會找到機會的。現在，我要回家了……」

「回家？」

「回去做我的葛羅斯試驗。」菲爾博士說道。

他轉身欲走，卻未立即離去。混濁的光線益發陰沉，終於轉為紫紅色，隨後灰褐色的陰影便吞噬了整個書房。時間過了好久，博士只是凝視著劃過刀痕的油畫。它彷彿使出渾身解數把殘留的白熱光芒一網打盡，最後再將之塞入三口棺材之中。

CHAPTER 19

空幻之人

當天晚上，菲爾博士把自己關在讀書室旁的小隔間裏，那兒是他用來從事「科學實驗」的場所，但菲爾太太可不以為然，她稱那事是「鬼混瞎搞」。然而喜歡鬼混瞎搞已是人性中最主要的特質，所以藍坡和桃若絲夫妻倆都自願充當助手。但這回博士卻是相當嚴肅、十分少見的煩躁不安，所以他們夫婦倆只得連個玩笑也不敢開的悻悻然退出。永不疲倦的海德雷早已離開去查不在場證明。而藍坡針對這件事也只提了一個問題。

「我知道你想要解讀這些燃燒過的紙片，」他說道，「我也知道你對它們極為看重。但是你究竟希望從其中找到什麼？」

「可能讓我一敗塗地的事實，」菲爾博士回應道，「這件事讓我昨晚像個傻瓜。」

他帶著睏意搖搖頭，隨即把門關上。

藍坡和桃若絲分坐壁爐兩旁面對面地互望著。屋外狂雪滿天飛舞，這個夜晚可真不適合出遠門。藍坡本想找曼根出來共進晚餐，一塊敘敘舊，把酒話當年。但打電話去之後，曼根回說蘿賽特不能離開，而他最好陪在她身邊。菲爾太太也去了教堂，所以剩下的這兩人，便在圖書室裏恣意地討論起案情。

「從昨天晚上開始，」做丈夫的發表意見。「所謂可從燒過的紙片來解讀字義的葛羅斯法則，就一直在我耳邊出現。但似乎沒有人知道那是什麼玩意。我猜是把化學藥品混合配置的一種方法吧？」

「我知道那是什麼東西，」她得意洋洋地說道，「今天中午你們在外頭東奔西跑的時候我查過了。而且啊，就算這套方法再簡單，我敢說也不會有什麼收穫的。我可以和你打賭，一定搞不出名堂的！」

「妳讀過葛羅斯的理論？」

「嗯，我讀的是英文版。道理滿簡單的。這套理論指出，把書信丟入火爐裏，你將發現在信紙燒焦的部分，字跡會很清晰地浮現出來，通常是黑底白字或灰字，有時候顏色會對調。你沒注意過這種情況嗎？」

「說不上有。來英國之前，我很少看過開放式的壁爐。真的是這樣嗎？」

她皺起眉頭。

「對有印刷字體的硬紙盒或肥皂盒還滿有用的。但是對一般的文件……總之，大概是這麼處理的：先用圖釘將描圖紙釘在紙板上，然後把燒焦紙片黏覆於描圖紙之上，再使勁向下推壓燒焦的紙片……」

「那麼皺的紙這樣壓好嗎？會把它壓碎的，不是嗎？」

「哈！葛羅斯說了，竅門就在這裏。你必須將紙片軟化處理。描圖紙先摺成二或三吋長的方格狀，再將所有燒焦紙片包在裏頭。接著鋪展一條疊了好幾層的濕布，讓這些紙置放在布料上，浸淫於濕氣中，直到它們變直服貼為止。一旦它們全部攤平而固定，你沿著每塊燒焦紙片的紋路分別將描圖紙切割下來。然後在玻璃板上面重整它們，像是玩拼圖遊戲似地。接著在第一片玻璃上面覆蓋第二片玻璃，並將四邊縛緊，最後透著光線往玻璃看。不過我可以和你打賭任何東西——」

「我們來試試看，」藍坡興致高昂地說。

起初燒紙的步驟不算是成功。他先從口袋裏取出一張舊紙片，並摩擦火柴點燃它。動作雖然急躁，火焰仍順利燃起。眼看紙片四周捲扭起來，離手後向下飄落，火花則呈不規則狀亂竄，但降至爐邊時火花已逐漸萎靡不振，而紙片縮攏捲起呈傘狀的焦黑長度，最多不過兩吋而已。他們跪在地上仔細觀看，卻未能見著任何字跡。藍坡繼續燒了好幾張紙，每一片都猶如溫和的流星煙火緩緩飄揚，然後墜落於爐邊。終於他開始發飆，任何伸手可及的東西都難逃被燃燒的命運。他越是捉狂，就越相信只要操作得當，這套方法總會發生效用。因此連打字印刷品也拿來測試，他用菲爾博士的打字機連打了好幾次如下的字句：「善心人士們，是該為這群人挺身而出的時候了」，這會兒地毯上滿是輕飄飄的碎紙，因而顯得雜亂無章。

「說真格的，」藍坡的臉頰緊貼在地上，閉著一隻眼端詳紙片說道，「這些紙片不是燒焦，它們根本是燒光了，完全不符合實驗的條件。哈，有了，我看見『這群人』了，清清楚楚的。和原先的打字體比起來它變小很多，而且焦黑的地方似乎有些不規則彎曲，不過的確是這些字。妳身上還有手寫的信函嗎？」

隨著新發現，桃若絲自己也是益發亢奮。在一張骯髒的灰紙片上面，「東十一街」的字樣赫然清晰可見。雖然滿地散佈的紙片多半是一觸即碎，但在他們謹慎的料理下，許多字眼最終仍被辨識出來：「週六夜晚」、「怪傢伙」、「宿醉」以及「杜松子酒」。藍坡心滿意足地站起來。

「假如藉由濕氣的輔助紙片真的能攤平，那就行得通了！」他宣稱，「唯一的問題是，能否湊出足夠的字句來解讀其意。何況我們又不是專家，只有葛羅斯才可能搞定。不知菲爾博士到底要找什麼？」

直至夜深人靜，這個主題仍持續討論著。

「既然此案被整個顛覆，」藍坡指出。「我們要上哪兒找殺人動機？這是關鍵所在。根本沒有可以串聯殺害葛里莫及佛雷的合理動機！對了，關於昨晚妳那套古怪的理論，說什麼凶手若非佩提斯便是伯納比的說法，有下文嗎？」

「你漏了那個長相可笑的金髮女子，」她以強調的口氣修正。「你知道，這個案子最令我困擾的是那件大衣變色又消失的事情。這一來好像又將箭頭指回那棟屋子了，不是嗎？」她靜坐沉思。「不，我的想法整個改變了。我不認為佩提斯或伯納比涉嫌此案。甚至那金髮女子也不可能牽連在內。我現在十分肯定，嫌犯的人選可以縮小至其他兩位。」

「哦？」

「若不是德瑞曼，便是歐洛奇，」她頷首，十分果決地說道，「我說了就算。」

藍坡強忍反駁的衝動。

「是的，我也考慮過歐洛奇，」他承認。「不過，妳選中他的原因只有兩點。第一點，他是馬戲團的空中飛人，而妳認為凶手是運用了空中脫逃術之類的伎倆完成工作的。然而，就我目前所見，歐洛奇也是英雄無用武之地。第二點，也是最重要的一點，妳認為他和本案沒有任何瓜葛，他毫無來由地冒出來，通常這意味著一種可疑的徵兆。不是嗎？」

「或許吧。」

「至於德瑞曼……沒錯，和葛里莫、佛雷的過去有所牽連的，現在只剩德瑞曼一人。這即是重點所在！此外，整個晚上從晚餐時間至大概十一點吧，沒有任何人看過他。但我不認為他有罪。這樣吧，我們把昨晚的案發經過列成一張大略的時間表，如此應可整理出個頭緒。我們一項一項來，就從晚餐開始吧。這張時間表會非常粗略，許多小細節還是我們自己加以揣測的。除了真正的案發時間以及相關的證詞之外，我們知道的實在不多，但還是可以試著推敲看看。晚餐前的時間也不明確。我們就從……」

他取出一個信封袋，在上面迅速地書寫。

（約莫）六點四十五分：曼根抵達府邸，將自己的大衣掛在走廊衣櫃裏，並且看見一件黑色大衣吊在裏頭。

（約莫）六點四十八分：安妮從餐廳過來（假設她用了三分鐘的時間），關掉曼根打開而且離去時未關的櫃燈。她根本沒看見那件黑色大衣。

（約莫）六點五十五分（此時間點並未被指出，但是在晚餐前夕）：杜莫太太往走廊衣櫃裏看，發現有件黃色大衣。

「我先這樣整理，」藍坡說道，「因為我是假設曼根掛上大衣離去，至安妮來關燈這段極短的時間，杜莫太太不可能飛奔至衣櫃探看。」

女孩突然瞇起眼睛。

「啊，且慢！你怎麼知道？我是說，假如燈已關掉，她為何能看見黃色大衣？」

隨即是一陣沉默，他們彼此望著對方。藍坡說道：

「這案子越來越有趣了。如此一來，問題就變成：『她為何往衣櫃裏看？』重點是，假如我寫下來的時間點次序可以成立的話，這問題倒是可以得到合理的解釋。首先，有一件黑色大衣，曼根瞧見了。接下來呢，曼根離去之後某人偷走了那件黑色大衣──原因我們就不知道了──所以安妮沒看到任何東西。後來又有人在同一個地方放了一件黃色的花呢大衣。聽起來沒什麼問題。但是，」他大叫出聲，手上的鉛筆在空中猛刺。「事情若不是照此順序進展，除非是有人撒謊，不然整件事完全說不通。這樣的話曼根何時抵達根本無關緊要，因為陰謀一定會在幾分鐘甚至幾秒鐘之內執行。明白嗎？曼根到達那裏，掛好大衣，走開。然後杜莫走出來，往衣櫃裏看，離開。隨後緊跟著出場的是安妮，她關掉電燈，然後也是走開。這表示，在轉瞬間黑色大衣先變成黃色大衣，隨即又消失不見。這根本不可能。」

「說得好！」桃若絲喜形於色地說，「那麼你想，是誰撒謊？我猜你會堅持絕對不是你的朋友——」

「那是當然。我認為是杜莫那女人。我敢和妳打賭任何東西！」

「但她不是凶手，這一點已經證實了。而且我欣賞她。」

「別瞎攪和了，現在，」藍坡慫恿著，「繼續列舉我們的時間表，看看是否有其他發現。哈！寫到哪裏了？對了。晚餐設定在七點鐘，因為我們知道晚餐結束於七點三十分。所以……」

七點三十分：蘿賽特和曼根一同到起居室。

七點三十分：德瑞曼上樓回自己房間。

七點三十分：杜莫不知去向，但肯定留在屋裏。

七點三十分：米爾斯到樓下的圖書室。

七點三十分：葛里莫和米爾斯一起在樓下圖書室，葛里莫告訴米爾斯九點三十分上樓來，因為屆時將有訪客。

「哇！這裏碰到了阻礙。我正要寫葛里莫接著來到起居室，告訴曼根十點鐘將有訪客。但事情並非如此，因為蘿賽特對此事一無所知，而且她當時是和曼根在一起！問題是，曼根未曾表明他何時被告知。不過這無所謂，葛里莫可能把他拉到一旁說的吧。同樣地，我們也不知道杜莫太太何時被通知訪客將於九點三十分到達，很可能是在更早的時候。實際上這是個同性質的問題。」

「你確定是嗎？」桃若絲一邊找菸，一邊詢問，「哼！好吧，繼續。」

（約莫）七點三十五分：葛里莫上樓回書房。

七點三十五分至九點三十分：無任何狀況。沒有人走動。屋外大雪紛飛。

（約莫）九點三十分：雪停了。

（約莫）九點三十分：杜莫從葛里莫的書房收走咖啡托盤。葛里莫提到當晚訪客也許不會來了。此時杜莫離開書房的時間是……

九點三十分：米爾斯上樓。

「接下來的這段時間裏，應該沒有重要的事情發生。米爾斯人在樓上，德瑞曼在自己房間，蘿賽特和曼根在起居室，並且開著收音機……等會兒！我差點忘了一件事。門鈴響起前的某個時刻，蘿賽特聽見大街上某處傳來砰擊聲，彷彿有人從一個很高的地方摔下……」

「如果收音機是開著的，為何她能聽見砰擊聲？」

「顯然音量開得不夠大——不，音量應該是滿大聲的。由於收音機的聲音太吵雜，所以他們差點沒聽到冒牌佩提斯的聲音。不管這個了，我們先按照順序來整理。」

九點四十五分：門鈴響起。

九點四十五分至九點五十分：杜莫去應門，並且和訪客談了話（沒認出訪客的聲音）。她收下名片，當訪客的面關上門，檢視名片，發現是空白的，她遲疑了一下，隨即上樓……

九點四十五分至九點五十分：杜莫上樓之後，訪客不知用什麼方法也進到屋子裏來，此人先將蘿賽特和曼根鎖在起居室裏，然後模仿佩提斯的聲音來回應他們……

「不是我愛打岔，」桃若絲插嘴。「可是難道你不覺得奇怪，為什麼過那麼久之後，他們兩人才大聲質問訪客是誰？我的意思是，會有人等這麼久才問嗎？假如我正在等待客人，一旦聽見開門聲，我一定會立刻大聲地說：『哈囉！來者何人？』」

「妳到底想要證明什麼？沒什麼？妳確定？別對那位金髮女子如此苛刻嘛！還記得吧，那時離他們預計訪客來臨的時間還有一段空檔……看妳那副嗤之以鼻的德性，那正顯示了妳的偏見。我們繼續吧，在九點四十五分至九點五十分之間，這位不知名訪客X進入屋子，然後走進葛里莫的書房……」

九點四十五分至九點五十分：訪客尾隨杜莫上樓，然後在頂樓走廊追上她。他摘下帽子，翻下衣領，卻未脫下面具。葛里莫打開房門，但並未認出訪客是誰。訪客閃身而入，接著將門重重關上（已獲得杜莫和米爾斯的證實）。

九點五十分至十點十分：米爾斯於走廊盡頭監視那道房門，杜莫也從樓梯間看著同一扇門。

十點十分：槍聲響起。

十點十分至十點十二分：曼根在起居室內發現通向走廊的起居室房門被反鎖。

十點十分至十點十二分：杜莫頭暈或身體不適，因而回到自己房間（德瑞曼在他自己房裏睡覺，不曾聽到槍聲）。

十點十分至十點十二分：曼根在起居室發現門被反鎖後，他企圖破門而出，但是失敗。於是他跳出窗外，此時……

十點十二分：我們抵達屋外，大門沒有上鎖，我們上樓直衝書房。

十點十二分至十點十五分：用鉗子打開書房門，發現葛里莫身上中槍。

十點十五分至十點二十分：調查現場，召喚救護車。

十點二十分：救護車到達，送走葛里莫。蘿賽特陪伴父親隨救護車而去。在海德雷的吩咐下，曼根下樓打電話通知警方。

「這麼一來，」藍坡滿意地指出。「蘿賽特和曼根自然都洗脫了嫌疑。這個段落不用寫得太詳細。救護車人員上樓，醫師檢查受害者，把受害者搬進救護車。就算是讓擔架順著欄杆溜下去的，完成上述事項至少也要五分鐘。這是毋庸置疑！一旦將流程一一列出來後，妳就會發現事情是如此顯而易見！從那裏到療養所一定花了不少時間……然而就在十點二十五分之時，佛雷被槍殺於卡格里史卓街！這個時間蘿賽特正在救護車裏面；而救護人員到達現場時，曼根正在屋子裏頭，因為他跟著他們上樓，並且隨著他們下樓。這簡直是完美的不在場證明。」

「喔，我可沒一口咬定他們倆有罪，特別是曼根，我沒想到他是那麼慇勤的好人。」她皺著眉頭。「你很有把握，在十點二十分以前救護車尚未抵達葛里莫的府邸？」

藍坡聳聳肩膀。

「如果十點二十分以前到得了，」他說道，「那麼救護車非得從吉爾伏特街直接飛過來才行。電話是十點十五分以後打的，事實上，他們能在五分鐘內趕到葛里莫的府邸已經算是奇蹟了。不會錯的，嫌犯名單中，已經可以排除曼根和蘿賽特。何況，我還記得，她在療養所時——有數名證人可證明——看到伯納比公寓的窗戶亮出燈光，那時是十點三十分。我們先把剩餘的部分寫完，看看還有誰可以剔除。」

十點二十分至十點二十五分：救護車抵達，然後載著葛里莫離去。

十點二十五分：佛雷於卡格里史卓街中槍。

十點二十分至（至少）十點三十分：米爾斯和我們待在書房中，回答我們的質問。

十點三十分：蘿賽特在療養所，看到伯納比公寓的窗戶亮出燈光。

十點二十五分至十點四十分：杜莫太太和我們待在書房中。

十點四十分：蘿賽特從療養所回來。

十點四十分：警方抵達案發現場。

藍坡靠坐在椅子上，瀏覽著潦草書寫的時間表，並且在最後一項下方畫了長串的花體符號。

「這個時間表已經盡可能周延了，」他說道，「而且毫無疑問地，我們的嫌犯名單上又少了兩個人。米爾斯和杜莫可以拿掉了，蘿賽特和曼根也剔除了。所以這一屋子人之中只有德瑞曼有可能了。」

「但是，」桃若絲猶豫了一下，才反駁說道，「這下子更叫人糊塗了。對於那件大衣，你那如神來之筆的巧思會怎麼解釋呢？你暗示有人撒謊，而且只有可能是波依德・曼根或厄奈絲汀•杜莫；可是現在這兩人都被排除嫌疑了。除非是安妮——但不可能如此，不是嗎？或者說，不應該是這樣的。」

他們倆再度彼此對望。他皺眉摺好表單放入自己口袋。在屋子外頭，突然颳起一陣疾風，而房門緊閉的小隔間裏，他們聽到菲爾博士來回疾走的腳步聲。

翌日早晨藍坡睡過了頭，一來是因為體力消耗過度，二來是這新的一天烏雲蔽日，直教他睡到十點多鐘才睜開眼睛。早晨的天氣陰暗地必須點亮燈火，而且冷得冰寒徹骨。藍坡昨晚沒再見過菲爾博士，當他下樓到後面的小飯廳吃早點時，怒氣沖沖的女侍正擺出培根蛋。

「先生，博士剛上樓去梳洗，」薇妲說道，「他通宵熬夜做他的科學實驗，今天早上八點鐘的時候，我發現他在椅子上睡著了。不曉得菲爾太太會怎麼說，我真的不曉得。海德雷督察長也剛到，他現在正在讀書室。」

海德雷正不耐煩地用後腳跟碰撞爐罩，彷彿是在搔地似的。他急切地詢問實驗結果。

「見到菲爾了嗎？」他追問道，「他查出上面寫些什麼東西了嗎？如果是一些……」

藍坡說明了昨晚的情形。

「你這邊有什麼新消息？」

「有的，是很重要的消息。佩提斯和伯納比都擺脫嫌疑了。他們倆都有無法推翻的不在場證明。」

CHAPTER 19

一陣強風沿著兄弟高台街呼嘯而過，長形窗框被震得喀擦喀擦發響。海德雷仍用腳盤搔弄著壁爐地毯。他接著說道：

「昨晚我見過伯納比的三位牌友。其中有一位是中央刑事法庭的法官。既然都有一位法官能證明其清白了，你大概沒機會送他上法庭。週六晚間從八點至十一點半左右，伯納比都在玩撲克牌。今早貝特思到佩提斯週六晚看戲的那家劇院走了一趟。好啦，他說的是實情。劇院裏有個吧台僕役和他非常熟。第二幕大概是結束於十點五分。幾分鐘之後，就在中場休息時間裏，這位僕役願意發誓，當時他在吧台幫佩提斯倒了杯蘇打威士忌。換句話說，這個時間正是葛里莫在十哩外慘遭射殺的時刻。」

「這是意料中的事，」沉默了一會兒，藍坡說道，「為了確保無誤……我希望你看看這個。」

他遞出昨晚完成的時間表。海德雷簡略地瀏覽。

「喔，是的。我自己也排了一份。這表格看起來非常合理，特別是有關那女孩和曼根的部分，雖然我們也不敢保證時間點絕對精準。但我想它是可以站得住腳。」他輕敲手掌上的信封袋。「這東西替我們縮小了範圍，這是個好法子。我們會在德瑞曼身上再下工夫。今早我打了通電話到葛里莫府邸。葛里莫的屍體已經送回去了，因此每個人都有點歇斯底里，蘿賽特只說德瑞曼服了嗎啡，神智還是半清醒狀態。我們——」

當那拖著步伐、並伴隨手杖著地的熟悉聲音響起時，海德雷倏然住嘴，那門外的聲音和督察長的話語一樣，似乎都帶著遲疑的意味。然後菲爾博士便推開房門。他喘著氣走進來，眼中毫無一絲神采。他整個人彷彿和陰霾的早晨融為一體，表情中有一股絕決的沉重。

「結果呢？」海德雷催促著。「你從那些紙片中找到了你要的答案嗎？」

菲爾博士四處摸索，終於找到他的黑菸斗並且點燃它。在回答問題之前，他搖搖擺擺地走過來將火柴丟入爐火裏。最後他終於輕聲低笑，但笑意中卻有不悅之色。

「是的，我找到我要的答案了——海德雷，週六晚上我的推論無意間兩度害你誤入歧途。真是錯得離譜，我一定是昏頭昏腦才會犯下這麼大的錯誤，要不是昨天我總算看出真相，挽回自己的尊嚴，否則白癡的稱號便是我最後應得的懲罰。當然，我的愚蠢並非鑄成大錯的唯一因素，巧合再加上環境情勢的配合，造成更大的誤判。這些因素結合起來，使得一個平凡無奇、醜陋陰險的小謀殺案，變成了一個駭人恐怖且叫人費解的懸案。喔，我承認，兇手的確是相當精明。不過……是的，我已經找到我要的答案。」

「哦？紙上寫的是什麼？究竟有何意義？」

「什麼都沒有。」菲爾博士說道。

他緩慢、沉抑地說道，帶著令人毛骨悚然的意味。

「你是說，」海德雷高聲問道，「實驗失敗了？」

「不，實驗奏效了。我指的是紙片上面什麼也沒有，」菲爾博士的聲音低沉。「甚至連手劃的一條線、一小段隻字片語，或是和週六晚上那驚人祕密有關的字跡，這些通通都沒有。我剛剛說的就是這個意思。除了……嗯，是的，是有幾張像厚紙板之類的硬紙片，上面印著一兩個字。」

「既然如此，為何要燒掉這些紙張？」

「因為它們不是信函。問題就出在這裏，我們是在這裏出錯的。難道你還不懂它們是什麼嗎……嗯，海德雷，這件事我們最好到此為止，然後將所有的錯誤拋至腦後。你想會會這位看不見的凶手，這位從我們夢境中穿梭而過的惡鬼與空幻之人？太好了，容我為你介紹。你開車來的嗎？那就走吧。我倒要看看能否讓他自己招供。」

「讓誰招供？」

「葛里莫府邸裏的某人。走吧。」

眼見答案逐漸成形，藍坡心裏不禁感到擔憂。究竟真相為何，他的腦子裏可是一片混亂，完全沒有自己的主張。在車子出發之前，海德雷必須先啟動解凍引擎。一路上他們碰上好幾回交通阻塞，但海德雷沒有發出任何怨言。三人之中最安靜的是菲爾博士。

位於羅素廣場的這棟凶宅，此時所有的百葉窗皆已拉下。由於屍體已經搬進屋裏，使得府邸看來比昨日更加死氣沉沉。整個環境周遭的氛圍是如此寂靜，因此當菲爾博士按下門鈴時，連站在屋外的他們都可以聽到門鈴響起的聲音。過了很長一段時間，安妮才來應門。她身上沒有穿戴便帽和工作裙，臉色看來蒼白而緊張，但還算是鎮定。

「我們希望能拜見杜莫太太。」菲爾博士說道。

雖然海德雷仍能稍安勿躁，但他還是忍不住轉頭四處張望。安妮後退幾步，她的聲音像是從走廊的黑暗處憑空冒出。

「她在裏面和……她人在裏頭，」女孩一邊回答，一邊指著起居室的房門。「我去通報……」她欲言又止。

菲爾博士搖搖頭。他以教人驚訝的沉著步伐移動身子，並輕悄悄地打開起居室的門。

暗棕色的百葉窗全都拉下，厚重的花邊紗簾再覆蓋上去，因此只有極少量的光線能穿透入室。此室看來變得更大，那是因為在陰影之中，原本的家具全被撤離。事實上還剩下一件，它的黑金邊線發出亮光，且有塊白緞布覆蓋其上。那是一副敞開的棺材。細長的蠟燭圍在棺材四周燃燒著。此案事過境遷之後，藍坡回憶起當時的景象，在那一張無生命的臉孔上，從他所站的位置只能看見鼻尖而已。但是那一支支佇立的蠟燭，或行將凋萎的濃密花朵，以及瀰漫於空中的焚香之氣，讓此情此景猶如從幽暗的倫敦，詭異地轉換至匈牙利山脈間充斥著峭壁和狂風的某處：在那裏，金製的十字架隱隱迫近，抵禦著魔鬼的入侵，而大蒜花圈的擺設，是用來抗拒逡巡潛行的吸血鬼。

然而最先引起他們注意的，其實是一隻手緊抓著棺材邊的厄奈絲汀・杜莫。她站在棺材旁，熾盛的細長燭光照耀在她頭上，讓灰髮變成了金髮。剛強的肩膀在燭光柔焦下，堅毅的線條也變得柔和許多。她緩慢地轉過臉來，他們看見她的眼睛深陷，並且模糊不清、難辨其形——雖然她應該還未哭過。她的胸膛急促起伏，肩膀周遭纏繞著一條顏色鮮豔、體積沉重，有著穗狀緣飾的黃圍巾，上頭還織著紅錦緞和小珠刺繡。在燭光下，刺繡處不斷變換著光芒。而這眩目的光芒，是眼前碩果僅存的俗麗潤色。

這一刻她也看見他們。突然間她兩手緊抓著棺材邊，彷彿是要保護這具屍體似地。她仍然只露出黑色側影，一手伸展至位於搖晃蠟燭下方的棺材另一邊。

「為了妳好，太太，妳就招認吧，」菲爾博士徐緩地說道，「相信我，這是為了妳好。」

在這一剎那，杜莫的氣息宛若燭光般超凡輕盈，難怪藍坡以為她已經停止呼吸。接著她彷彿發出輕咳聲，聲音中蘊藏著悲痛之情，然後卻又轉為歇斯底里的狂笑。

「招認？」她說道，「這就是你們這群傻瓜的想法？算了，我無所謂。招認！要我承認是凶手嗎？」

「不。」菲爾博士說道。

這個單音節的字眼，博士道來輕聲溫和，但語調卻沉重地在室內迴盪。她立即瞪著他，當他移步趨近她時，她第一次以驚恐的眼神盯著他。

「不，」菲爾博士說道，「妳不是凶手。讓我來告訴妳，妳扮演的是什麼角色。」

這會兒他高大的身軀已屹立於她面前，而且因逆著燭光而形成黑色身影，儘管如此，他說話的口氣依然溫柔親切。

「昨天，一個名叫歐洛奇的男子對我們透露了幾種戲法的內幕。這幾種戲法都指出一個實情，那就是無論在室內或室外，大部分的魔術都需要助手的協助，而且絕無例外。妳的角色即是魔法師和凶手的內應。」

「空幻之人。」厄奈絲汀・杜莫說道，隨即突然歇斯底里地發笑。

「空幻之人，」菲爾博士說道，然後平和地轉身面向海德雷。「是真有其人。取空幻之人這個稱號，其實是個糟糕且諷刺的笑話，因為它真的是既空幻又存在，即使我們不知此人的身分。這個稱號代表的意義是戰慄夾雜著羞愧。你想會見本案中所追捕的凶手嗎？凶手就躺在這裏，」菲爾博士說道，「但現在，上帝已不容許我們審判他。」

在緩慢的動作中，他的手指向查爾斯・葛里莫教授那張蒼白、沒有生氣、嘴巴緊閉的臉。

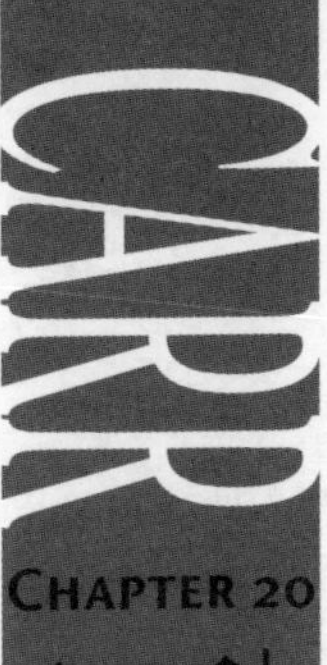

CHAPTER 20

兩顆子彈

菲爾博士仍堅定地注視這個女人，她再次退縮於棺材邊，彷彿是要以身體護著它。

「夫人，」他繼續說道，「妳所愛的男人已經死了。如今法律對他是鞭長莫及，而且不管他做了什麼，他也付出了代價。我們眼前迫切的難題——妳我共同的難題，是阻止這件事張揚出去，讓活著的人不受到傷害。但是，妳知道，妳是牽連在內的，雖然在命案中妳並未真的參與。相信我，夫人，如果憑我一己之力可以解釋整個案情，我一定會這麼做的，絕不會拖妳下水。我了解妳也在受苦。但妳自己看看，要我自己解開所有謎團實在是不太可能。所以我們必須一起說服海德雷督察長，務必把這個案子隱瞞下來。」

他的聲音中有某些特質，那是一種永不厭倦、永恆不變而且永無止境的同情心，這即是基甸・菲爾的憐憫之情。就是這種聲音，彷彿能慰藉哭泣之人安詳地入眠。這時她的情緒已逐漸平復。

「你知道了？」過了片刻她才熱切問道，「不要戲弄我！你真的知道嗎？」

「是的，我真的知道。」

「上樓去，到他的書房，」她的聲音不帶一絲情感。「我隨後會和你們會合，我……我現在無法面對你們。我得想一想，而且，在我上來之前請勿和任何人交談，拜託！不，我不會逃走的。」

他們走出室外，菲爾博士猛然伸手一揮抑止了海德雷發問。走在陰鬱的樓梯間，一路上他們默默無語。來到頂樓的途中，他們不曾與人擦身而過，也沒看到任何人影。他們再一次走進了這間書房，室內是如此陰暗，海德雷遂轉開桌上的馬賽克燈。一旦確定房門關上後，他迫不及待地轉身。

「你要告訴我，是葛里莫殺了佛雷？」他追問。

「沒錯。」

「就在他躺在療養所裏神智不清，並且於眾目睽睽下死去之際，他還跑到卡格里史卓街，然後——」

「不是在那個時候，」菲爾博士沉靜地說，「你瞧，這就是你沒搞懂的地方。就是從這裏開始讓你走岔了路。這就是我所謂的整個案子不是翻轉過來，而是走錯了路。事實上，佛雷比葛里莫早死。而且最糟糕的是，葛里莫試圖告訴我們確確實實的真相。當他得知自己已不久於人世時，他的確這麼做了，他閃現了一絲人性的曙光！但我們卻誤解了他的意思。坐下來吧，我試著解釋給你們聽。一旦抓住了三個要點，你根本不需要我來多做解釋，案情便不言自明了。」

他喘著氣，低身坐進辦公桌後的椅子。接下來有好一陣子，他只是心不在焉地看著桌燈，然後才繼續說道：

「這三個要點，分別是：一、沒有漢瑞兄弟這個人，只有兩兄弟而已。二、這兩兄弟說的都是實話。三、某個時間點的問題，將此案轉往錯誤的方向。

「在此案中，許多事情的關鍵都取決於轉眼即逝的時間差，以及可資利用的時間差到底有多長。凶手會被諷刺地稱為空幻之人，這即是原因之一。而本案的謎團核心應該在於時間點的誤解。只要你回過頭想想，很快便會發現關鍵所在。

「還記得昨天早上吧！基於某種理由我認為卡格里史卓街一案必有古怪。那三名可靠的目擊者，分秒不差地一致指出槍擊事件是發生於十點二十五分。我毫無來由地隨意亂想，為何他們能以如此令人吃驚的精確度來證實彼此的說詞？在一般的街頭事故中，即使是最冷靜的目擊者通常都不會特別注意到這類細節，假使當下查對自己的錶，也不見得能（就算他們能如此應對）奇蹟般地對案發時間一致認同。然而這三人皆是誠實可信的良民，因此他們的異口同聲必然有其原因。這個時間點一定是被猛然灌輸進腦海中的。

「這當然是有原因的。死者倒地之處的正對面是一扇亮著燈光的展示櫥窗，在那兒附近這是唯一有燈光的櫥窗。那是一家珠寶商店，也是當時他們眼前最顯著的目標。它照亮了受害人，也是警官匆忙趕來搜尋凶手的第一現場，很自然地成為眾人的焦點。在面對著他們的櫥窗裏頭，有一個設計獨特的巨型時鐘正對著他們，這玩意兒立即吸引三人的目光。無可避免地，警官當下會確認時間，而自然另外兩人也是同樣反應。於是他們便達成共識。

「不過有一件事，當時看來不太重要，後來卻教我有些困擾。葛里莫被殺之後，海德雷召喚下屬趕到這裏，隨即又派遣一人去捉拿嫌犯佛雷。警方到達這裏的時候……是什麼時間？」

「約莫十點四十分，」藍坡說道，「這是概略的估計，是我從我的時間表中推算出來的。」

「接著，」菲爾博士說道，「有人被派去捉拿佛雷。此人抵達卡格里史卓街時應該是幾點？大致上是介於推定佛雷被殺之後的十五至二十分鐘內。然而在這麼短暫的時間裏，究竟發生了什麼事？出現一堆叫人難以置信的事！佛雷被送到醫師的診所，他已經氣絕、驗過屍體，還有一場確認身分的白工等著忙和。接下來，套用新聞報導的措詞，『耽擱了一陣子之後』，小貨車前來把佛雷移送至停屍間。這麼多事情！為了捉拿佛雷，海德雷的手下匆忙趕到卡格里史卓街，卻發現整個事件剛剛宣告結束，而威瑟警官已回頭挨家挨戶地查問。整場紛紛擾擾的亂象就這麼平息了。這似乎叫人難以相信。

「不幸地，愚鈍如我者，甚至在昨天早上看到珠寶店櫥窗裏的時鐘時，都未能明白它的重要性。

「再回頭想一想。昨天早上在我家裏吃早餐時，佩提斯突然來訪，我們和他談話——談到幾點呢？」

博士暫停了一會兒。

「剛好談到十點整，」海德雷突然回答，並彈了一下手指。「沒錯！我想起來了，他起身離去時，議會大鐘正好開始報時。」

「對極了。他一離開，我們跟著穿戴帽子和大衣，動身直往卡格里史卓街去。我們戴上帽子、走下樓梯、在週日早晨行人絕跡的街道上開了一小段車程——若是換成週六晚上的交通狀況，這一趟車程只需十分鐘——總共花了多少時間？你就隨意說個合理而寬裕的數字吧。我猜你會說了不起二十分鐘罷了。但是到了卡格里史卓街，當你引導我去看那家珠寶店時，那別緻的時鐘正好指著十一點。

「甚至到了那個時候，我那沉思中的笨腦子也未能看清時鐘和其蘊藏的玄機，這和案發當晚，三名目擊者處在紛擾的情況下沒有看出真相是如出一轍。後來，桑瑪斯和歐洛奇鼓吹我們上樓至伯納比的公寓。我們勘查了很久，接著又和歐洛奇交談。當歐洛奇侃侃而談時，我突然意識到，在這死寂般的早晨時光——街上安靜地只聽得到風聲——響起了一種不一樣的聲音。這個聲音便是教堂鐘聲。

「說到這裏，你想，教堂鐘聲是何時開始鳴響的？不會在十一點以後，因為禮拜儀式早就開始了。通常是在十一點前，而且那是一種預備鐘響。然而如果我選擇相信德製時鐘所指示的時間，那麼當時應該是過了十一點以後滿久了。突然間我遲鈍的腦子開竅了。議會大鐘和我們開車前往卡格里史卓街的路程一併在我腦海裏浮現，而且把教堂鐘聲和議會大鐘連結起來對抗（哼！）那中看不中用的外國鐘。我們可以說，教堂和議院不可能同時出錯……換言之，珠寶店櫥窗裏的時鐘是快了四十多分鐘。因此，卡格里史卓街的槍擊命案不可能發生於十點二十五分。事實上，命案的發生一定稍早於九點四十五分。大致上來說，是九點四十分。

「其實，遲早都會有人發現這件事，說不定已經有人注意到了。像這樣的命案一定會登上驗屍法庭，到時將有人來駁斥時間的正確性。不管你會一眼看出真相（如我所期盼），或者腦中更形混亂，我不知道……但可以肯定的是，卡格里史卓街命案比九點四十五分——這是戴假面具的人，來按屋子門鈴的時間——還早發生了幾分鐘。」

「可是，我還是不明白——」海德雷提出異議。

「那個不可能的犯罪現場？確實很難理解，我可以為你把整個來龍去脈說個明白。」

「好吧，先讓我自己弄清楚。就像你講的，假如葛里莫在卡格里史卓街槍殺佛雷的時間是快要九點四十五分——」

「我可沒這麼說。」菲爾博士說道。

「什麼？」

「只要你耐著性子從頭聽我道來，你就會明白怎麼回事了。上週三晚上，當不光采的往事已成過眼雲煙時，佛雷首度現身了，他顯然離開了墓穴，來到瓦立克酒館，叫人難堪地當面威脅他的大哥。這時葛里莫就決定要殺他。在全案中，你瞧，葛里莫是唯一有動機殺佛雷的人。我的老天！海德雷，真怪不得他有殺人動機！他日子過得安然無恙，有錢，又受人尊敬，往事已長埋於地下。然後，出其不意地，大門碰地一聲打開，一個嘴角帶著冷笑的瘦長陌生人走了進來，這人居然是他的兄弟皮爾。葛里莫逃獄的時候，讓他一位兄弟慘遭活埋而死。而若非一場意外，連另一個兄弟也會為他所害。即使到了今天，他仍會因此遭到引渡，然後被吊死。而眼前，皮爾·佛雷已經追查出他的下落。

「還記得那天晚上在瓦立克酒館，當佛雷突然出現在葛里莫的面前時，他說了什麼吧？仔細想想他說的話，以及做了些什麼事，你就會發現心虛膽顫的佛雷，根本不像他所偽裝的那樣魯莽瘋狂。如果他的目的只是要報復私人恩怨，何必當著葛里莫的朋友面前出言諷刺？他拿他死去的兄弟來做為恐嚇的籌碼，不過他提及已故的兄弟也只有那一個時候而已。為什麼他說：『和我比起來，他對你可是深具威脅』？因為那位已故的兄弟能吊死葛里莫！為什麼他說：『對你那條命，我沒什麼興趣，但他可不』？為什麼他說：『要讓我兄弟出馬來拜訪你嗎』？而且隨後他遞給葛里莫的名片上，為何地址寫得如此詳細？那張名片、他的話語和後來的舉動，都是有意義的。佛雷當著許多人面前，對葛里莫撂下狠話，其實這是話中有話，他真正的意思是：『大哥，自從咱們年輕時候犯下搶案以來，你身子發福而且發財了。我卻是窮得很，而且厭惡自己的工作。眼下你是要來我落腳的地方坐坐，咱們把事情做個了斷，或者要我讓警察約你來談談？』」

「勒索。」海德雷靜靜地說道。

「是的。佛雷的思考邏輯是異於常人，但他不是傻子。在他恐嚇葛里莫的最後一句話當中，請注意他的表達方式，是多麼的拐彎抹角：『一旦我和我的兄弟聯手出擊，我也同樣會有生命危險，但我已經準備冒險一試。』此句話如同前例，我們總是事後才明白。他對葛里莫的態度依然是坦承相對：『大哥，你可能會殺我就像殺三弟一樣，但我願意冒這個險。所以我是該和顏悅色地來拜訪你呢，還是讓我死去的兄弟來吊死你？』

「我們來看看命案當晚他的行為舉止。還記得他帶著興奮之情，砸碎並丟棄所有變魔術的家當吧？當時他對歐洛奇說了什麼？從我們目前已知的情況來看，這句話只有一種解釋。他說道：『我再也不需要它們了。我的任務已經結束了。我沒告訴過你嗎？我要去見我的兄弟。他要出面了斷我們倆過去的恩怨。』

「這意思當然是，葛里莫和他達成了協議。佛雷是指他自己即將脫離苦海，即將帶著一大筆錢回去自己終老的墓穴。為了不洩漏計畫，他無法把話說得更明確些。儘管如此，他清楚他的大哥是隻老狐狸，過去的經歷便是最好的見證。但當他和歐洛奇談話時又不能丟下一個容易令人起疑的警訊，萬一葛里莫真的付錢給他那就麻煩了。不過，他還是留下一個提示：

「『萬一我發生了什麼事，你可以在我住的那條街上找到我兄弟。他不是真的住在那裏，只是在那地方租了一個房間。』

「這句最後的聲明，待會兒我再來解釋。話題先回到葛里莫身上。說真的，葛里莫根本沒想過要和佛雷達成協議。佛雷一定得死。在教授（這個傢伙，你們都知道，是我們遇過的人當中，最沉迷於巫術的）狡猾精明、矯飾做作的心態裏，他決心不再和這討厭的兄弟糾纏不清。佛雷非死不可！但幹這事要比表面上困難許多。

「如果當初佛雷是私下來找他，世上沒有人知道他們倆有瓜葛，那麼事情就好辦了。

但事實上佛雷相當有一套。他面對一群葛里莫的朋友，公然表明自己的名字與地址，並且還暗示著他手上有葛里莫不可告人的祕密。這真是棘手！假如這時候佛雷死了，而且顯然是被謀殺的話，很可能會有人說：『啊哈！這不就是那個傢伙。』緊接著一堆要人命的調查行動或許會接踵而來，因為天曉得佛雷還和多少人提過葛里莫。他唯一不可能向別人透露的即是威脅葛里莫之事，這件最後的行動他一定會守口如瓶。不管佛雷出了什麼事，只要他翹辮子，調查工作就有可能牽連至葛里莫身上來。對葛里莫而言，現在他唯一該做的，便是老老實實地裝出佛雷在糾纏他。他寄恐嚇信給自己（還故意做得不明顯），以巧妙的方式把一家人搞得人心惶惶。最後一步是，他告知每個人佛雷恐嚇他當晚將來造訪，而他自己也準備要迎接來客。你們很快就會明白他如何策畫佈置出一個如此高明的謀殺詭計。

「他打算營造出這樣的視覺效果：在週六晚上，有人目睹凶惡的佛雷來拜訪他。這裏應該要安排幾個證人。當佛雷走進他的書房時，兩人要單獨在房內，要有爭吵聲、搏鬥聲、槍聲，然後是倒地聲，房門被打開後應該只發現葛里莫一人而已——會有子彈劃破他的身體，情況看來嚴重，其實卻只是皮肉傷。現場不會找到凶器。窗外垂吊著佛雷的繩索，讓人推測佛雷已逃之夭夭（請注意，本來預期當晚不會下雪，如此一來便無法追蹤足跡）。而葛里莫會說：『他以為他殺了我，我趕緊裝死，然後他就逃走。不，不要通知警方抓他，他是個可憐人，我沒受傷。』翌日早上，佛雷被人發現死於自己的住處。死因是自殺，他用槍抵著自己胸膛，接著扣下扳機。手槍就掉在他身邊，桌上還留著一張遺書，說他想到自己殺了葛里莫，絕望中只好開槍自我了斷……各位先生，這就是葛里莫的如意算盤中打算要變的魔術。」

「可是他要如何執行整個計畫？」海德雷問道，「何況事情的發展並非如此！」

「是的。想當然耳，計畫的執行失敗了。魔術的後半段，是佛雷走進書房，其實當時佛雷已命喪卡格里史卓街的公寓裏。等一下我會說明這個部分。藉由杜莫太太的協助，葛里莫早已有所準備。

「他告訴佛雷，他們可以在菸草零售店頂樓佛雷的住處碰面，時間是約在週六晚上九點鐘，他準備以現金與他和解（別忘了，佛雷興高采烈地辭退工作、燒掉家當，離開萊姆屋的劇場時，約莫是八點十五分）。

「葛里莫之所以選擇週六晚上動手，是因為眾人皆知每逢週六，他整晚都會獨自待在書房裏，絕不許任何人用任何藉口來打擾他。他選擇那天晚上下手，是因為他出入往返必須經過地下室，以及地下室前的通道門（英國舊式房屋側邊有低窪凹庭，由欄杆與走道分隔，凹庭設有樓梯，並有門通往地下室）。而房間位於地下室的安妮，週六晚是她外出的休假日。你們應該還記得，葛里莫在七點三十分上樓進書房後，一直到依證人所言的九點五十分打開書房門接見訪客為止，這段時間內沒人見過他。雖然杜莫太太宣稱九點三十分曾在書房與他交談，當時她正要收走咖啡杯和托盤——我待會兒會告訴你我為何不相信這件事。事實上，他根本不在書房。他人在卡格里史卓街。他事前交代杜莫太太，要她在九點三十分到房門附近探看，然後找藉口現現身。為何要這麼做？因為葛里莫吩咐米爾斯必須於九點三十分上樓，然後從走廊的另一端監視書房門。在葛里莫的魔術中，米爾斯扮演的角色是猶如冤大頭的觀眾。假如米爾斯上樓接近書房門之時，他突然想和葛里莫交談，或是要見教授，那麼杜莫便可以出面阻攔他。因此杜莫待命於樓梯間的拱門處，不讓米爾斯因好奇心作祟而靠近書房門。

「米爾斯為什麼會被選來充作觀賞魔術的冤大頭？雖然他小心謹慎、面面俱到，對教授的計畫應能有所貢獻，但由於他生性膽怯，因此必對『佛雷』心存顧忌，當空幻之人走上樓時，他一定不會挺身而出。葛里莫估計，不僅在戴面具之人走入書房之前那段空檔，米爾斯不會襲擊來者（若是換成曼根或德瑞曼，他們可能會出面阻攔），而且他也不可能冒險離開自己的房間。既然有令不可擅離崗位，那麼他一定會照辦。最後一點，米爾斯之所以中選是因為他是位個頭極小的矮子，你們等一下就會更加明白原因。

「好啦，他被告知九點三十分上樓，並守在自己的門口監視。原因是預計空幻之人首度上場的時間即在不久之後。事實上，空幻之人出場遲了些。注意這裏的矛盾之處。米爾斯聽到的是九點三十分，但曼根卻是十點鐘！理由很明顯。因為樓下必須有人作證，訪客確實是從大門進來，證實杜莫的說法。不過曼根可能會對此訪客心存好奇，他說不定會盤問空幻之人……除非葛里莫先戲謔地告訴他，訪客很可能不會來，或者說訪客不會在十點以前抵達。總之目的是降低曼根的警戒心，甚至還得讓他猶豫得夠久，好讓空幻之人走過起居室，並且順利上樓。而萬一最壞的情況還是發生了，就把曼根和蘿賽特反鎖於室內。

「至於其他人：安妮外出，德瑞曼嘛，塞給他一張演奏會的票便可打發，伯納比當然在打牌，佩提斯去劇院。於是魔術舞台已經清好場子，一切準備就緒。

「就在九點鐘之前（大概八點五十分左右），葛里莫偷溜出屋子，他藉由地下室的通道直接來到大街。不過麻煩之事自此開始降臨。大雪已經下了好一陣子，這情形和原來的計畫相反。但葛里莫卻不在乎。他自認可以把事情擺平，然後在九點半以前趕回去，屆時大雪仍在飄落，他來去所留下的足跡自然會被掩蓋。而且稍後的計畫——訪客被判定從窗戶垂盪逃逸——也不會引起為何沒留下足跡的疑竇。無論如何，這個計畫對他事關重大，絕不能就此罷手。

「他離家時身上帶著無法追蹤的老式柯爾特手槍，總共就裝了兩顆子彈。我不曉得他戴了什麼款式的帽子，但他身上穿的是淺黃色的大衣，上頭還點綴著亮眼的花呢小斑點。那件大衣的尺寸比他的身材大了好幾號。買它的原因是，一來，沒有人認為他會穿這種大衣；二來，萬一被人看見，也不會有人料到是他。他——」

海德雷突然打岔。

「等一下！那件會變色的大衣呢？變色這事可比外出殺人發生得早。那時候發生了什麼事？」

「能否請你忍耐片刻？一旦說到魔術的最後一幕時，答案自然會揭曉，這也是魔術的一環。好啦，去見佛雷是葛里莫此行的目的。他應該和佛雷相談甚歡了一會兒。他可能這麼說，『老弟，你得搬離這鬼地方！你現在可以悠哉悠哉，無需工作了，讓我來幫你打理一切。乾脆這些沒用的廢物你就扔了，搬來跟我住如何？你寫張字條告訴你的房東，這些亂七八糟的玩意就留給他啦！』拉里拉雜扯這麼多，你們瞧，目的就是要佛雷寫給房東那張語焉不詳的字條，『我這幾樣私人物品，全都留給你』、『我即將回到我的墓穴中』。一旦發現佛雷身亡，手邊又有把槍，那張字條自然被視為自盡的遺言。」

菲爾博士傾身向前。

「接著，葛里莫就會掏出手槍，槍口直接堵在佛雷胸膛，然後面帶笑容地扣下扳機。

「當時他們倆在那棟空屋的頂樓。你們都看過了，那牆壁居然是既厚重且堅實。房東又住在老遠的地下室裏，他老先生是卡格里史卓街上最沒有好奇心的人。他對槍聲根本充耳不聞，更別提槍口是緊貼著佛雷胸膛發射，聲音自然會低沉些。計畫中，此時離屍體被發現的時刻應該還有一陣子，而且絕對在黎明之後。此時葛里莫會做什麼？殺了佛雷後，他會用槍射自己，在自己身上弄出一道輕微的傷痕，必要的時候還可以讓子彈深入體內——從多年前的三口棺材事件中，我們知道此人擁有蠻牛般的體魄，以及惡棍似的膽識。接著，他把槍置於佛雷身邊，冷靜又急速地以手巾或棉布纏繞傷口。傷口勢必位於大衣內面，且劃過襯衫。下一步即是用膠布包紮，然後等待時機到來，以便回家進行他的魔術秀，藉此偽裝佛雷曾到此一訪。如此一來，從佛雷開槍射他、隨即回到卡格里史卓街、再用同一把槍自殺等等，沒有任何驗屍法官會對這些說法起疑。我講得夠清楚嗎？此案就是這樣被逆向操作了。

「葛里莫的『計畫』便是如此。如果他能依計行事，這將是一樁精巧的謀殺。我甚至懷疑，屆時我們能否識破佛雷並非自殺的詭計。

「不過整個計畫想要大功告成，得先克服一個難題：萬一有人目睹到佛雷的訪客——不必認出是葛里莫，只要有看見人便行——那麼事情就無法收拾了。因為此時自殺的推論遂難以成立。街巷至佛雷住所的出入口僅有一處，大門就在菸草店旁邊。而葛里莫穿的大衣極為炫耀，他以前還穿它來此勘查環境（對了，前些日子，那菸草商杜勃曼看過他在此閒蕩）。後來，他發現難題的解決之鑰就在伯納比的祕密公寓裏。

「你們想想，若有人知道伯納比在卡格里史卓街有間公寓，那麼此人非葛里莫莫屬吧？伯納比自己也說過，幾個月前，葛里莫還懷疑他作畫是別有用心。葛里莫不但心存猜疑，他還跟蹤伯納比。一個人若有著莫名的危機意識，他一定會隨時提高警戒。他當然知道那間公寓的存在，他也暗中查知蘿賽特有公寓鑰匙。於是乎當時機成熟、構想成型後，他便去蘿賽特那兒偷鑰匙。

「伯納比的公寓和佛雷的住所，正好都在卡格里史卓街的同一側。那裏的房子是並排而建，連屋頂也是緊密相鄰。所以你只要走在屋頂上，跨過矮圍牆，便可從巷尾一路直達街頭。何況兩人剛好都住在頂樓。回想一下，去伯納比公寓的時候，你們還記得頂樓套房的出入門是在樓梯旁邊吧？」

海德雷點頭示意。

「是的，沒錯。樓梯盡頭還有個短梯可通往屋頂上面的天窗。」

「正是如此。還有，佛雷房間的外頭也有個駐腳台，踏上去即搆得到天窗，由此便可登上屋頂。葛里莫要到卡格里史卓街，一定是走後巷——從伯納比公寓的窗戶我們看過那條巷子——所以才沒在街上現身。他走進後門（就像伯納比和蘿賽特一樣），直上頂樓，再從那裏爬上屋頂。然後他沿著每層樓的屋頂行走來到了佛雷的住處，再由天窗著地，就是這樣神不知鬼不覺地來去自如。此外他也很清楚，當晚伯納比一定在別處打牌。

「就在這時候，事情出了狀況。他必須趕在佛雷回來前，先到佛雷的住處，因為不能讓佛雷懷疑他為何要踏著屋頂而來。不過我們知道，佛雷早就有所懷疑。誰叫葛里莫居然要求佛雷帶一條變魔術用的長繩索回來——葛里莫需要這繩索做為捏造佛雷藉此逃逸的假象。或者是，在過去幾天中，佛雷曾看到葛里莫在卡格里史卓街閒晃，說不定還見著他在屋頂上閃躲迴避，並快速往伯納比公寓走去，因而佛雷認為，他在這條街上也有落腳之處。

「九點整，在煤氣燈照明的房間裏，兩兄弟碰頭了。他們談些什麼我們不知道，而且也永遠不會得知。不過可以確定的是，葛里莫平息了佛雷的疑慮。談話氣氛變得賓主盡歡，以前的過節彷彿不復存在。葛里莫是談笑風生，並說服佛雷寫張字條給房東。這時候——」

「你所說的我通通沒意見，」海德雷含蓄地說道，「可是，你怎麼知道這些事？」

「葛里莫跟我們說過。」菲爾博士說道。

海德雷聞言後雙眼直瞪著他。博士繼續說：

「確實如此。我突然發現自己犯下的錯誤時，當下我就明白了。你們也會如此的。且讓我們繼續。

「佛雷寫完字條，穿戴帽子和大衣準備要離去。因為葛里莫要讓情況看起來像是佛雷從外頭回來後再開槍自盡。換言之，是要製造佛雷剛從葛里莫府邸回來的錯覺。他們倆正要動身，這時葛里莫倏然出手。

「或許佛雷潛意識裏仍有防備，或許他曾轉瞬間衝向門口，因為他自知不是葛里莫的對手，也或許兩人發生扭打纏鬥，這我們都不得而知。總之，佛雷突然轉身背向葛里莫亟欲脫困，而持槍抵在佛雷大衣上的葛里莫此刻卻犯下可怕的失誤。他開槍了，但子彈卻未打中正確位置。原本應該一槍穿心，結果是擊中左肩胛骨下側。兩件槍擊案雖是一前一後，但此槍傷和後來讓葛里莫致命的傷口幾乎完全雷同。槍傷雖然嚴重，但都不至於當場斃命。同樣的死亡模式，卻先後發生在這對兄弟身上，真是造化弄人啊。

「佛雷應聲倒地，毫無招架之力，而這也是最聰明的作法，不然葛里莫可能馬上再動手了結掉他。但在那一刻，葛里莫一定是驚駭地亂了方寸。就是這樣，他的全盤計畫已毀於一旦。在那種情況下一個人還能開槍射傷自己嗎？如果不能，那是上帝保佑。但更糟糕的是，在子彈乍發、佛雷還未反應過來的那個當下，他曾開口大聲尖叫，所以葛里莫也以為會有人聞聲追趕過來。

「在這緊張的時刻，幸好他還有足夠的理智與勇氣讓自己鎮定下來。當時佛雷已動彈不得，正好手也橫放在臉邊。他連忙把槍塞進佛雷手中，並拾起那捲繩索。儘管出了岔錯，但計畫還是得照舊進行。而且他也很清楚，絕不能再浪費時間，也不能再發出槍聲，以免別人聽見。他急忙衝出房間。

「屋頂，沒錯！屋頂是他唯一的機會。他彷彿聽到四處追趕而來的鼎沸人聲。搞不好，記憶中匈牙利山脈下暴風雨肆虐中的三座恐怖墓穴，都瞬間甦醒過來了。在他的想像中，眾人已發現他，並且衝過屋頂來追逐他。所以他急奔撞進伯納比公寓屋頂的天窗，然後躲入伯納比幽暗的公寓裏。直到此刻他的機智才逐漸恢復……

「然而，在這段時間內還發生了什麼事？皮爾·佛雷傷得很重。但他的身體猶如鐵打的一般，當年能在活埋中硬撐過來，現在也不例外。凶手已經走了，但佛雷絕不會就此屈服。他必須找人幫忙，他得去……

「去找醫師。海德雷，昨天你問我，為何佛雷要從街頭走向另一端的死胡同。因為（如同你在報紙上讀到）醫師住在那裏。後來他也的確被送至那家診所。他自知傷得極重，但他還未被擊倒！他站起身，仍將帽子和大衣穿戴好。這時槍還在他手中，他順手把它塞入口袋，因為也許還用得著。他力求腳步穩定地走下樓，來到寂靜無聲的街巷。看來槍聲並未引起任何騷動。他走著……

「你可能會問，他為何走在街道正中央，而且足跡完整呈一直線？最合理的解釋是：他並非要去拜訪某人，而是他知道凶手一定躲在附近，他希望給凶手致命的一擊。他自認情況對他有利。在他前方有兩個人走得很快。他經過了有亮光的珠寶店，看到右前方的街燈……

「但是同一時間裏，葛里莫在幹嘛？他沒聽見追逐聲，不過心裏還是半信半疑。他不敢回到屋頂上察看。可是，且慢！假如已經引發什麼騷動，他只要走到街上一看馬上便可分曉。他可以走下樓來到正門往外窺看，望望街道，不是嗎？不會有任何危險的，反正伯納比的公寓根本無人居住。

「他悄悄下樓，並輕輕打開門，他的大衣未扣上，顯然可見身上纏繞著繩索。他一打開門，門旁的街燈亮光全照在他身上，剛好面對著某人——這個緩慢走在街道中央的人，便是不到十分鐘前，他在另一棟屋子棄之而去的那個死人。而就在這最後的一刻，兄弟倆又面對面了。

「在街燈的照耀下，葛里莫的襯衫成了攻擊指標。身心既痛苦又興奮的佛雷終於崩潰發狂，他毫不猶豫地放聲大叫。他叫喊的字眼正是：『這第二顆子彈是賞給你的！』然後，他舉起同一支手槍發射。

「佛雷的最後一擊可說是竭盡心力。鮮血立即從他身上溢出，而他自己也明白。他再次尖聲呼叫，原本試圖往葛里莫投擲手槍（這時已無子彈），卻脫手向後飛去，隨即他就迎面倒地。兩位老弟，這一槍，便是三位證人在卡格里史卓街聽見的槍聲。也就是這一槍，在葛里莫及時關門之前，已穿入他的胸口。」

CARR

Chapter 21

真相大白

「然後呢?」當菲爾博士中斷敘述，並垂首皺眉時，海德雷催促著。

「理所當然地，三位證人都沒看到葛里莫。」菲爾博士喘著氣，停頓了許久才說道，「因為他未曾跨出正門，也未曾踏出門前階梯，而且距離那死於荒涼雪地中央的男子，至少超過二十呎之遠。佛雷已有傷在身，激動之下所引發的身體痙攣，益發讓傷口噴血。因此，針對傷口所做的推論全是白費工夫。凶器上面當然也沒有指紋，因為它墜落於地，積雪便將指紋擦掉。」

「一點也沒錯!」海德雷說道，沉穩的口吻像是在發表聲明。「完全符合所有的情況，我從來沒想到過……接著說吧，葛里莫後來呢?」

「葛里莫藏身於門後。他知道自己胸口中槍，但自認傷勢無大礙。比槍傷更惡劣的形勢他都能倖存，現在這個算得了什麼，何況眼前還有更重要的事情。

「反正結果都一樣，他本來就準備在自己身上弄個傷口。照理說他應該高聲歡呼竟有這等好事，但他只覺自己的計畫全都毀了!(他如何得知，珠寶店的時鐘走得太快?他甚至不知道，剛剛走在街道上並向他開槍的佛雷，現在已經一命嗚呼。當他以為運氣已離他而去時，哪曉得好運——拜珠寶店時鐘之賜——就在他身邊，但這一切，他又怎麼能知道呢?)他只曉得，佛雷不會在樓上的小房間被發現，死因也不會是自殺。佛雷——也許命在垂危，但他還能開口說話——就在外面的街道上，身旁還有聞聲而來的警察。葛里莫完蛋了。這下子佛雷可不會保持緘默了，而葛里莫正一步步走向絞刑官，除非他能臨危不亂，才可絕地逢生。

「槍聲後的那一瞬間，這些怪念頭一股腦兒地全湧上他的心頭。他不能待在這陰暗的走廊。他最好檢查一下傷口，並且確保沒有留下任何血跡。去哪裏好呢？當然是樓上伯納比的公寓。他爬上樓，打開房門，並且打開電燈。他身上仍纏繞著繩索……這東西沒啥用處了。既然現在佛雷正和警察打交道，想要偽裝佛雷拜訪過他是不太可能了。他卸下繩索，隨手便扔。

「接著是察看槍傷。黃色花呢大衣的裏層沾滿血跡，連大衣內的衣服也是血跡斑斑。但這傷口影響不大，他有手巾和膠布，他可以自行止血，就像隻在鬥牛場上格鬥的駿馬。卡洛里・葛里莫是殺不死的，他甚至還有閒情逸致對著傷口咯咯輕笑。他的心情篤定，而且像往常一樣精力充沛。他動手自我療傷（伯納比公寓裏的浴室，因此殘留著血跡），並且試著集中心智思考。現在幾點了？天啊！他耽擱太久了，已經九點四十五分了。他得馬上離開，趁著他們逮到他之前趕回家……他就這麼一走了之，放任電燈亮著。當晚一先令的電力何時用盡、電燈何時熄滅，我們不得而知。總之，四十五分鐘後，蘿賽特看見燈光仍舊亮著。

「不過我猜，葛里莫一邊趕路，一邊腦子已完全清醒。他會被捕嗎？看來是無可避免了。是否有什麼漏洞呢，即使是極渺茫的一線生機？你們瞧，不管葛里莫是什麼樣的傢伙，他無疑是個戰士。他精明狡猾，極具戲劇性，想像力豐富，習慣冷眼旁觀，是個通曉人情事理的大惡棍：但是別忘了，他依然是個戰士。你們知道，他絕非無惡不作的壞蛋。沒錯，他殺了自己的兄弟，但我懷疑他是否下得了手殺害朋友以及自己心愛的女人。無論如何，真的無計可施了嗎？其實是有一個辦法，不過可行性極低，幾乎可說是沒多大作用，但卻是唯一的法子。那就是按照原來的計畫走，假裝佛雷已拜訪過他，並且是在他家送了他一槍。槍還在佛雷手上；何況，葛里莫自己和他的家人，皆可作證他整晚並未外出！而且他們還可以發誓看見佛雷真的來找他——虛虛實實，就讓該死的警方去求證吧！有何不可？可是雪呢？雪已經停止下了，佛雷不可能留下腳印，而那條要栽贓給佛雷的繩索早就丟了。然而，他還是有一半的勝算，即使是個孤注一擲的賭注，也是最後能使出的手段……

「佛雷開槍射他的時間約莫是九點四十分。所以他回到家的時候，應該是九點四十五分，或是再晚一會兒。進入屋內如何能不留下足跡？簡單！難不倒這個體格壯碩如牛、身上槍傷又微不足道的人。（對了，我相信他原本傷得不重，如果他沒有硬撐著幹了些事，現在一定活得好好地，正等著絞刑伺候。待會兒你們就會明白。）他本來的計畫是經由地下室前的樓梯，來到凹庭通道，再穿過通道門進入屋內。這該怎麼做呢？連接凹庭與地面的樓梯，自然是覆蓋了一層積雪。不過，通往地下凹庭的樓梯就緊鄰隔壁的房子，沒錯吧？樓梯底部的地下室門口不會積雪，因為上頭有一個突懸的設計——大門前的階梯是懸挑的。如此一來，地下室的通道門前就不會有積雪了。如果他可以下去而不遺留足跡……

「他可以的。他可以從另一個方向走近屋子，裝成好像是要去隔壁一樣，然後直接從樓梯上面往下跳，雙足著陸於那不會積雪的小空地。我還記得某人說過，在門鈴響起之前，曾聽到像是有人墜地的砰擊聲？」

「若是這樣，他就按不到大門門鈴！」

「喔，可以的，他按了——只不過是從屋內按的。他走進地下室門口進入屋子後，便上樓和等候他的厄奈絲汀•杜莫會合。隨即兩人準備開始變魔術。」

「很好，」海德雷說道，「終於來到魔術的部分。它是怎麼變的？你又如何知道它是怎麼變的？」

菲爾博士坐回椅子，兩掌手指尖輕輕互碰，彷彿正在整理思緒。

「我怎麼知道的？嗯，第一個靈感是來自於油畫的重量。」他懶洋洋地指著那靠在牆上且被劃花的大型油畫。「是的，就是那幅畫的重量。本來覺得它無關緊要，直到我想起來……」

「畫的重量？哦，那幅油畫，」海德雷咆哮著。「我都忘了。它到底跟這樁壞勾當有何相干？葛里莫想拿它幹嘛？」

「哼，哈，是的，你知道，這就是我感到納悶之處。」

「但是那油畫的重量，老天！它可沒多重啊。你光憑一隻手就能夠舉起它，甚至還可以懸空翻轉它。」

菲爾博士奮起端坐。

「正是如此。你說得沒錯。我用一隻手舉起它，而且還將它旋轉了一下……既然如此，當時為何需要兩個壯漢——一個車夫、一個幫手——來搬它上樓呢？」

「啊？」

「是這樣的啊，你也知道。葛里莫從伯納比工作室搬走油畫時，輕輕鬆鬆就把它拎下樓了。然而，到了下午，他帶著同一幅畫回到這裏時，卻得動用兩個人來搬上樓。是什麼原因讓這幅畫突然變重了？油畫並未裱上玻璃框——你自己也看到了。早上葛里莫買了畫，下午他帶畫回家，其間他人在什麼地方？它夾帶了一個不是鬧著玩兒的龐然大物回來。不然，葛里莫為何堅持非要包裝油畫不可呢？

「若說他利用這幅畫做幌子，藉機夾帶某樣東西上樓的話，這推論一點也不牽強。包裝紙內是大有文章。這玩意非常大，寬七呎長四呎……嗯……」

「那裏面不可能藏了東西，」海德雷駁斥。「不然的話，我們會在這間書房裏找到它，不是嗎？而且不管怎麼說，這東西勢必幾乎完全扁平，否則藏在包裝紙裏一定會被注意到。什麼樣的物體會大到寬七呎長四呎，但厚度卻薄到置於油畫包裝紙內能不被發現？什麼東西的體積可以和油畫一樣龐大，卻又可以讓你隨意把它變不見？」

「鏡子。」菲爾博士說道。

眾人震撼得良久說不出話來。隨後海德雷猝然起身，菲爾博士則疲倦地繼續說道：

「只要順著煙道將它往上塞入寬闊的煙囪裏——我們不是都曾經把拳頭伸進去——讓鏡子的一角頂住煙囪內彎折處的凸台，就可以偷天換日地讓它消失。你根本不需要魔力，只要有一雙強壯的臂膀就能辦到。」

「你的意思是，」海德雷嘶叫著，「那是個該死的舞台花招……」

「一個全新的舞台花招，」菲爾博士說道，「只要你膽敢嘗試，包準實用又精采。現在，你們環顧這個房間。看到門了嗎？在房門正對面的牆上，你們看到了什麼？」

「啥都沒有，」海德雷說道，「我是指，在那面牆上，葛里莫撤除了一部分的書櫃。現在那塊空間是空盪盪的，除了鑲板壁牆之外，什麼都沒有。」

「完全正確。此外，從房門至壁牆之間的直線區域內，你們有看到任何家具嗎？」

「沒有，全都清掉了。」

「所以，假如你們站在外面走廊往書房裏頭看，不會看到家具，只會看見黑色地毯，以及後面一排沒掛東西的橡木鑲板壁牆？」

「是的。」

「那麼，泰德，開門探頭往走廊看，」菲爾博士說道，「外頭的牆和地毯看來如何呢？」

藍坡當然清楚室外的景象，但他還是假裝看了一下。

「沒什麼兩樣，」他說道，「護壁地板上鋪了一層顏色單一的地毯，和這書房地毯是一樣的，走廊上同樣是鑲板壁牆。」

「正是！海德雷，」菲爾博士的聲音依然提不起勁。「鏡子就在那邊的書櫃後面，你可以把它拉出來。昨天中午，德瑞曼在煙囪裏面找到它後，就一直放在書櫃後頭。德瑞曼會突然中風，全是因為他奮力將高處的鏡子抬下來。我們來做個實驗。屋子裏的人應該不會上來打攪我們，就算有人要上樓來，我們也可以及時阻止。海德雷，你把鏡子搬出來，並且放在房門內——位置差不多是你打開門（從走廊要進入書房，門是往室內右側方向轉開），門框的最外邊緣向內旋轉時，離鏡子還有幾吋的空間。」

督察長費了一番手腳，才將書櫃後的東西推出來。它比服裝店專用的迴旋鏡還大；事實上，這面鏡子和房門相比起來，長與寬皆多了好幾吋。它的基底平放於地毯上，面對它時，其右側設有大型的迴旋基座，筆直地撐起整面鏡子。海德雷好奇地端詳它。

「把它放在房門內？」

「是的。待會兒只要推開房門一點點距離，最多僅能看到幾呎寬的縫隙……試試看！」

「我懂了，不過你這麼做……嗯，坐在走廊另一端房間裏的人，也就是米爾斯，可以不偏不倚地在鏡子中央看見自己的反影。」

「看不見的。這個角度不行——門再關小一點，這樣就夠了。別惱火，先試試我的法子——我不要房門傾斜成那樣的角度。你會明白的。你們倆到米爾斯的房間就位，我來調整鏡子。聽到我的呼聲後，你們再往這裏看。」

海德雷嘀咕抱怨此事愚蠢之極，儘管如此，他還是滿懷興趣，尾隨著藍坡離去。他們的目光始終避開書房，直到聽見博士的招呼，兩人才轉過身來。

走廊既幽暗又高聳，放眼盡是一片漆黑的地毯，直直延伸至盡頭緊閉的房門。菲爾博士站在門外，他所擺出的架式，儼然像是舉行雕塑像揭幕典禮的大胖子主席。他站的位置略偏門的右側，背向靠著牆邊，單手伸長觸及門把。

「她要開始行動了！」他吆喝著，迅速地打開門——停頓片刻——又把門關上。「怎麼樣？你們看到什麼？」

「我看見房間內部，」海德雷回答。「或者我以為看到這般景象。有地毯，還有後面那座牆。房間看起來似乎很大。」

「根本不是如此，」菲爾博士說道，「事實上，你在鏡中看到的是，你那道門右側延展而去的整片鑲板壁牆及地毯。這即是為何房間看來似乎很大：你看到的是兩倍長度的反影。你們知道，鏡子的面積比門還大，由於房門是朝室內右側方向打開，因此你們看不到門的反影。如果仔細觀看，你們會瞧見門框上沿處有一行像陰影般的平行線條。那是因為門框上沿比鏡子還低上一吋，遂無可避免地映入鏡中。但是你們的注意力，會全集中在所見的物體上……你們看清楚我了嗎？」

「沒有，你站的位置太過去了。你將手伸到門把上，而且背對著我們。」

「沒錯。當時杜莫就是這樣站著。解釋整個機關手法之前，我們來做個最後的試驗。

泰德，你坐到桌後的椅子上，也就是米爾斯當時所坐的位置。雖然你的個子遠比他高，但無損於這項說明。待會兒我會站在門外，房門會打開，我會看著鏡中的自己。無論是從正面或背面，你都不可能把我認錯；不過，我會隨即產生明顯的變化。總之，只要說出你所見之事即可。」

在鬼魅的朦朧光線中，房門微開，氣氛是怪誕地令人毛骨悚然。一個立於房門內的菲爾博士，居然和另一個站在門口的菲爾博士面對面相互凝視——身形一樣凝固不動，表情則是吃驚駭然。

「你們瞧，我沒碰到房門，」一股低沉的聲音響起。若光由反影中模糊的嘴形蠕動來判斷，藍坡很可能會賭咒是室內的那個菲爾博士在說話。鏡子猶如一面回響板，將聲音共鳴回來。「某人跨刀相助為我開門、關門，這人站在我的右方。我不曾碰到門，不然我的反影也會如法炮製。快說，你們注意到什麼？」

「為什麼——其中一個你，看來特別高大？」藍坡一邊打量眼前的影像，一邊說道。

「是哪一個？」

「就是你自己：站在走廊上的那個。」

「正是如此。一來因為你我之間有段相當的距離，不過最重要的因素是，你採取坐姿。對米爾斯那種身材的人而言，我看起來可說像是個巨人了，欸？哼，哈。是的。現在，如果我很快地閃身進入門內（假設我有如此矯健的身手），同時我右方的助手也配合

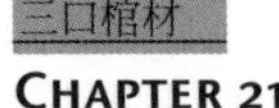

產生幻覺的圖示說明

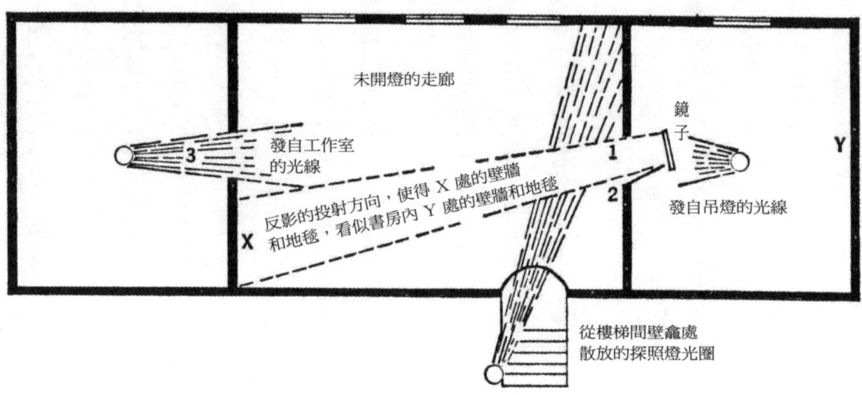

1.站在此處者，會被監視者目擊其反影，由於監視者居於三十呎之外，又是以較低的坐姿觀看，因此所見的反影要比本尊矮三吋。

2.共犯於此處開門和關門。

3.監視者。

＊在此幻覺的測試中，有個要點務必遵守：光線不可直接照射於鏡子上，否則將引起耀眼的反射光，並洩露鏡子存在的機關。

樓梯間壁龕所散放的探照燈光圈，其行進方向與門前的反射光源交錯而過，是故其光影被察覺，但仍無法形成反影，幾乎已成強弩之末。因此，只會有一條細小陰影被投射到走廊上；此陰影又與門前之人的陰影重疊而相互抵制，所以最終變得不太顯眼。

我，並迅速地關上門，如此一來，在這個叫人眼花撩亂的幻覺中，門內人影似乎是要──」

「跳到你面前來阻攔。」

「沒錯。如果海德雷已無疑問，兩位請過來看看其他的證據。」

他們倆再度回到書房內，海德雷將偏斜的鏡子往後挪移，菲爾博士則一屁股坐入椅裏，並且喘著氣嘆息。

「各位，我很抱歉。從米爾斯先生細心審慎、有條有理且精確無誤的證詞中，我老早就應該看出真相。我來試試能否重複他那精確的敘述。海德雷，幫我核對一下。」他繃著臉，用指關節輕敲自己的頭。「好像是這樣──

她（杜莫）正要敲門，我驚愕地目睹有個高個子男人，尾隨我們直接上樓。她一轉身，立刻看見他。她馬上說了一些話……高個子男人毫不理會。他逕自走向門口，不疾不徐地翻下大衣衣領，取下帽子且放入大衣口袋……

「各位，你們懂了吧？他非得這麼做，因為若要秀出室內的身影，他必須是穿著睡袍，所以反影不該戴帽，衣領也不可翻起。我實在很好奇，他的舉動既然如此有條不紊，為何沒把面具摘下來──」

「對了，面具呢？米爾斯說他未曾──」

「米爾斯沒看到他摘下面具。我們繼續追隨米爾斯的證詞，待會兒我再告訴你原因。

杜莫太太高聲嚷叫，畏縮地後退靠在牆邊，然後迅速開門。此刻，葛里莫教授現身於門口——

「現身了！他的魔術就是這樣變出來的。咱們這位思考井然有序的證人，令人難堪地全說對了。而杜莫呢？在這裏她出現了第一個破綻。一個驚慌失措的女人，雖然面對可怕的陌生人物，但在她前面房間裏的男人，是可以挺身保護她的，她不可能嚇得後退縮在牆邊；她應該衝向房門尋求庇護才對。總之，再來看看米爾斯的證詞。他說葛里莫沒戴上眼鏡（戴著面具，當然無法又戴眼鏡）。但是我認為此時此刻，房間內的人把眼鏡戴上，才是正常的反應。葛里莫——依據米爾斯的說法——在這段時間裏完全靜止不動，他的表現像是個局外人，自始至終雙手都插在口袋裏。接下來的證詞，可以讓凶嫌百口莫辯。米爾斯說道：

我當時的印象是，杜莫太太雖然靠在牆邊直發抖，但在陌生人進房後，她卻把門關上。我還記得，她的手就放在球形門把上。

「這太反常了！當時她還矢口否認，但米爾斯說的沒錯。」菲爾博士以手勢示意。「我們就此打住，再多說也是無益。在這裏，我碰到了棘手的難題：假如葛里莫是獨處於室內，而且是直截了當走入書房，那麼他身上的衣物哪兒去了？黑色的長大衣、棕色的遮簷帽，甚至那副假面具，都跑去哪裏了？它們全不在書房裏。然後我想起來了，厄奈絲汀的職業是為芭蕾歌舞劇縫製服裝；我又記起歐洛奇講過的故事；於是我就豁然開朗了——」

「啊？」

「葛里莫把它們全燒了，」菲爾博士說道，「他沒花多少時間就燒掉它們，因為它們全是紙製的，就像歐洛奇描述的魔術中，消失的騎馬人身穿的那件制服一樣。在壁爐裏燒燬真正的衣物，是既費時又麻煩，他可不能冒這個險；他必須速戰速決。它們必須可以撕碎或燒毀。而燒掉了這麼大量、寬鬆的白信紙——全白的信紙——是因為要將底下的有色焦片掩蓋起來。什麼致命的文件！哦，天啊，想得出這種推論，我真該自刎謝罪！」他揮舞著拳頭。「他如何一滴血跡、一點血污都不甩落得走到存放密件的辦公桌抽屜那裏！還有另外一個原因，他得起火燒紙……他必須除去製造『槍聲』的碎裂物。」

「槍聲？」

「別忘了，大家都認為這個房間裏曾經發生槍擊。當然了，證人聽到的聲響其實是鞭炮發出的巨大噪音。你們知道，德瑞曼為蓋伊・佛克斯之夜儲藏了一些玩意，教授自是從這裏偷取而來。德瑞曼找到行蹤不明的霹靂炮，我猜想，此刻他突然恍然大悟，也難怪他一直喃喃唸著『煙火』。這下可好，爆炸後的鞭炮碎片會全部飛散。這些碎片全是厚實堅硬的紙板，特別難以燃燒，但它們必須燒燬於壁爐裏，或者混在那些紙堆中。後來，我果真找到了一部分。事實上，我們應該早就識破根本沒子彈發射的詭計。現代的彈藥筒，就像是那把柯爾特左輪手槍，裝填的是不冒煙的火藥。你可以聞得到，但看不到。然而在案發當晚，即使窗戶已經打開，書房裏卻仍有輕煙縹緲（鞭炮所遺留的）。

「啊，好吧，我們來重述要點！葛里莫穿的黑大衣由皺紋紙構成。它顏色黑的像是睡袍，剪裁長的也像睡袍，尤其是衣領翻下時，立即變成磨光發亮的正面翻領，看來更像睡袍。此外，遮簷帽也是紙製的，其上還連附著一張假面具——因此，只要摘帽的動作乾淨俐落，便可順手將帽子和面具一併折疊，再塞入口袋即可（順便一提，葛里莫要外出殺佛雷時，真正的睡袍已在書房內準備就緒）。而這件黑色的『制服』，當晚稍早的時候，曾被輕率地掛入樓下的衣櫃中。

「不巧，那件黑大衣被曼根撞見了。機警的杜莫得知此事，待曼根前腳一走，她後腿便跟上來，火速將大衣移出衣櫃，並送往安全的地方置放。所以啦，她壓根兒沒看到黃色花呢外套吊在那兒。那時候，黃色大衣正在樓上伴隨葛里莫，準備著稍晚要和主人一起遠征呢。不過，因為昨天下午黃色大衣被人發現吊在衣櫃裏，杜莫當然得辯稱它一直都在那兒。這即是變色龍大衣的由來。

「週六晚上，葛里莫殺了佛雷，自己也挨了一槍，然後趕回家，此後的發展，你們應該都了然於胸。魔術一開場，他和助手就碰上了大麻煩。你們知道，葛里莫遲歸了。本來他預計在九點三十分以前歸來，結果呢，他直到九點四十五分才回來。他耽擱得越久，分分秒秒就越迫近他告訴曼根客人來訪的時間，這會兒曼根必是引頸以待訪客的到來。危機已是一觸即發，我可以想像得到，即使是沉著的葛里莫，這時也瀕臨發狂的邊緣。他穿過地下室和等候他的內應會合，然後往上疾走。那件裏層沾上血漬的花呢大衣，被置入走廊衣櫃裏，有待事後再來料理——但永遠沒這機會了，因為他死了。杜莫緩慢地開門，伸出手去按門鈴，並隨即前來『應門』，葛里莫則利用此空檔著裝。

「然而，他們終究是拖了太久。曼根還是出聲招呼。葛里莫一慌張，腦子便周轉不當，為了避免露出馬腳，他反而弄巧成拙，犯下大錯。到那時為止，過程都還算順利，他可不想被這窮小子的愛管閒事搞得功虧一簣。所以他答說道他是佩提斯，並且將起居室門上鎖。（你們是否注意到，只有佩提斯的嗓音，和葛里莫一樣低沉？）是的，這是個一時衝動下所犯的錯誤，但他就像是個橄欖球員，一心只想側身切進射門區，並閃躲當下飛撲過來的手臂。

「魔術已經表演完畢，他孤身一人待在書房裏。上衣可能沾了血，不過反正杜莫會處理它。制服大衣裏頭原是襯衫，於是他解開襯衫，並且包紮傷口。他只要再鎖上房門，穿上真正的睡袍，銷毀紙製的制服，以及把鏡子往上推入煙囪……

「但是，我再說一遍，這也是終局了。鮮血再次大量湧出。尋常人在受傷的情形下，根本無法承受他所經歷的沉重壓力。佛雷的子彈沒殺死他。但當他企圖——事實上，他以超乎凡人的神力辦到了——抬高鏡子塞入隱匿處時，他的肺臟猶如一個破損的橡膠套，被他自己活生生撕裂了。就在那一刻，他知道自己的一生也即將落幕。隨後他開始吐血，從他口中溢出的鮮血，宛若動脈被切斷似地宣洩不止；他跌跌撞撞地推倒沙發，翻覆椅子，並且用盡最後的力氣，蹣跚但順利地點燃鞭炮。在歷經恩怨情仇、隱姓埋名，以及陰謀計畫後，他眼前的世界不再運轉了，而是緩慢地變為黑沉沉的一片天。他試著大叫，卻是辦不到，因為喉頭正湧出鮮血。就是在那一刻，查爾斯・葛里莫突然領悟，在他艱苦的一生中，對於這最具震撼效果、而且是最後壓軸好戲的鏡子魔術，他從未相信自己能有機會完美演出……」

「啊？」

「他知道自己回天乏術，」菲爾博士說道，「不過，奇怪的是，他倒是挺高興的。」

飄雪落在街燈上，使得燈光又開始轉暗。書房裏寒氣逼人，讓菲爾博士的聲音聽來份外怪異。突然間，他們看到房門打開，一名女子擋在門口，臉上的扮相十分可怖。一張可怕的臉，一身黑色的裝扮，但環繞在她肩上的，仍是那條追憶愛人的紅黃色圍巾。

「你們看，他招供了，」菲爾博士的語氣，依舊是低沉單調。「他試著告訴我們真相：是他殺了佛雷，然後佛雷殺了他。我們卻誤解了，直到我從時鐘獲得靈感，弄清楚卡格里史卓街的案發經過，我才了解他的意思。老弟，你們懂了嗎？想想他死前的最後遺言，『是我兄弟幹的。我沒想到他會開槍。老天爺才知道他是如何離開房間——』」

「你的意思是，葛里莫所說的房間，其實是指佛雷在卡格里史卓街的住所？那間他把佛雷留在那兒自生自滅的房間？」海德雷問道。

「是的。後來，當葛里莫在街燈下開門時，他經歷了一場突如其來的衝擊驚嚇。你們回憶一下：

「『這一刻他還在那裏，下一刻他人就不在了……我告訴你我兄弟是誰，免得你認為我在胡言亂語……』他會這麼說是必然的，因為他以為沒人認得佛雷。由此觀之，檢視他那番語焉不詳、讓人摸不著頭緒的話語——當時他也聽到醫師宣告無望的陳述——其實他的用意，是想要對我們解釋整個謎團。

「首先，他試著告訴我們侯華斯兄弟和鹽礦山。接著他說到佛雷的死，以及佛雷對他做了什麼。『絕非自殺』，是指他在街上看見佛雷，因此偽裝佛雷自盡的如意算盤就失敗了。『他沒有使用繩索』，佛雷的確沒用到，而那條繩索後來被葛里莫扔了。『屋頂』，葛里莫指的不是自己家屋頂；而是他離開佛雷房間時所穿越的屋頂。『雪』，雪停了卻破壞他的計畫。『光線太亮』，海德雷，這句話是個關鍵！當他望向街道時，卻發覺來自街燈的光線太亮；於是佛雷認出他，並且開槍射擊。『有槍』，甭說了，佛雷手上當然有槍。『狐狸』，意味著面具，那頂他戴上的蓋伊·佛克斯假面具。最後是『不要責備可憐的——』，不是德瑞曼，他指的不是德瑞曼，我猜，這是他為某件事感到羞愧的最後歉意，他以前可沒幹過詐騙的勾當。『不要責備可憐的佩提斯，我無意把他牽連進來。』」

良久，眾人皆默默無語。

「沒錯，」海德雷無精打采地同意。「沒錯。現在還剩下一個問題。油畫上的刀痕是怎麼回事？刀子跑去哪裏了？」

「關於油畫上的刀痕，我想，那只是讓魔術看來更加逼真的一項裝飾罷了。油畫是葛里莫劃花的——這是我的猜測。至於刀子，老實說我也不曉得。說不定葛里莫用完它，就收進煙囪和鏡子放在一起，因此我們以為空幻之人備有刀、槍兩種凶器。但它現在不在壁爐裏的凸台上，我猜昨天德瑞曼找到它時便拿走了——」

「這一點，」一個聲音響起。「你就錯了。」

厄奈絲汀·杜莫停留在門口，雙臂交叉橫放在胸前的圍巾上，臉上卻是充滿笑容。

「你的推論我都聽到了，」她接著說道，「也許你可以讓我受絞刑，也許不行。這已經不重要了。這麼多年來，我只知道若失去了查爾斯，活著就沒有意義了……刀子是我拿的，各位，我另有他用。」

她仍然面帶微笑，眼眸則綻放驕傲的神采。藍坡注意到她藏起雙手。他看見她突然踉蹌搖搖欲墜，正想伸手扶她，卻遲了一步，只有眼睜睜看她迎面倒地。菲爾博士笨拙地離席起身，目光呆滯地望著她，表情和地上的女人一樣慘白無血色。

「我又犯下罪愆了，海德雷，」他說道，「我再一次說對了真相。」

國家圖書館出版品預行編目資料

三口棺材/約翰.狄克森.卡爾(John Dickson Carr)著 ; 翁裕庭譯. -- 四版. -- 臺北市 : 臉譜出版 : 英屬蓋曼群島商家庭傳媒股份有限公司城邦分公司發行, 2025.01
面； 公分. -- (密室之王卡爾作品集 ; 6)
譯自 : The three coffins.
ISBN 978-626-315-578-7(平裝)

874.57 113017020